霓裳繁花路

徐文渊著 刘 军编

团结出版社

© 团结出版社，2024 年

图书在版编目（CIP）数据

霓裳繁花路 / 徐文渊著；刘军编 . 一北京：团结
出版社，2024. 8. 一ISBN 978-7-5234-1147-6

Ⅰ . I25

中国国家版本馆 CIP 数据核字第 2024YF6849 号

责任编辑：梁光玉
文字编辑：郑晓霓
封面设计：阳洪燕

出　　版：团结出版社
　　　　　（北京市东城区东皇城根南街 84 号 邮编：100006）
电　　话：（010）65228880　65244790
网　　址：http://www.tjpress.com
E-mail：zb65244790@vip.163.com
经　　销：全国新华书店
印　　装：三河市东方印刷有限公司

开　　本：170mm×240mm　　16 开
印　　张：23.5　　　　　　　　字　数：293 千字
版　　次：2024 年 8 月 第 1 版　　印　次：2024 年 8 月 第 1 次印刷

书　　号：978-7-5234-1147-6
定　　价：78.00 元

1983 年 5 月，北京农业展览馆，上海市服装公司时装表演队在轻工业部五省市服装鞋帽展销会期间表演时装

1985 年 9 月 29 日，北京新影厂剧场，时任上海市市长江泽民与上海市服装公司时装表演队合影

1983 年 12 月 25 日，深圳剧场，深圳市副市长周溪舞等领导与上海市服装公司时装表演队合影

1983 年 9 月 24 日，广州友谊剧院，广州市委书记许世杰、副书记朱森林、副市长邓汉光等领导观看演出并与上海市服装公司时装表演队合影

本书作者徐文渊与序作者、原上海市手工业局局长胡铁生合影

作者徐文渊与时装模特队的最早创始人在一起
（从左到右）作者徐文渊、原上海市手工业局副局长刘汝升、原上海市
服装公司经理张成林、原上海市服装公司副经理周贵积

1980 年 11 月，上海市服装公司时装表演队第一代全体队员合影

第一排从左至右：徐文渊、康志华、陆平、赵衡、邬臻清；

第二排从左至右：刘春妹、徐萍、万红、李美珍、史凤梅、潘浩、蒋雅萍、柳正英、姜敏华；

第三排从左至右：许根跃、戴信林、寿复孝、邹石根、何鉴德、裘莉萍、于新鸣、张毅敏；

第四排从左至右：周仲浩、王人伟、盛犇、韩正毅、侯林宝、管胜雄、郑家伟、凌菱

1982 年 3 月，作者徐文渊在秋冬服装选样订货会时装表演会上致辞

作者徐文渊与童装小演员在舞台上

1983 年 5 月，北京农业展览馆，上海市服装公司时装表演队在轻工业部五省市服装鞋帽展销会期间表演时装

照片来源：科学与生活（杂志）1983 年第 5 期

1983 年 5 月，上海市服装公司时装表演队在轻工业部五省市
服装鞋帽展销会期间表演时装
照片来源：科学与生活（杂志）1983 年第 5 期

1983 年 6 月 20 日至 7 月 8 日，上海国际贸易会堂，表演队应中
国流行色协会邀请表演 84 流行色丝绸服装
照片来源:《流行色》中国丝绸流行色协会 1984.2

1984 年 2 月 24—28 日，上海国际贸易会堂，上海市服装公司时装表演队应中国流行色协会邀请
表演 1984—1985 年流行色丝绸服装
照片来源:《流行色》中国丝绸流行色协会 1984.2

霓裳繁花路

1984 年 8 月，香港美心皇宫大酒店，上海市服装公司时装表演队为上海服装赴港展销团表演丝绸服装（左：徐萍 供稿；右：史凤梅 供稿）

1984 年 8 月，上海市服装公司时装表演队赴港演出期间与上海对外贸易总公司、上海市手工业局、上海市纺织工业局、香港华润纺织品有限公司的领导们合影（史凤梅 供稿）

1985 年 3 月 16 日，霍英东先生（前左起第 4 人）设家宴招待在香港表演中国民族服装的时装表演队

1985 年 3 月 16 日，上海市服装公司时装表演队队员与慧妍雅集会长朱玲玲小姐及张莉萍小姐合影

1985 年 3 月 17 日，香港邵氏影业公司总经理邵逸夫先生设家宴招待时装表演
队成员（从左到右：徐文渊、张德敏、邵逸夫、李跃章）

作者徐文渊（右）与朱玲玲小姐合影

1986 年 2 月 8 日，澳门葡京酒店，上海市服装公司时装表演队在幻彩娱乐贺新春晚会上表演中国传统服装

澳门旅游娱乐有限公司总经理何鸿燊先生与上海市服装公司时装表演队队员们合影

霓裳繁花路

1985 年 1 月，上海电影制片厂摄制《黑蜻蜓》海报

1985 年 3 月 19 日，上海市服装公司时装表演队在香港大浪湾合影

1983 年 9 月，上海市服装公司时装表演队赴广州演出期间在七星岩合影

目 录

原　序

胡铁生

　　读了徐文渊同志所著《色彩·女郎·我的梦——时装模特儿之路》（现《霓裳繁花路》），不禁抚然良久。

　　路，是走出来的。但是，向没有路的地方，向长满荆棘蔓草的荒野，踏下第一脚的人，既需要很大的勇气，又必须准备付出很多代价，作出很大的牺牲。但只要这第一脚踏下了，第一步跨出了，只要方向对头，那么，后来跟上的，便会不约而同，一天多于一天。走的人多了，蔓草就会踏平，荆棘就会清除。路，也就慢慢走出来了——从羊肠小道到康庄大道。

　　因而，古今中外，对于这种跨出"第一步"的人，后来者总是给予怀念、感激、以致崇敬——尤其是在"路"已经走出来以后。

　　在时装表演已经蓬勃发展的今天，回过头去看看中国第一支时装表演队艰苦创业的历程，徐文渊同志和她的战友们，是值得后来者以及千千万万时装爱好者怀念的。

　　谁也不应该忘记：徐文渊他们是在什么情况下跨出这第一步的。

　　锁国三十年，服装，无论男女都只有数得出的几种款式。色彩，更是一片"蓝色的海洋"加上"灰色的原野"。奇装异服，成为"资产阶级生活方式"的一种标志，一种"不道德的东西"，甚至是"不祥之物"——因为它会招来各种各样奇奇怪怪的眼光以至麻烦。在这样的环境，这样固执的习惯中，"时装模特儿"这几个字，一开始几乎就同"淫邪"这个概念捆在一起，是并不足怪的。偏偏在这个环境、这个时代，徐文渊和她的战友们，却勇敢地向荆棘丛里踏下了自己的第一步，从而开辟了中国时装表演之路，难道不值得钦佩？

自然，首先应该感谢党的十一届三中全会，应该感谢改革、开放的大环境。没有这个大环境，便不能想象当代最时髦、最浪漫的时装表演，会从天而降——"皮尔·卡丹旋风"会刮进上海。

爱美，总是人之天性，"衣"又是人表达这一天性的最直接也是最经常的东西。生活安定了，丰富了，想穿得好一些、美一些，本就是人之常情。我们偌大的一个中华人民共和国，自然应该有合乎自己身份，显示民族特色的时装表演队伍。

徐文渊同志和她的战友们，正是在这样的时代、这样的环境，肩负着这样的使命，不怕面对荆棘丛生的旷野，跨出了"第一步"——多么艰难的历程！读了书中创业时期的辛苦和磨难，心软的姑娘，大概会一洒同情之泪。然而，在这一部分，我的思想却主要在《诞生在金色的秋天》《沉寂的日子》《交际舞风波》《等待间隙》这四节中多次徘徊。

《诞生在金色的秋天》，生动而详尽地叙述了中国第一支时装表演队第一次表演的经过，真不容易呵！看上去平凡、朴素，可这中间又凝聚着多少创业者的汗水和心血。仿佛种粮：有了土地，播上种子，加上辛勤的耕耘，只要老天不过分作难，总会有"金色的收获"。然而，耕地、播种、浇水、施肥、除草、收割，每一个环节，都需要农民的大量汗水和心血。唐人李绅有诗："锄禾日当午，汗滴禾下土。谁知盘中餐，粒粒皆辛苦。"今天，当我们惬意地坐着欣赏中国优秀的时装表演艺术的时候，应不应该背一背这首唐人的小诗呢？

读完《沉寂的日子》，知道了徐文渊和她的战友们在首场演出后所受的冷遇，我忽然有所"思"了：传统的偏见、习惯势力，总是与新生事物格格不入，总要寻找机会反攻一下。可是，新生事物在同它们作斗争的时候，又不能采用同敌人作斗争的手段和方法。道理很简单，因为它们存在于我们自己的队伍中。正因为如此，更必须根据对象、环境、条件、时机的不同，选择不同的解决办法或者斗争方式。要有耐心，不能急躁。必要时，要等待、观察一个时候。时装表演队首场演出之后，碰到了传统偏见和习惯势力的阻力。徐文渊和她的战友们焦急、忧虑，却不沮丧、退却，而是耐心等待，积极争取，"欲速则不达"。孔夫子的这个道理，是十分正确的。

《交际舞风波》又给了我们什么教训呢？这就是：在任何时候、任何地方，办任何事情，都不要忘了唯物辩证法的这个根本原理：一切以时间、地点、条件为转移。有些事情今天看来稀松平常，当时却是"荒唐透顶"，甚至"大逆不道"："交际舞风波"就是一个典型。交际舞，传入中国，可谓久矣。上海，又曾经是它的发祥地和大本营。可是，20世纪50年代中期以来，它的遭遇却是曲折非常。无独有偶，第一支时装表演队走过的路，偏偏与他们喜欢的交际舞的命运相似，这也算是一种缘份吧。

新生事物大都多灾多难，又大多得道多助：本书《等待间隙》这一节，就再次以事实证明了这一道理。第一支时装表演队在"等待间隙"中，无权、无财、无势，冷嘲热讽、各种阻挠不时袭来，既来自外部，又来自内部，"山重水复疑无路"的境况一次又一次地出现。可是，不管怎样的艰难困苦，徐文渊和她的战友们，却始终能坚定信心，使出"浑身解数"，寻求来自各方面的帮助，在即将"碰鼻子"的时候，转一个弯子，又找到继续前进的路子，终于"柳暗花明又一村"。这正是"得道多助"的缘故。作为一个时装表演事业的热心支持者，我愿借这本书的一角，寄语所有从事创造性工作的年轻人：愿你们从徐文渊和她的同伴们的事业中汲取不断进取的勇气！

很多人对这一点迷惑不解：中国第一支时装表演队几乎全由普通工人组成，为什么一登上舞台，便誉满天下，使欧美国家、日本、中国香港同行刮目相看，并且获得了"东方仙女"的雅称？

答案应该是简单的：尽管这支队伍比起海外同行来，起步较晚，但是，她们一开始就方向对头——充分注意自己的民族特色。任何民族的任何艺术，大都愈有民族特色（只要这些特色是健康的、优美的），就愈能吸引外民族的注意。用今天的话来说，就叫作"愈有民族性的东西，就愈有国际性"。服装设计、制作、造型、表演，既然是一门艺术，自然也不会例外。中国第一支时装表演队的可贵之处，就在于自始至终坚持这个方向。这样，他们虽然年轻，他们的"靠山"却是有数千年历史的中华民族传统文化艺术——这是足以令全世界倾倒的。正是倚仗这个"靠山"，他们才能在那么短的时间里，闯出一条时装表演的新路子。将来，还要依靠这个"靠山"，向更高峰迈进。希望后来者无论如何牢记这个根本经验。

写到这里，似乎应该搁笔了，然而，又忽然想到应该为本书作者讲几句话。

读了这本书，我想读者都会为作者徐文渊的拼命精神所感动。这么一个瘦瘦弱弱的女同志，竟会在这么复杂的环境里，忍受这么多的磨难，开创出这么一番事业来。

顽强地表现自己，有时并不是什么缺点。对于最需要外界了解、同情、支持的新生事物的开拓者来说，更是成功的必需条件。徐文渊在日常工作、生活中，是一个"标准守法户"。勤勤恳恳、老老实实地为人民工作了几十年，从来很少表现自己，更不要说"顽强"了。可是，为了在没有"路"的地方走出"路"来，她却顽强地表现起自己来了。为什么？因为她热爱时装表演事业。为了这个事业，为自己的战友，她肚里憋着一口气。这口气一旦迸发，便势不可挡。凭着这口"气"，她几乎创造了奇迹——

一个从没有写过电影剧本的人，居然写出了电影剧本《新潮》，而且，在此基础上与人合作，拍成了电影——这就是《黑蜻蜓》。

一个从来没有写过报告文学的人，居然写出了十几万字生动、真实、详尽的报告文学，并于1990年3月在上海《解放日报》上连载。其时，上海时装模特队的创建过程成为几十万读者每天关心的话题，服装行业的有些工厂甚至每天广播当天的连载，引以为荣。如今补充修改成书——同样也是一次成功。

没有她这种"顽强表现"的精神，中国时装表演之"路"是不可能在这么短的时间里踏出来的。

当然，作为一个东方女性，徐文渊也有自己的弱点：受了委屈，遭到不公正的对待，她也会叹息、忧伤，甚至哭鼻子。不过，她这种软弱，也是可以理解的。她从来不想不劳而获。对于那些只擅长摘果子而从来厌恶耕耘的卑劣者，她鄙视、憎恨。可惜的是，对于这些卑劣者，她不懂得依靠群众、依靠组织，来同他们进行针锋相对的斗争，最后她只是"清高地退却"。

读一读本书有关章节，便可以了解，徐文渊受到的不公正对待，确非常人所能忍受，而她，为了事业，为了保持自己的自尊，为了自己的人格，她忍下了，一次又一次。令人为她鸣不平。而她字里行间所表现出来的宽容、大度，更令人觉得可贵，她满可以在文字间发泄一下她的委屈、她的怨愤，甚至诅咒她的对手——这是很自然而且很容易的事，然而，她没有，她只是客观地叙述——作为表演队发生的事情客观叙述，这尤其令人感动。而不事栽培只知摘果的人们，在她面前，也该知愧了。

作为一本书的序言，我想谈谈这本书的本身。

徐文渊不是作家，在描写时装模特队之前，她甚至没有想到过文学、创作。她写的，大多是报告、简报、计划之类的公文，要拿起笔来写下一本十几万字的书，以前是无法想象的，然而现实生活激励着她、启发着她、催促着她，使她终于拿起笔来。所以，她的文字，也许不免生涩，她的遣词造句，也许不那么合规范，但是，字里行间跳动着的一腔真诚，满腹激情，却是任何华丽的辞藻所无法替代的。她是时装模特队的创始人，谈起队里的事，她如数家珍，巨细无漏，建队时的矛盾迭起，一波三折，她娓娓道来，自有一种动人的韵味；她爱那些模特儿，天天跟她们生活在一起，熟悉得就像自己家里人一样，她写她们，真是信手拈来，游刃有余，姑娘们的一颦一笑，一举一动，跃然纸上，情趣盎然。

徐文渊的写作，背负着沉重的责任感，写得格外艰苦，如果说她的创业花了她大量的精力，那么她的写作，则花了她大量的心血，她力求忠于事实，写作中，对许多当事人，一一拜访，征求意见，对当时发生的许多事情，她也平心静气、宽容而又公正地评价。这种态度本身，就使这本书增加了分量。

创建模特队，丰富了徐文渊的生活，锻炼了她的性格，激发了她的潜能，而这本书的写成，则为她的这一段生活画上了一个完满的句号。

徐文渊是勤劳的，她最后的收获也是丰硕的：第一，《黑蜻蜓》这部电影拍成了；第二，这本书出版了；第三，本人还被评为"1990年上海市服装工业系统成功者之路"的十名优胜者之一；第四，更令人欣喜的是，她在上海《解放日报》上连载的《时装模特队》这部饱蘸作者汗水的长篇报告文学作品，在1991年9月"全国城市报纸连载作品年会"上，被评为特等奖。这是作者获得的殊荣，她的奉献得到了更广泛的承认。最重要的是，十年前自己与战友一起跨出第一步的那块没有"路"的"荒野"，现在已经踏出了一条"康庄大道"！

1991年10月1日

写在前头

此刻，我仿佛坐在时间长河的岸边。六年的岁月，充满痛苦与欢乐、辛酸与愉悦，如潮水一般向我涌来。浪潮时缓时急，冲刷着记忆中突兀的巉岩——那些使我难忘的往事。在选择用文字来表达那些难以言说的感觉的时候，我几乎立刻便感到了语言的贫乏。

我想，这一段岁月可算是我生命中的华彩乐章了。我的思想、灵魂、感情乃至生命，都凝结在我所钟爱的事业里。如果不是命运给了我这样的机会——组建中国第一支时装模特队，也许我会在日复一日平淡刻板的生活里，疲惫地、枯燥地过上一辈子。

一生中，能够有机会全身心投入到自己所热爱的事业中，实在是一件幸事。有时候，你一眼望出去都是迷茫，根本找不到可以倾注热情的事业；有时候，你明白了向往的目标，却没有将梦幻变为现实的机会。生命是短暂的，然而大多数人，只是注视着时间在身边慢慢地流淌过去，难以在这个星球上留下生命的任何痕迹，所有的辉煌只存在于期待中。努力奋斗的结果，不一定收获快乐。但是，如果不去尝试，无论怎样甘美的果子，都会在藤蔓上腐烂。用全部的热忱去干一番自己梦寐以求的事业，纵然艰辛，纵然坎坷，又算得了什么？

我常常想起那些忙忙碌碌的白天和黑夜：组织服装表演，寻找配套用品，艰苦的形体训练，匆忙地搭台装台，还有编排组合，选编音乐，研究富有"中国特色"的表演形式，外加繁忙的业务往来和行政事务……简直没完没了。临睡前，把第二天要做的事写成备忘录，准有十几项，几乎天天如此。躺下依然在梦里奔走不息。现在回想起来，我简直不敢相信紧张的一天又一天，我和同伴们是怎样支撑过来的。在毫无经验，又一无所有的情况下，我们从崎岖的小径终于走向光明的坦途。

我们可以被称作中国时装表演的拓荒者吗？我不敢肯定，又不愿否定。如今，当我翻开一本本影集，面对这么多姑娘姣美的容貌，面对我们曾踏上的一个又一个舞台，面对这么多报纸杂志的热情报道，面对这么多的荣誉和奖赏，我一下苏醒了。我，还能说什么呢？不过，在所有这些身外之物落到头上之前，我甚至从未有过半点奢望。

现在，我只想用这支笨拙的笔，写出一段真实的人生历程。

人都在努力希望有所建树——尽管谁都知道，很少有人会在死后被塑成铜像，坐在花园里永恒地俯视芸芸众生，或者在历史上留下一行耀眼的文字。

感谢命运赐予的机遇，我尽力了。

徐文渊

第一章

如果人世间没有梦，这人世间又将会减少多少颜色和滋味啊！

——摘自《世界文学名著妙语大全》

1. 皮尔·卡丹旋风

1979 年 3 月。

正是春寒料峭时节。温暖的春意，只是偶尔柔柔地探出头来。街上的人们依旧严严实实裹在臃肿的冬装里。阴阴的风扑向人们的脸颊，顽强地钻进领口、袖口。霎时间，冰冷的湿漉漉的感觉便在背脊上散开来，让人禁不住缩一缩脖子。阳光淡淡无力地洒下来，仿佛依然是冬天那个衰弱的太阳。

但在上海服装行业，此刻却热气腾腾。一股兴奋的、躁动不安的气息涌来涌去，撩拨人们往常平静的心：法国著名时装设计师皮尔·卡丹（Pierre Cardin）将来上海举行第一次时装表演！

这是特大新闻。

说到巴黎，中国人也会立刻想到高耸的埃菲尔铁塔，凯旋门，迷人的不断上演浪漫爱情故事的塞纳河畔，热闹的香榭丽舍大街。海明威曾说："只要去过巴黎，一生里就不会忘记，因为'巴黎是一个流动的圣节'。"他写作过的咖啡馆里，乐曲悠悠地弥散开来……法兰西文化是由那些浩如烟海的古典巨著、瑰丽的美术作品、辉煌的建筑艺术构成的。今天，璀璨的法国时装已经成为法兰西文化不可缺少的一个组成部分。可可·香奈尔（Coco Chanel）、克里斯蒂安·迪奥（Christian Dior）、伊夫·圣罗兰（Y. S. Laurent）、皮尔·卡丹……这些时装大师手下涌出的时装，或奇妙诡谲，或华丽高雅，在国际时装潮流中掀起一次又一次波澜。他们的商标已经成为高贵雅致的同义词。

1979年3月，皮尔·卡丹时装表演入场券

一个世纪以来，巴黎一直是世界时装的中心。1987年法国总理希拉克甚至骄傲地宣称："巴黎确实是世界上第一个使时装上升为一种艺术的城市。"

但在国门初开的1979年，我国的服装业，还没有从长期的封闭中苏醒过来。对这个大名鼎鼎的皮尔·卡丹和法国时装，也仅仅是耳闻。有关时装表演的知识，仅仅来自几本过时的外国杂志。即将到来的皮尔·卡丹与美丽的法国模特以及瑰丽的法国时装，究竟是个什么样子，大家一无所知。现在，这些陌生的人和物，一下子就将自天而降，怎不叫人睁大眼睛……

这是一种对外面世界充满渴望的注视。

皮尔·卡丹的名字在世界服装业里震耳欲聋。大家都知道，他1922年出生在威尼斯，意大利古老文化艺术的影响流淌在他的血液里。1945

年他孑然一身闯到巴黎，开始在一家服装公司当办事员，之后参加了许多电影人物的造型、服装设计，他的艺术才华渐渐显露。拜当时名扬四海的克·庇鲁尔德为师仅一年，皮尔·卡丹就在巴黎独自举行了时装发布会。战后经济复苏，随战争到来的"制服年代"正在成为过去。皮尔·卡丹率先在巴黎闹市区开设两家成衣店，走出象牙之塔，为普通消费者设计时装。他从此开风气之先，使时装走向更为广泛的社会阶层：此举成为时装设计业的一个重大突破。1953年，他设计的"泡泡裙"轰动一时。现在，他可以称得上法国先锋派时装设计的代表。他自称要做一个现代的马可·波罗——东西方文化交流的使者。

为了迎接这位时装设计大师，上海市服装公司经理张成林，亲自挂帅，挑选精兵强将，组织接待班子，厉兵秣马，为皮尔·卡丹的时装表演准备一切：舞台制作，灯光布景，各种装置……

要安排后台更衣室了。男士一间，女士一间，分室更衣，分门进出。在我们看来，这是天经地义的。但是，当时台后只有一间更衣室，于是，接待人员便在中间挂上了一幅严密的帘子，足以遮断所有的目光。

演出前，皮尔·卡丹来后台检查，看到中间隔着的帘子，仿佛看到一幕古怪的、不可思议的景象，疑惑地发问：

"这帘子干什么用的？"

接待人员对这个问题感到奇怪："这边男，那边女啊！"

皮尔·卡丹眉头蹙紧："国际上时装表演，都是男女在一起换衣服，这是很自然的事。时装设计师就像外科医生，需要了解模特的形体。对不起，请把帘子拿掉。"

在场的中国设计师、工作人员面面相觑。虽然不是孔夫子的年代，男女授受不亲，小姐被陌生的男子看见了手臂，就得寻死觅活或者嫁给他，但再怎么开放，这种频繁的演出更衣，总难免有一个个近乎裸体的瞬间，总要隐蔽地进行。男男女女混杂在一起，行吗？不会惹出事来吗？

大家反复地向皮尔·卡丹解释，希望他"收回成命"。

"这是工作！"皮尔·卡丹口气温和，但显然没有商量余地。

帘子，拉掉了。

皮尔·卡丹时装表演被批准在上海演出两场，只让有关人员"内部观摩"，并且作出了三条规定：第一，对观看人员进行专业审查；第二，一律对号入座，记录姓名；第三，票子不得转让。

整个演出都是在极其严密的安排下进行的。两场演出加起来也只有两千四百个座位。服装公司系统三万多人，谁不想亲眼看看上海有史以来的第一场时装表演？谁不想目睹来自世界时装中心——巴黎的新潮时装？谁不想借此机会开开眼界，观赏世界时装设计巨擘皮尔·卡丹的杰作？票子的紧张可想而知。当时我在市服装公司技术科负责新品种工作，又刚刚在静安体育馆举办了一个"春夏服装展销会"，因此，我很荣幸地获得一张时装表演入场券，还是十二排的最佳座位。

人民大舞台的格局已经完全改变，整个舞台是一片纯白色。

"皮尔·卡丹时装表演"八个黑字镶嵌在白色的天幕中心。舞台两侧各竖立着三块镶着黑边的白色屏幕，从舞台边缘中心延伸出去，在观众席上拉出了一条"⊥型天桥"，足有十米长，使舞台成为"工"字形。观众围坐在"工"字形舞台的周围，对服装款式、工艺技术一目了然。

当初，我简直不理解时装表演的舞台，为什么要占用前排这么多最佳座位，把台伸出去这么长，现在，我身临其境，才恍然大悟。

下午2点整，时装表演在曼妙的音乐伴奏中拉开帷幕。身材修长俏丽的法国模特，以她们潇洒自然的台步和迷人的风姿，把时装设计师的梦想从巴黎带到上海。最先出场的六位模特，穿着奇特的高肩时装娉娉婷婷亮相之后，依照时装的色彩和风格，模特们双双对对从"天桥"上飘然来回，把设计师的作品意境，展现得淋漓尽致。

皮尔·卡丹酷爱东方文化，他的作品又具有强烈的现代意识。来中国表演之前，他从中国的建筑艺术中汲取灵感，把庙宇殿堂、飞檐翘壁的特色，运用到肩部的造型上，构成视觉的焦点。所以，这次表演的服装，都以翘肩、高肩、耸肩为标志。

令人眼花缭乱的一组组时装，在灯光辉映下呈现出各种明丽的色泽。变幻莫测。模特三三两两地出场，或静立，或旋转，或悠悠踱步，犹如一个个活动的雕塑，不断在走台中造型，光彩照人……

看着看着，一种从未体验过的兴奋在我心中悄悄扩散。对时装表演的陌生感，逐渐烟消云散，它不再是一个遥远而缥缈的梦了。我深信，在场的绝大多数人都和我一样为之陶醉。

正当人们沉浸在陶醉中，一位热情奔放的模特穿一件红色长袍走到前台，左右展示之后，她的长袍轻轻滑落下来，露出一件袒胸露背、大腿裸露的超短紧身衣衫。剧场里活跃的空气一下子凝固了，一片寂静。台下的观众有的怔住了，有的低下了头，女士们莫名其妙地传染了一脸的羞赧。这一瞬间竟如此的"惊心动魄"！

一个小时的表演接近尾声，新娘穿着白色的婚礼服，在新郎的搀引下缓缓出场，走向观众。宾客们身穿各种礼服，伴随新娘走向台前，向观众致意。皮尔·卡丹在热烈的掌声中走向舞台，向观众致谢。

全场掌声雷动！

表演结束之后，还发生了一段有趣的小插曲：首次来到上海的法国模特，充满了对这个东方城市民情风俗的好奇心，她们提出要去逛街。这令张成林经理伤透脑筋。客人的要求合情合理，不答应吧，有悖礼仪，答应吧，她们周身掩饰不住的巴黎的浪漫情调，同我们的环境相比太超前了。花枝招展地往街上那么一转悠，准会引起"轰动效应"。左思右想之后，张成林要求她们穿便装而不是时装出去，尽量朴素一些，才总算解决了这个问题。

皮尔·卡丹走了，但他带来的冲击波仍旧震荡着服装行业。

2.心灵地平线上冒出的梦幻

历史学家肯定地告诉人们：早在亚当与夏娃的年代，一片遮羞的树叶折射出人类进化的意愿。徘徊了数不清的岁月之后，人类艰难地从洪荒时代迈进文明时代的门槛。北京周口店山洞中发掘的第一枚骨针可以证明，我们的祖先用粗大的骨针制造了人类最古老的衣裳。以后，随着生产力的发展，社会和人类的进步，服装的功能，也从单纯的御寒、护体，转为装饰、美化，以至表明身份，显示尊严，用料也从粗陋的毛皮、麻布，转为精美的丝帛绸缎，乃至金玉。

我国的服装早在公元 7 世纪就达到了相当优美的程度。这在唐代画家周昉的《簪花仕女图》中可以得到充分证明。

新中国成立后，由于长期革命战争的影响，人们崇尚俭朴，反对奢靡，自然不会在穿着上下功夫。服装设计人员当时也只知道设计服装要朴素大方，不能奢侈，更不能搞奇装异服。看了巴黎时装表演之后，脑袋开了一点窍，大家朦胧地意识到：改革、开放也应该体现在我们人民的服装中。然而，服装改革到底走一条什么样的路，设计人员脑子中仍然一片空白。设想与现实之间，距离还长之又长。

对于西方世界的时装，我们长期不屑一顾，自然更不会去争什么地位高低。对于海外顾客的习惯、爱好，也长期缺乏研究。因此，有些做工精细的真丝绣衣，在海外进不了高档时装店，只能在华人街和地摊上销售，而我们的丝绸一经外国时装设计师之手制作成时装，便身价百倍。

不久，冲击又来了。继皮尔·卡丹以后，日本的时装表演队又来到上海，展示了"超越国度的世界时装""明丽多彩的日本时装""日中友好的交流时装"三大系列。

"超越国度的世界时装"，是日本服装设计师针对世界时装流行倾向提出的自己的主张：外形轮廓的"V"形——肩部夸张，腰部纤细苗条，装饰两侧开衩。衣料——反光，半透明薄料，羽毛装饰。色彩——强烈的色彩组合。

"明丽多彩的日本时装"是在日本市场上出售的商品服装，夸张的倾向大大被压缩，但不减新颖。

"日中友好的交流服装"则深受中国宋朝水墨画、唐三彩、明朝五彩以及现代装高领的影响，借用刺绣、羽毛、花边、夹料等中国技术和原材料，把东方情调与现代感完美地糅和在一起，雅致而朴实。

看了东邻的时装表演，我们感慨颇深。日本的服装，也曾长期局限于狭窄的四岛，在国外也有过不光彩的"地摊史"。但他们愿意学习，经常与外界交流，然后博采众长，不断创造出具有本民族特色的时装，逐步形成了自己的风格。东京，如今已成了世界时装中心之一！

20世纪30年代的上海，服装业曾经赫赫有名。胡蝶、王人美等大明星，都当过时装模特。出口时装，曾经风靡过东南亚。现在，无论是服装设计还是工艺制作都大大落后了。我们怎样快步跨越这鸿沟，重新走向世界？这个问题开始在上海同行头脑中萦绕了。

那个决定了我以后人生道路的1980年的夏季，就是在这个时候来到的。

1980年7月19日，美国"豪士顿"时装表演队来上海，只在友谊电影院表演一场。由外贸系统负责接待，服装公司负责演出以及后台的熨烫、缝制等。张成林经理让我具体负责组织联络工作。

1980 年 7 月 19 日，美国豪士顿时装表演
注意事项

  7 月 18 日上午，我陪实验工厂厂长和烫工、电工、缝纫工来到友谊
电影院后台。突然，我仿佛坠入了一个华丽而美妙的"服装的海洋"，
几百套以黑白红为基调的时装，或柔和典雅，或豪华绚丽，或温馨庄重，
或浪漫夸张……我睁大了眼睛，从这头观赏到那头，依稀听到了柔软的
衣料摩挲出来的快乐的韵律！那整齐排放的色彩各异的几百双漂亮皮鞋，
一百多只精致考究的皮包：这一切，集中呈现出一种异乎寻常的"美
丽"，一下子紧紧抓住了我的眼和心。我陶醉了，神迷了。再看看自己
和周围的同志，看看街上的行人，几乎一律的白衬衫。再想想那一大片
"蓝灰色的海洋"，同色彩丰富的大自然比起来，显得何等单调、贫乏。
难道这类美丽的服装，只应该穿在外国人身上，我们中国人就没有份？

  一个占人类总数五分之一的泱泱大国，曾经有过那么多精美华丽，
值得骄傲自豪的服饰，然而，现在却黯淡无光。中国！中国！看看中国

9

以外的世界，我们是落伍得太久了。

看演出的时候，我忽然又想到了"死与活"的问题。衣服挂在衣架上是平面的，穿在有胸架上也是死板的，没有生气。而一上模特的身，原来平面的、死板的衣服，便变成立体的、丰满的，充满生命的活力和个性的魅力。多奇妙的时装表演！静止时似雕塑，活动时，人体即成为绝妙的表现手段，她把人体美、服饰美、姿态美有机地结合在一起。这是一种形体的语言，她无声却又生动地把服装设计师的梦想栩栩如生地娓娓展示，这种展示，是印在纸上的广告、说明书所无法代替的。外国有模特，我们中国为什么不可以有呢？

看完演出以后，我不止一次地想：人生应是风云变幻的，就像小时候玩过的万花筒，人生在世，总该创造点什么吧。

于是，一个新的幻梦从心灵地平线上冒了出来——这是我的"仲夏夜之梦"，一个还不存在的中国时装模特之梦。

可是，人生也确实有趣。有时自认为是梦幻的东西，会突然悄悄地君临现实。尽管当时我自己并不清楚，可是，这个"梦"却正在悄悄向我走来。

中共十一届三中全会以后，改革、开放的浪潮冲击着中国大地，昼夜不停，势不可挡。旧的观念缓缓地、非常不情愿地、却无可挽回地剥落、消失。沉沉地关闭在幽冥中的那扇门渐渐打开。

中国人被封闭压抑了很久的欲望、激情、智慧一旦宣泄出来，蓦然间便是风起云涌。

"佛要金装，人要衣装。"这是句老话。就是在封闭的年代，即使衣冠"清一色"，但从翻出的一角略微彩色的衣领、肥大的裤腿上压出的一条挺直的裤线，还是可以看出，人们总是想尽可能地美化自己。服饰是一个人的外观，集中起来可以表现一个民族的形象。今天的世界里，服饰在实用艺术中所占的比重越来越大了。

在改革、开放的潮流冲击下，服饰方面没有选择和无可选择的时代过去了。长期随便、单调惯了的中国人也渴望多样化了，服装行业再也无法按部就班地在"蓝色的海洋"中随波逐流了，美化人民生活，扩大出口贸易，促进生产发展，已经成为他们迫在眉睫的任务和不可推卸的责任。

就在美国"豪士顿"时装表演之后，张成林经理萌发了组建中国自己的模特队伍的想法。他是一个有胆识和魄力的人，在服装行业干了一辈子，做过车工、烫工、车间主任、厂长。他精通服装制作技艺，艰难坎坷的生活之路，并没有磨去他身上的开拓精神。那个关于时装模特的妙想，一经闪烁便被他敏锐地抓住了。可是，这个想法仅仅一露头，便有人来了个"迎头堵"："太平一些吧！搞这些花样、奇装异服，有什么好处？当心点。"

张成林不是一个弱者。他是一个开拓性的强者，懂得三中全会制定的改革、开放路线的精神实质。他更懂得"文革"已经过去了，"剪小裤脚管"那种世风已经一去不复返了。他更明白，今天的中国人对于服饰的要求已经不同于过去，爱美的天性已经重新在十亿同胞的心中滋生。他的决心得到了副经理陆平的大力支持。

陆平当时 70 岁高龄，20 世纪 30 年代毕业于上海新华艺专，对绘画、文学、书法艺术有很高的造诣，对服装工艺也很精通。1956 年，上海市服装公司成立，他是公司的第一任经理，后来被错划为"右派"，下放工厂劳动。在他备受精神折磨的痛苦日子里，他仍旧潜心于服装造型及工艺技术、面料纤维与成衣关系的研究，撰写了许多专业论文、教科书。为了探索一件衣服的造型工艺，他往往自己设计、自己裁、自己缝，在实践中积累了丰富的经验。当他得知张成林打算自己搞一支时装模特队时，立刻兴奋地说："我早就有这个想法了，我全力支持你，必要时我可以脱出来搞。"

张成林有了知音，他的信心更足，决心更加坚定。于是，他果断地带着自己的设想，走进了上海市手工业局副局长刘汝升的办公室。

刘汝升原是服装公司经理，他在服装行业默默耕耘了十三年，也是一个"实干家"，他用很多心思去考虑公司的经营管理如何改善、如何突破、如何进步。他不能忍受自己的工作"停滞"或"后退"。1974 年，他到巴黎参加世界服装博览会回来，立刻把服装行业几百条生产流水线，由"面对面"改为"课堂式"的专业化生产，把服装行业搞得热气腾腾、蒸蒸日上。

"你去干吧，悄悄地，不要打报告，打了没人批。先干起来再说。"刘汝升深思熟虑一番以后，胸有成竹地对张成林说。

那天，我奉召来到张经理的办公室。他凝视着我，说："搞时装表演队，干不干？"

"当然！"我使劲地点头。

"好，就调你来负责时装表演队的组建工作，马上考虑具体方案！"

真没有想到，我曾经幻想过的梦，竟来得如此突然，如此神速。当时，我立刻想到德国哲学家沃尔夫说过的一句话："一个人一生中可以做一件通常被认为不可能做的事情。"现在，这个机会终于降临了。我这一生能够从事一项美好的事业，这将是我莫大的幸运！

我飞奔下楼，走进办公室，摊开报告纸，立即提笔草拟"组建时装表演队方案"。

第二天，方案送到刘汝升副局长的桌上。张经理、陆经理和我都站在一旁听候"审判"。

"可以。"许久，刘汝升说了这两个字。

我如蒙大赦，长长地吁了一口气。

"不过，'模特'是外国的名称，我们中国从事时装表演的人又该怎么称呼呢？"刘汝升似在自言自语，想了一阵后，欣然道："时装表演就是要去表演时装的造型艺术，要把设计师的意图生动完整地展现出来，因此，她们也是服装造型表演艺术家，就叫'时装演员'怎么样？"

"嗯，很好听。"我颔首道。

"表演队先搞成业余的。时装演员就从服装工人中去挑选。她们熟悉服装制作技艺，对表演服装有利。经费问题，我批给你两万元。专款专用，一切从简，要勤俭办队。"

刘局长拍板定案。最后，他拿起笔，在方案上写道："建设一支庄重、大方、优美、健康的时装表演队。"

从这一天起，这八个大字就铭刻在我的心间，成为我工作的指导思想。

3. "众里寻她千百度"

组建时装表演队的第一项任务是挑选演员，也就是"选美"。

张成林经理要求"选美"工作做到四个"通"：演员的工厂领导思想通、家庭通、本人通、朋友通。而当时可供挑选的只有公司所属服装厂的三万多工人。

我深知，时装演员挑选的好坏，直接关系到第一支时装表演队的成败，关系到这项事业的前途和命运。为了过好这一关，我和陆经理战战兢兢，捧出《中国号型服装标准》，横算竖算，定出时装演员的体形标准要求，女演员，身高一米七以上，下身比上身长八厘米以上，胸围八十厘米，腰围六十厘米，臀围八十六厘米。男演员身高一米七九以上。

标准确定，便带着近几年艺徒分配的花名册和文艺小分队骨干分布册，逐一下厂"选美"。

酷热的八月，热辣辣的太阳咄咄逼人，连知了也热得停止了聒噪。走在柏油路上，热浪蒸腾，无多片刻，便汗如雨下。就在这个大热天，陆经理带着我下厂挑选演员，有时挤公共汽车，有时自己走着去。雷雨季节，有时老天爷突然大雨倾盆，便被淋成落汤鸡。

"选美"的路线是"先近后远""先多后少"（即女工多、艺徒多、文艺骨干多的单位）。我们走的第一家工厂是靠公司的上海第二衬衫厂。厂长陪同我们，以参观的名义到车间挑选。初选了几位，请来一看，长得都很漂亮，就是个子不高。我们接连跑了三天，所到的工厂几乎都是同一个问题：演员高度达不到标准。六个工厂跑了一遍，没有选中一个。服装行业的女工居多，但高个子姑娘不多，看来要选出够格的时装演员也挺难。我和陆经理不得不坐下来重新讨论一番，只得将体形高度从一米七〇降低到一米六五。

标准虽然修订了，但我心中的疙瘩始终没有解开。我疑惑地问陆经理："工人们坐在缝纫机旁操作，我怎么知道她们的高度呢？"

陆经理听了我的问题，笑了笑说："你要观察三点：第一，看她们的手指长不长；第二，看她做活的手势是否灵活（这能反映她接受新事物的灵敏度）；第三，看她腿长不长。手指长腿长的人，一般个子就高。"

这天，我们来到四平路上的上海工农雨衣一厂。走进缝纫车间，我突然发现一个漂亮的姑娘：白皙的面孔上，闪耀着一双美丽明亮的大眼睛。我注意观察她的"三点"，呵！纤长的手指，颀长的腿，干起活来异常灵活。她发现我们在观察她，表情有点不自然。我满意地向陆经理暗示，他会意地点点头。于是我们离开车间。很快，厂长把她引到我们面前。她听说是公司的陆经理，显得很腼腆。她靠门站着，身穿白色的工作服，高高的个子，清秀恬静，楚楚动人。

面对这个莫名其妙的姑娘，我们只好开门见山对她说："公司要搞时装表演队，你愿不愿意当一名时装演员？"

我通俗地向她解释："时装演员就是穿上新的时装到台上去表演，去宣传。"

她好像略有领悟地点点头。

我立刻给她测量体形，然后告诉陆经理："她身高一米六七，胸围八十二、腰围六十、臀围八十八，下身比上身长八公分。"

全部符合时装演员的标准！我如获至宝，立刻拿出时装演员登记表给她登记。

她叫史凤梅，当时 23 岁。读中学时，就热爱体操运动，想当一名体操运动员。可命运之神却把她安排到安徽一个畜牧场，种田、挑担，一干就是四年。直到 1979 年才顶替母亲回来，当上了一名服装工人。她在厂里干得很出色，进厂不久，就成了生产上的快手，不久，又一跃而成为同工种的佼佼者，在公司举办的技术练兵比赛中，还荣获单道工序第一名。

这是我们几天跑下来挑选到的第一名时装演员。我太高兴了，真没有想到在服装工人中竟还能选出这样标准的"美女"。

可是，"美女"毕竟太少了。以后又连跑了十多天，走了三十多家厂，符合条件的没有几个。有时，一连跑几天也选不上一个理想的。我有些不耐烦了，抱怨让我们挑选的范围太小。

有一天，我们又来到万航渡路的新风服装厂。走进宽敞的车间，映入我眼帘的是一片又低又矮的人头。我一下就失去信心，心里嘀咕着：又是"一场空"。信心一失，脚步加快，想"走马观花"随便看看罢了，把背着手慢慢踱步观察的陆经理抛得远远的。但他很快就追上来，悄声对我说，"挑选时装演员不能走这么快，要耐着性子，细心观察，否则，人才都从你眼皮底下滑过去了。"

短短几句话，让我心里一怔，转身望着这位一头银发的老经理，见他额上已渗出颗颗汗珠，显得有点气喘。我一下意识到他年龄已高，又患有高血压、心脏病，心中顿生几分惭愧。我立刻放慢脚步，跟随他细细观察，不放过每一个角落每一个人，结果在这个厂，我们选到了一个合格的时装演员——万红。

这是一个很有现代风味的小美人。标准的瓜子脸，炯炯有神的眼睛，高高的鼻梁，身高一米七。腰细腿长，乌发如云。

有了史凤梅，又有了万红，就会有第三个、第四个，我渐渐有了信心。

公司成立时装表演队、我们下厂挑选时装演员的消息不胫而走，很快传遍整个行业，传到许多家庭里，社会开始有了反应。人们对这个问题有两种截然不同的看法，有的认为是新事物，有的则觉得无非资本主义那一套，不符合目前的国情，超前了。一时间议论纷纷。我们选中的时装模特开始遭到周围人的非议，有的工厂领导提出反对，有的家庭也开始出面阻挠。

一天晚上，史凤梅找到我家，哭丧着脸告诉我："大家不同意我去，他们说，好好的姑娘去当模特，回来准会学坏。"同时她又向我吐露她的心声：自己从小喜欢文艺，虽然还不知道什么是时装表演，不过相信这是一项美好的事业，愿意为这项事业作出奉献，希望我们录用她。

小史这番话，蓦然在我心际添了一层愁云：不知以后还会有什么事？

果然，在各种压力下，几个经过千辛万苦招来的演员打了退堂鼓：男青年小杨，当时18岁，长得一表人才，高度一米八，体形标准。他爸爸妈妈怕孩子学坏，说什么也不同意。为了争取他，我首先找到他爸爸做工作，又请他妈妈到公司来协商，但无济于事。小邹也是我们眼里理想的女演员，可厂里强调她是技术骨干，走了要影响生产，坚持不放。一个家里不通，一个厂里不通，我们只好忍痛割爱。

有一次回到公司，张经理喜形于色地告诉我："长江服装厂有个张毅敏，一米六八，据说长得不错，你们去看看。"我们去了三次都没有碰到，就托厂长转告。厂长一听便竭力反对："小姑娘出去蹦蹦跳跳，心都野了，回来叫我们怎么管。"后来，还是张经理亲自出面，才把小张招来，结果她成为我们表演队的主要演员。

挑选时装模特工作进行了近两个月，陆经理带着我走遍市区六十多家服装工厂，终于挑选出19名时装模特（其中女模特12名，男模特7名）。他们虽然被选中，但都不知道时装表演是怎么回事，糊里糊涂地走进了这个圈子。

时装模特选来以后，我首先为他们弄来一部国外时装表演的小电影，请他们观赏，他们津津有味地看着自己今后从事的事业，脸上荡漾着无比的兴奋和喜悦。

接着，我根据收集到的国外时装表演的资料，向他们讲了专业知识的第一课——《时装表演的起源和发展》。

时装表演是由人体模型发展而成。人体模型出现于1573年，由意大利修道士山·马尔柯用木料和黏土制作，并用零碎的粗麻布加以装饰。这种木制的玩偶，很快传到法国和荷兰，人们称它们为模特。

法国路易十四、路易十五时期，玩偶在凡尔赛宫里备受宠爱。当时玩偶以最迅速的马车运送，最远达到俄国圣彼得堡。即使在战争期间，也没有停止过。19世纪英法发生战争时，英国港口对外界封锁，但对一种巴黎出产的巨大石膏像玩偶——"伟大的时装使者"，却准许进口。

后来，巴黎的女裁缝常常用模特向顾客展示新式服装。木制的模型不能动，许多女店主就自己充当"活"的模特。

一个到巴黎的英国人沃尔斯（Charits Fredrick Worth）娶了一个名叫玛丽的漂亮女店员，让她在自己店里充当时装模特。这样，玛丽便成为世界服装史上第一名专业时装模特。

那时，时装风格正由雍容的贵族化转向浪漫的平民化。玛丽的衣着绝对时髦，贵妇们只要一瞥便身不由主地目不转睛，沃尔斯因此也成为"时装设计的先驱"，法国高级时装的奠基人（《大英百科全书》）。沃尔斯女装的高雅曼丽蜚声于世，其中撑裙，是对累赘的"母鸡笼"裙的改进，是对传统紧身胸衣的挑战。他在春夏秋冬四季来临前，各推出一组服装，聘请年轻美貌的姑娘穿戴，让顾客仔细端详。他设计流动商店，称"沙龙马车"，响着叮咚的铃声走街过市，活泼的模特踏乐而舞，所经之处，万人空巷。这便是时装表演的雏形。

4. 诞生在金色的秋天

时装演员刚刚选好，张经理就对我们说："你们要快马加鞭，争取明年 2 月 21 日在上海出口服装交易会作首场演出。"

我蓦地一惊，心怦怦直跳。明年 2 月离现在才 3 个月，我的天，哪来得及！一系列难题都还没有研究解决：时装演员何时集训？场地在哪里？首场演出表演什么服装？谁来设计？演出需要有音乐、舞台设计、灯光，谁来承担？当时，我们是一无所有呀！

还好，服装研究所副所长赵衡来了。这位老大姐对服装造型艺术及色彩这门学问，有高深的造诣。接着，技术科副科长康志华也来了。他对服装技艺极其精通，是有名的"实干家"。他们二位的到来，让我吃了一颗定心丸。

又碰着了个大问题——钱！局里批给我们的经费，总共只有两万元。购买皮鞋、化妆用品、服装箱、衣架、吊衣架等必需品至少用去一半；剩下的还要制作舞台布景、租借场地、灯光、发放演出生活补贴等：这样一花销，哪来的钱？还要担负首场表演的服装，而服装，又恰恰是表演成败的关键啊！怎么办？！

张成林经理知道了我们的"经济危机"，经过苦思焦虑，忽然想出一个奇招：招来各厂厂长，游说一番："这次设计表演服装，是为设计人员提供一次创新设计的大好机会，你们设计好，先借给表演队表演，表演队为你们作宣传，然后再收广告费……"

厂长们顿时一片哗然：无偿设计制作，还要倒贴，岂有此理！

好在厂长有钱，我们有嘴。经过一番唇舌，厂长们划算下来，觉得有利可图，所以，最后都表示愿意鼎力相助。

首场表演的服装该是什么形象？为了抹掉"蓝色的海洋"，我们决定春、夏、秋、冬四季服装一起上，棉、麻、呢、丝绸面料一起用，使美化生活的"开场戏"更加五彩缤纷，绚丽夺目。

为此，我们组织37家技术力量最强的工厂承担首场表演服装的设计制作任务。金泰钧、陈丁元、钱雪弟、张蔚康等广大设计人员从长期思想禁锢中解放出来，能有施展才干的天地，都无比振奋，一个星期就交上来各种新颖款式设计画稿五百多张。由专家、名师组成的评委会，遴选出186件（套），作为首场表演服装——服装问题，就此顺利解决。

如何对时装演员进行训练呢？开始，我脑子里一片空白。后来，我想到了我儿子就读的上海戏剧学院，便去拜访曾教过他绘画的周本义教授，周教授曾留学苏联，当时任上海戏剧学院舞美系主任，他听我说要搞时装表演队，立刻热情鼓励说，"这是一件很好的事情，你们能开头搞起来，对美化社会、美化生活都是一大贡献，有什么困难我帮你解决。"

周教授短短的几句话，一下暖到我的心里。

很快，他为我们请来了训练演员的全套班子：搞形体的任小莲老师，搞化妆的应玉兰老师，搞音响的李树源老师，还有戏剧学院灯光室主任金长烈老师等。

秋天，本来是金色的季节，收获的季节，而1980年的这个秋天，却成为我们播种的季节。一切准备就绪，上海市服装公司时装表演队要开始训练了。这将是我们事业在万里长征中迈出的第一步。这一天，我站在市工人文化宫的舞蹈室里，环顾墙上的大镜子，屋角的钢琴，心情异常激动。

12点半，张成林、陆平、康志华、赵衡、任小莲，一个个踏进了工人文化宫会议室。

一点钟不到，12名女演员、7名男演员也陆续到齐。

这是1980年11月19日，我将永远难忘。

后来，许多次接受记者采访的时候，我都肯定地说：我们表演队诞生在这一天。

简单而隆重的仪式之后，我们来到舞蹈室。形体老师任小莲让演员们排好队，然后请大家把外衣脱掉。

一声令下，男演员很快都脱下了外衣，可是，女演员却僵住了，谁也不肯脱，好像脱下外衣，露出紧身毛衣就有伤风化似的。她们你看看我，我看看你，有的低下头，有的背转身。任老师见此情景，摇摇头，笑着说："形体训练，一定要脱掉外衣，才能轻松自如，否则怎么训练？"

姑娘们不肯脱外衣，弄得我也很惶惑。第一天训练就这么僵，今后怎么办？

于是，我走到徐萍面前。小徐当时19岁，队里数她最小。年龄小，顾虑也可能少一些。我对她说："小徐，你带个头，先把外衣脱掉好吗？穿毛衣又不是什么丢人的事情。"

小徐听我这么一讲，终于把外衣脱下，放到旁边的钢琴上。

好，缺口打开了，我乘胜追击："你们看，小徐脱了外衣多利索。刚开始训练就不肯脱外衣，今后还要叫你们穿着泳装、衬衣、时装、礼服去表演，怎么办？"

听我这么一说，姑娘们陆续躲到角落里脱外衣了。

任老师先教几个基本动作，想试试大家的接受能力。不做则已，姿势一摆，真是令她啼笑皆非，只见人人肌肉紧张，手脚僵硬，真是东倒西歪，"千姿百态"，难看之至。任老师笑着叫："哎！不要动，不要动！先看看镜子里自己的姿势！"

这些男女青年一看，嘻嘻哈哈地笑得不可开交。笑完以后，再不敢怠慢，一个个认真地练了起来，一招一式，一举手一投足，都认真模仿老师。

上了形体训练课，还要上化妆课。姑娘们对化妆特别感兴趣，都围坐在应玉兰老师的讲台周围，想看个仔细。

应老师盯着身边的姑娘们看了一会儿，选中了裘莉萍来配合示范讲解。裘莉萍长得很漂亮，白白的皮肤，一双大而明亮的眼睛，高高的鼻梁，轮廓分明的嘴唇，很有个性，只是颧骨稍显突出。

应老师开始上课了。她一边给裘莉萍化妆，一边给演员讲解。待讲解结束，裘莉萍已经变了样：清秀、高雅，活脱脱一个大家闺秀！姑娘们跳了起来，轮着坐到应老师面前，要应老师为自己先化妆，在脂粉眉笔中寻找另一个自己。

形体训练进行了一个月，演员们形体动作美观了，走路开始有了风度。唯有"老大姐"蒋雅萍不知怎么搞的，平时很好，一上训练场，走起路来，反而要顺手顺脚。老师着急，她自己也很难过。

蒋雅萍是我们队的"皇后"，长得端庄秀丽，雍容华贵。她高中毕业到农村插队落户，一干就是几年。回城进了光华服装厂，从工厂又走进时装表演队。她天性娴静，喜欢一个人坐着看书，织毛衣，做针线。唱歌跳舞同她从来没有缘。可命运之神恰恰又安排她走向时装表演的舞台。她常常为自己缺乏这方面的天赋而苦恼。

小蒋跟不上队，我心里也着急，就常抽出时间去看她训练。发觉她练台步时，总是在看别人怎么练，心里一紧张，就不能控制自己的脚步。我就提醒她："眼睛向前看，像平时一样走路，走得快一点。"

小蒋点点头，迈开步子，噔噔噔噔向前走，果然好多了。她有了信心，更是抓紧时间，天天练，终于将"顺手顺脚"的毛病克服了。

一时，大家都仿佛穿上了"红舞鞋"，为做好一个步伐、一个亮相、一个手势、一个旋转，身上不知流了多少汗，脚下不知磨出了多少泡。艰苦的训练，使他们懂得：当一个时装模特，完全不像想象中那样浪漫，那样好玩——闪光灯不断闪烁，鲜花、掌声，在金光闪烁的世界里，每天穿着漂亮衣服走来走去……

干什么事情都不容易。一个时装模特漂亮潇洒的后面，隐含着多少鲜为人知的艰难和苦恼呵！

离第一场演出只有二十天了。康志华、赵衡天天下厂抓表演服装的设计制作，男演员盛犇、何鉴德、管胜雄也经常下厂抓如期交货，我也天天外出买这买那。

一天，负责财务的周大忠同志提醒我："你不要再买了，没有钱了。"

两万元的开办费确实不够用。除了必须买的"基本建设"项目，皮鞋是不可缺少的配套用品。为了节省开支，我们只给每个姑娘买了两双基本色调的高跟鞋：一双黑色，一双白色。红、黄、绿、蓝等彩色皮鞋只买了一双大号规格，便于大家都能穿。再买了些化妆用品、袜子、围巾、胸花、手套等，就所剩无几了。接下来还有不少开支，没有钱怎么办？我就开始借，开始要，开始拿。

演出需要音乐，没有录音机，我知道公司办公室有一台，就去拿了来。一台还不够，还想到附近一家衬衫厂去借一台。真没有想到，东西没有借到，反而遭了一通讥笑。带了一肚子的委屈回来，刚进门又接到一个厂的电话：不能准时交出表演服装！此人还说，"东西给你们，钱又收不回，新的去，旧的退回来，叫我怎么处理？"

这一来，我无论如何控制不住，眼泪潸潸。做一点事情怎么这样难呢？！

这时，陆经理走过来，拿起大衣给我披上，说："这里冷，容易感冒，在这个节骨眼上，你可不能生病呀！老人的话你得听，别难过了，山不转水转。"

我慢慢平静下来了。

我想到日用五金公司生产不少生活用品，去碰碰运气吧。我找到了他们的经理华进，华经理二话没说，立刻把工会的录音机给了我们，还问我们需要什么。华经理的支持和帮助使我十分感动，我说："你们有哪些新产品需要我们做宣传，我们愿意帮忙，做义务广告。"

华经理想了想说："这样吧，送给你们几把最新的伞，也好在台上装饰装饰。"

就这样，东西渐渐凑齐了。

姑娘们要开始试穿高跟鞋了。箱子打开一看，大家都嚷开了："这么高的跟，怎么走路呀！"

"崴了脚怎么办？"

"要在台上走跌了跤才好看呢！"

跟，确实很高。为了提高演员的高度，我们定的是"全高跟"，每双皮鞋的跟足足有八厘米高。面对这么高的跟，姑娘们有点胆战心惊，并不奇怪。

为了保证上台表演成功，应该先让她们穿上锻炼。可是每人只有两双鞋，穿旧了上台怎么办？结果，规定锻炼时只许穿黑色皮鞋，走出训练室一定要脱下。

赵衡大姐更是处处留心。每天中午姑娘们出去吃饭，她怕鞋子穿出去弄破了，就守在门口，叫大家吃饭时脱下来，回来训练再穿上。姑娘们也个个争气。八厘米的高跟鞋穿在脚上不停地练，不几天，便从开始的"踩高跷"，变成了优美的台步。

音乐是时装表演不可缺少的氛围，美妙和谐的音乐，会成为一种有力的烘托，大大增强服装的艺术感染力。

为了寻找合适的音乐，李树源老师整日整日地挑选乐曲。几十年的音乐生涯，李老师为话剧配乐得心应手，然而，第一次为时装表演配乐，使他感到意外的艰难。因为模特们的音乐修养几乎等于零。连放几盘音乐，他们都听不懂，连最起码的节奏都很欠缺，更不用说表现出完整和谐的乐感和韵味了。李老师多次来排练场，熟悉服装，给模特讲解音乐的基本常识，直到配出模特们能够理解的音乐。

"装台"这个字眼在我的意识里是那样陌生，然而，却已经到了必须进行的时候了。公司还调来了曹显云、姚宏元、许连根、汤仁杰等同志帮忙。戏剧学院的老师包揽了全部灯光、舞美设计制作以及安装工作。夜深了，我和陆经理、赵大姐、老康等还有表演队的同伴们坐在剧场里，疲惫极了。周本义、金长烈等老师们还在为灯光效果作最后调试。

1980 年 11 月，陆平副经理（前排左 4）、康志华副科长（前排左 3）及时装表演队第一代男队员合影

1980 年 11 月，作者徐文渊（前排左 1）与赵衡副所长（前排左 2）、邬臻清指导（前排左 3）及时装表演队第一代女队员合影

1981 年 2 月 9 日，上海友谊电影院表演队首场演出单（更误：化妆设计：应玉兰　演员：史凤梅）

明天，将会怎样？我简直不敢想象。

5. 首场演出

1981 年 2 月 9 日晚上 7 时半，首场时装表演彩排在上海友谊电影院拉开帷幕。

幕还没有拉开，姑娘们已十分紧张，徐萍刚刚化好妆，突然哭起来了，她说她表演的"印度服"还不知道是什么音乐，怕走不好，心里急死了。

我们正在安慰徐萍，她的爸爸妈妈出乎意料地来到后台，神色严峻

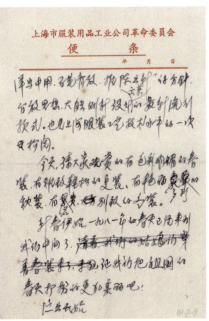

1981 年 2 月 9 日，上海市服装公司时装表演队首场演出报幕词

1981 年 2 月 9 日至 10 日，上海友谊电影院，表演队首次演出（管胜雄 供稿）

地说："听说徐萍今天要表演一件露手臂的礼服，我们为此专门来请你们领导考虑：这种袒胸露背的衣服，我们的女儿不能穿！"

原来，那天服装研究所送来一件晚礼服要演员试样。姑娘们一看，这件衣服有一只肩膀要外露，这是她们最害怕、最忌讳的。大家摇头的摇头，伸舌头的伸舌头，赶快溜到不引人注目的角落，生怕选上自己。

这件外露的夜礼服谁穿最合适？这个问题一提，大家不约而同地把目光转向徐萍。小徐天性活泼开朗，具有一定的艺术天赋和表演能力，对新事物敏感，容易理解接受。一见大家的目光对着自己，小徐一脸严肃紧张，又摇头又摆手，但架不住大家反复地说服，总算勉强同意试了样。但是，她最后仍旧表示：我不敢穿，爸爸妈妈绝不会同意。

果然，临到出场上台，她的父母闯来干涉了。现在各方面都已编排好了，马上就要开演，不能再有变动了，我们只好试图说服她父母。谁知越解释他们越来气。她妈妈说："我女儿才20岁呀，刚刚开始走向生活，这一步得迈在正路上。要是走错路，就完了。穿这种露肩的衣服让人看，太不像样。不能穿！"

为了尊重家长的意见，最后只好采取折中的办法：把那根长长的飘带缠在手臂上，把胳膊遮起来。这样做，问题是解决了，但作品的个性荡然无存。这根飘带正好是设计师刻意表现服装造型和开放的神来之笔，是"诗眼"所在。为了尊重设计师的创造和徐萍父母的意见，我们颇费踌躇地思来想去，最后只好让小徐退场时，背对观众，把飘带放下来，抛出去，拖着走进去。这样处理只有部分后背外露，我想小徐父母是能够接受的。倘若再不能接受，也只好听其自然了。

经过一番折腾，我的心已经抽紧了。突然开场铃响了，我一看表，7点25分。演出就要开始了。是"胜"还是"败"？我不得而知，然而，胜败在此一举。

　　　　　　　　　　　　　　　　　　　　　霓裳繁花路

我又一次走向演员，要他们沉住气，千万不要紧张。可是这些青年，从工厂第一次走向舞台，哪有不紧张的。

小张说："徐老师，你摸摸，我的手冰凉。"

小刘说："不行，我害怕死了，我的心直跳。"

小史说："我的腿直发抖……"

担任舞台监督的任老师、邬老师已督促第一组的演员在侧幕旁排好队形，准备上场，嘴里也不停地安慰她们。

场铃再一次拉响，全场灯光一暗，再由暗转明。我赶快跑出后台，到台下靠边站着。我听见了春天的鸟叫，感受到一片鸟语花香的春的气氛——音乐开始了。它把我的思想一下带进了春天。

周本义老师设计的巨型布景，银灰色的、立体状的"FZ"，矗立在舞台中央，它是服装二字的汉语拼音缩写。既是中国服装的标志，又带有西方色彩——好庄重，好气派！

随着音乐节奏，七位姑娘身着背心、套裙，轻快地走出舞台。每个人身上一种颜色——赤橙黄绿青蓝紫。她们七种颜色交相辉映，"赤橙黄绿青蓝紫，谁持彩练当空舞"？台上既是虹，又是诗，一下把观众引入彩虹般的童话世界。

此时，座无虚席的会场鸦雀无声，观众神情专注，观赏着舞台上一组接一组的新装。我突然感到一阵欣慰，好似看到人们的默认，社会的赞同，看到我们事业无限光明的前途！

突然，我看见女演员姜敏华头上的帽子，在紧张中滑落在地。我的心猛地一抽：糟了！正当我为小姜的"怯台"感到不安时，裴莉萍从容不迫地从后面走上来，拾起地上的帽子，笑盈盈地挥舞着，慢慢地走下场。

裴莉萍这一表演，像久经沙场的老将，不但没露痕迹，反而取得更好的舞台效果。

我立刻跑到后台，在小裘的耳边悄悄说："小裘，你今天表演得很出色，你弥补了我们的失误，谢谢你！"

这时，台上走着背挎包的年轻的一男一女。他们把挎包取下来，在手里不停地转动，这两个包很快就变成了一件粉红色和一件淡咖啡色的茄克衫。

他们微笑着把茄克衫穿在身上，走到前台亮相。场内一片骚动，观众发出啧啧之声，情绪热烈。不久，这种茄克衫就成了服装经销商争着订购的紧俏商品。

舞台上传来了呼呼的北风声，服装表演已经度过了春夏秋，现在进入冬季。这里的冬天并不阴郁，舞台上繁花似锦：红色的唐装，绿色的棉袄，五光十色的风衣、大衣，还有色彩明媚的羽绒滑雪衫，更有名贵的虎皮大衣、貂皮大衣：这些艳丽而豪华的冬装，使观众们入迷了。

70分钟的时装表演已接近尾声。舞台上忽然大放光彩。好似盛大豪华的晚会即将开始。旋律热烈起来，全体演员陆续出场。他们穿上色彩华丽、用料高贵、设计考究的晚礼服和燕尾服，光彩夺目。

接着，婚礼进行曲奏响了，新娘在新郎的陪伴下，缓缓出场。新娘身上蓬松、紧密的碎褶和翻飞交错的花边礼服，造型精彩。蝉羽般透明柔滑的头纱，又将新娘身上的光彩柔和均匀地散射出去，曳地裙摆有如行云流水。朦胧的光晕里，仿佛出现了梦的境界。

全场立刻爆发出经久不息的掌声。

演出成功了。

可是，还没有等我们从欢乐中醒过来，不顺心的事便接二连三地来了。首先是徐萍哭哭啼啼来找我们，说她的爸爸妈妈不让她再来了。骂她："现在你就敢露一只肩膀，明天你就可以露两只肩膀，后天你就要露胸脯和大腿了，像话吗？要不要脸？"因此，今天她特地来向我们告别，明天不来了。

她爸爸妈妈不让小徐再来表演队还不算数，又找到公司张经理办公室，硬要张经理保证不再叫徐萍出来当时装演员。他们不愿自己的女儿在台上露肩出风头，成为供人观赏的花瓶。他们宁愿自己的孩子当个本分的工人，就是一辈子默默无闻，也心甘情愿。

问题闹得很僵，张经理无能为力了，试探着叫我放弃小徐。

"不！决不！"

在我们行业，要挑选一名时装演员谈何容易！再说，三个月训练下来，小徐艺术天赋高，接受能力强，表演水平有很大提高。这次演出，反映很好，已经成了我们队的主要演员。现在为了这保守、陈旧的观念而埋没一个有前途的时装演员，办不到！

我找到小徐，长谈一次。终于，她选择了艺术。

公演后第二天，女演员张毅敏也惊魂未定地跑来告诉我说：昨晚演出回去，弄堂里突然蹿出来一个流氓，她吓坏了，奔回了家。这样深更半夜回去，她爸爸妈妈也不放心，所以她也不想再来了。

唉，我们第一代的时装演员真是多灾多难！

第二章

我们处在一个探索的时代，这个时代有一个好处，就是什么也不相信，探索是主要的。现在就像打猎一样，披荆斩棘，四处寻找，对每一棵灌木都要查看一番；找的目标不对就扔在一边，再去寻找。找，找，找！

——〔瑞典〕斯特林堡

6. 沉寂的日子

$\large 第$一步迈出去了。

接着，我们又为外贸公司的外国客商和"国际服装工业联合会访华团"作了表演。尽管事先有不报道、不拍照、不录像的禁令，演出的地点又很偏僻（国际贸易会堂），还是赢得了热烈的赞扬。人们把时装模特当作东方美和中国走向世界的一个象征。中外人士也提出了中肯的意见：表演步子太慢，模特节奏感差，表演的服装没有主色调，服饰配套有不协调的地方，并且建议以说明书和旁白的形式对服装面料、适穿年龄进行介绍，并编号以利成交……根据这些意见，我写了《中外人士对时装表演的评价和反映》这篇简报。

但是，一段长长的沉寂的日子来临了。时装表演队逐渐被冷落：没有演出机会，没有人来关心，人们似乎把她忘记了。

因为表演队是业余的，演员和大部分工作人员只好又回到各自的单位，不久，时装表演队的创始人张成林和康志华都调走了，连赵衡大姐也要回服装研究所了。

我们的事业正处于极度困难之中，当我正需要精神力量的时候，我们这项事业的开创者，一个接一个离去。我的精神差点崩溃，感到深深的孤独和无助。

难道就这样无声无息"消亡"了吗？

在那段黯淡的日子里，我无数次走在拥挤的街上，仰视着城市的天空。无精打采的白云滞留在灰蓝的背景里，与街上热热闹闹的人群和尘土毫不相干，冷漠无比。我变得忧郁而沉默。真的就像那首歌唱的那样——白云悠悠尽情地游，什么都没有改变？

在接踵而来的一个又一个寂寞的白天和黑夜中，我听见自己柔弱的胸腔里一声又一声沉重的叹息。我知道，改变的是我自己，我的意识。我无法重返那种没有色彩的日子，无法平息灵魂里的喧哗与骚动，无法放弃那像阳光一样热烈的憧憬和渴望。

我们在汉口路的两个小房间住了三个月后，公司房子另有安排，叫我们搬走。可是往哪里搬？我们四处奔走，总算打听到虹口区中州路幼儿园现在空着。我立刻赶去联系。他们理解我们，以一天四元的廉价租金，把三百平方米的二楼全部租给我们使用半年。啊！总算又有了自己临时的窝了。

独自面对生存的困境，我比什么时候都深切地感到人的渺小和无奈。糟糕的并不仅仅是风雨满楼，而是这样让你慢慢地耗着，散漫地消磨一天又一天。你甚至不知道该朝哪里发火，上哪里去拼一下打破这一片死寂。以后又会是什么呢？也许悲惨地失败，也许浑身伤痕累累，但你必须鼓起勇气。我对自己说，人类爱美之心不会泯灭枯竭，时装表演总有一天会得到人们普遍的理解。

正当"山重水复疑无路"的时候，陆经理来了。他高兴地对我说："公司党委专门进行了研究，决定把时装表演队划到服装研究所去，由服装研究所管理……"

真是"柳暗花明又一村"！

划归服装研究所以后，我被任命为上海市服装公司时装表演队队长。我立刻呈上一份"时装表演队工作计划"，提出急需开展的三项工作：第一，提高时装演员的高度，调整充实演员。第二，演员集中训练，提高素质。第三，设计制作内外销两套表演服装。

我的报告，首先得到服装研究所所长张步的同意和支持。

我又来到刘汝升副局长办公室，汇报时装表演队的现状和处境。

他听了我长长的陈述，沉默了。好一会儿，他对我说："没有演出任务，你们就抓紧时间学习和整训，把时装演员培养好，今后演出任务会很多。现在先按胡局长的意见，把内外销两套表演服装设计好，然后拍成录像，带到洽谈会、展销会上放映。宣传效果也不会差，也能起到很好的促进作用。"

我不解地问："为什么要把我们表演的服装拍成录像去放，而不能让我们自己到现场表演呢？那样效果不是更好吗？"

"任何新生事物的出现，总得让人家有个认识、理解的过程。现在就有人接受不了，所以还不能急，得慢慢来。"刘汝升缓缓回答。

路，依然漫长，但选择了，就不应再回头。

经过一番折腾，现在，时装演员又要集训了，筛选以后，这次来报到的人更少了。有几位长得很不错、也很会表演的女孩，可惜美中不足——个子太矮，有的只有一米六三、一米六四，连基本高度都没有达到，我只好忍痛割爱。

为了增加演员高度，需要再充实新人。

一天下午，我和陆经理刚到服装研究所，一个姑娘在门口一拦："请问，徐文渊队长是哪一位？"

我一看，姑娘长得很美：高高的体形，穿着一件风衣，很有青春气息。我一看就明白了她的来意，马上回答："我就是，你是哪个单位的？叫什么名字？"

她略显紧张地说："我是勤工服装厂的，叫李瑞芝，我是来报考时装演员的。"

"你有多高？"

"一米六八。"

我怀疑地上上下下地打量着她："你有一米六八？"

她坚定地说："不信，您马上给我量。"

我立刻让她靠墙站直，给她测量高度。我这才发现她头顶上盘着长长的辫子，显眼得很。用尺在她头顶上往下一压，一看，只有一米六七。

我对她说："你只有一米六七，没有一米六八。"

她急了，连忙解释："这是受地球引力的影响，早上我是一米六八，晚上矮一些。"

我笑了：这是个很伶俐的姑娘。我给她测量好体形后，便同陆经理走下楼。小李怕我们不录取她，追下来连珠炮似地对我说："徐队长，我特别爱好文艺，我会唱歌跳舞，能演话剧，能拉手风琴，我什么都能干。"

我一听，很高兴，队里正需要一个能讲普通话的报幕员。于是，我在楼梯口又对她进行第二次考试。

"你朗诵一段台词给我听听好吗？"

她很大方地站在那里，略一思忖，给我们朗诵了一首歌德的短诗："生活是海洋。在海洋的浪潮里，我们要不停地流荡，我们要尽情地歌唱。"

听完她的朗诵，我心中已经录取了她。

"老一代"时装演员第三次集中了。"新一代"在中州路幼儿园楼上进行初试、复试。柴瑾、李瑞芝、王琦等经初试、复试合格而被选中了，她们和"老一代"模特一起，开始集训。

7. 交际舞风波

新的一轮集训开始。

虽然进来的姑娘都是天生丽质，但要在舞台上走出高雅的步子，成为优秀的时装模特，还必须在形体、步伐、造型、音乐、理解力、表现力以及文化素养上，进行全面的训练。服装共分为男式呢服装、女式呢服装、布服装、儿童服装、衬衫、丝绸服装、羽绒服装、劳动服装、雨衣、睡衣、皮革服装、运动服十二大类。为了美化人民生活，追赶国际潮流，各类产品纷纷走向时装化。表演时，要求有不同的性格、气质、格调、特点。比如礼服的特点是典雅庄重，表演就得简洁庄重高雅。便装的特点是随意舒服，表演也应轻松活泼。运动服的表演要充满朝气与活力，泳装则要充分展现健美体态。我们的模特在表现旗袍、淑女装时，凭着天赋的含蓄典雅都获得成功，但遇上休闲装、猎装、茄克、运动装就显得拘谨。如何改变这种表演上的局限呢？我们没有系统的现成的资料，一切都得摸索。

时装表演，是走的艺术。主要是由一字步、摆臀、展臂、转体造型、脱外衣等一连串动作组成的，一般不做复杂的舞姿。当然，我们主要强调的是含蓄庄重的步伐，以稳健为主，从翩若惊鸿、矫若游龙的步履中表现出民族风味。同时也学习西方浪漫奔放的步子。

尽管时装表演主要是走，但与一般意义上的走有天壤之别。表演时，需要脚下的节奏感上传，带动腿、臀、腰、肩、头、手，形成整个身姿的韵意，表现出完整和谐的乐感。当时，我们的时装表演队是业余的，不集训的时候她们在工厂里干活，刚矫正过来的身姿又回到微微驼背的状态，腿也很僵直。乐感上的欠缺更是突出：表演时上身动作与脚下节奏不一致；手的动作常常与全身的表演不协调，就像音乐中的噪声；有的连节奏也踏不准……所有这些，都不是一朝一夕就可以改变的。

负责训练的邬老师、黄老师感到每天都是训练形体或走基本步伐，内容比较单调。于是和我商量，让演员学习交际舞，以增加他们脚步的灵活性，提高文化素养。我想，舞蹈是以舞姿再现人物性格，而时装表演是以一字步体现服装的不同个性。在表现乐感上，时装表演与舞蹈有相似之处。同时，要走得帅，走得潇洒，光练步伐还不行，得锻炼腰部、臀部的力度，腿和脚的弹性韧性灵活性。练习交际舞，正好可以达到这些目的。于是，我同意两位老师的意见，增加交际舞的训练项目。

那天，演员们兴致勃勃，正在学习跳交际舞，陆经理突然出现在门口，他一看男男女女在抱着跳舞，立刻走到我的办公室，怒气冲冲地吼道："谁叫你们跳交际舞？要是你们一天到晚没事干，就给我坐着学习！"

我从未见陆经理发这么大的脾气，惊诧不已，连忙解释："陆经理，演员基础太差，学点交际舞，能锻炼腿的灵活性，对表演……"

他立刻打断我的话，继续吼道："我说不行，就是不行，其他舞可以跳，交际舞就是不能跳！"

我只好立刻出去制止他们。这突如其来的禁令，使大家莫名其妙，非常扫兴。

我对陆经理也十分不理解，但当我满腹冤屈回到办公室时，原来怒气冲冲的陆经理却已平静下来，温和而又沉重地对我说："今后不要让这些青年们跳交际舞，出了事影响不好，对单位、家长都不好交代。再说，我们事业的脚跟现在还没有站稳，你就不怕功亏一篑？"

我气消了以后，静下来细细一想，陆经理的忧虑确有道理。于是，"交际舞"停下来，再也不跳了。

可是，一句"不准跳"怎么能禁得住那些生龙活虎的孩子们？过了一阵，模特们又偷偷地跳起来了。她们见我没有反应，睁一只眼闭一只眼，胆子也越来越大，跳得越来越公开。有一天，我在楼下办公室打电话，突然看见陆经理走进来，楼上又正跳得起劲。一下子，我的心扑通扑通直跳，急忙放下电话，抢先走上楼梯，并高声和他讲话。一看，模特们已装模作样在练习台步，我这才放下心来，松了一口气。

就像芭蕾舞必定是足尖艺术一样，时装表演必定有共同的国际步伐。我们请香港的老师来作过示范，配以适度扭胯的步子摇曳生姿，那种很有味儿的飘逸的感觉，立刻征服了我们。后来，皮尔·卡丹在中国的代理人宋怀桂女士也曾作过示范，一旁观看的领导眉头紧蹙，但又无法说什么。

我不得不在表演之前紧紧张张地观察，是哪些人来观看演出——是保守的，还是开放一些的？然后告诉模特能不能走那些活泼的扭胯的步子。

我们只能这样小心翼翼地保护着表演队的生存权利。什么时候，人才能不为别人的目光而活着？

事业心强的人，总不能满足眼前的一切。没有演出任务，我们盼演出；模特没有集训，我们设法集训，一旦集训开始，各种矛盾又纷至沓来。最使我头痛而又棘手的，莫过于借用模特和工作人员的组织关系、工资和奖金问题。它使模特和我都十分苦恼。

开始，是这些模特的归属问题，后来，矛盾的焦点又集中反映在工资、奖金问题上。它涉及个人的切身利益。问题不解决，整个队的"军心"开始动摇了。

有一天，下午放假，让大家回去领工资。第二天一早，小张、小李就翘着嘴走进我的办公室，说："厂里不发给我们工资了。"

不一会儿，上班的人都纷纷涌进我的办公室。有的说："厂里不给奖金了，说不干生产不给奖。"有的埋怨：过去在厂里一个月可拿超产奖二十元，现在只能拿平均奖七元。

不声不响的郑家伟突然冒出一句："你们一个月没有拿到奖金有什么稀奇，我已经五个月没有领到工资了。"

我大惊，埋怨道："你为什么不早告诉我？"

文质彬彬的郑家伟，喜欢读书，说起话来有一股浓浓的书卷气，对什么事情都有些满不在乎。此刻，他仍若无其事地表示："说了有什么用，我让他们给我存着，反正一个也少不了，我也不在乎。"

听了小郑的话，我心中暗叫：你不在乎，可我在乎！我不能让你们蒙受损失。你们天天来表演队训练，没处吃饭自己掏钱外面买。训练体力消耗大，又没有任何补贴。现在连一个月四十多元的低工资也不给了，我能不在乎吗？我的心里能平静吗？

我立刻跑出去，奔到公司经理室，向陆经理叙说我们遭到的不公平的待遇。

扣发的工资很快得到补发，但奖金仍旧不动，有的坚持不给，有的坚持只能拿平均奖，有的连"车贴"也扣发了。

8.等待间隙

如果说，我们这个业余性质的时装表演队条件艰苦，在空荡荡的场地里，汗流浃背训练形体，累极了也只能轮流在几张凳子上休息一会儿（那凳子还是借来的），模特们还能够咬牙忍住。如果说，常常不被人理解，"奇装异服加美女"之类的风言风语灌了满耳，模特们还可以置之不理，一方面昂着高傲的头颅，一方面谨慎言行，在夹缝中顽强地争取生存的权利：这已经成为我们生存的经验。但是，半年没有演出的机会，厂里还当你是累赘，巴不得你赶快把关系转走，而你又分明无处可转，像皮球一样被踢来踢去：这滋味就难忍受了。

谁都知道物质并不是生活中唯一重要的，谁都可以轻松地说："钱乃身外之物。"但如果生计死死地如乌云一般困扰着你，你就不得不想一想退路、想一想选择，因为毕竟都是食人间烟火的凡人。既然无法拽着自己的头发离开地球，就得有一个地方待着，有一个单位让你挂着。

而且，大家都还年轻，前程呢？再崇高的憧憬，再浪漫的理想，都不能替代现实的考虑。

"道路是曲折的，前途是光明的。"说起来很潇洒，但选择之剑时时刻刻就悬在你头顶三尺，未来的一切又必须从今天脚下这块土地延伸：你无法不正视。

从心底里来说，人人都害怕白白地抛洒一大段日子，却一无所得，空空荡荡，何况是"吃青春饭"的模特。

于是，情绪低沉了，波动了。史凤梅首先要求调换一个厂，专心学技术，不想当模特了。侯林宝原来是厂里的技术骨干，已经三上三下，耽误了不少时间，影响到学习和技术提高，也提出不想继续干了。

我没有应付这一切的良方妙药，只是想争取一个名正言顺的"出生证"，稳定思想，消除模特的后顾之忧。于是，我写了一份"要求成立专业时装表演队"的申请。服装研究所和公司领导一致肯定时装表演队对扩大内外贸易、促进生产的宣传作用，同时也为了彻底解决那些棘手的问题，正式向手工业局递上了要求成立专业时装表演队的报告。

现在想起来，那一段日子漫长得无边无际，充满了伤感和烦恼。大团大团的云被风吹散又聚拢，远山迷迷蒙蒙地横在眼前，就像梦里那样：你拼命地向前跑呀跑呀，腿都快跑断了，但似乎还在原地。一切都还是那样遥远。

什么时候才能脱离这苦海？

生活并没有让我们彻底绝望。虽然等待还没有结果，压根儿不知道最后到底会等来什么，能不能等来想要的东西。反正这一辈子总在等待。我只是相信，总有一天，转变的契机会降临。

终于有了一次演出的机会——在我们苦苦地盼望了整整八个月之后，漫长的等待，也终于有了一点结果。

1982年春节一过，针织服装选样定货会就要召开了，让我们配合宣传。一颗颗冷却的心温暖起来。寿复孝施展出他的"外交"才能，竟然借到市中心的锦江俱乐部，大家不禁一阵欢呼。

表演选样定货的服装，是一门新课题。它不同于纯表演性服装。纯表演性服装以造型艺术为主，在款式、色彩、造型上并不拘泥于实用，往往以超前的形式传达一种未来时装潮流的趋势。表演的造型姿态也要多一些、浪漫一些，以渲染其艺术效果。而销售时装的表演，是为选样定货服务的，是为了多做生意。

我对表演销售时装提出了三点要求：第一，按展览厅的服装号码编号表演。第二，演员出场必须在左右两角反复展示，延长时间。第三，注意服装款式、特色，突出重点，让客户看清。

改变表演形式，强化销售作用，果然收到意想不到的经济效益。代表们争先恐后来看表演，场场客满。我看见观众一边看一边不停地记录服装号码和要货数量。代表们反映这些样品陈列在展览大厅并不突出，穿在时装演员身上就很醒目。不少代表看了表演又增加定货量。有的服装在展览大厅被忽视，在时装表演中被选中了。黑龙江代表对表演的针织提包服装很感兴趣，一下订购八百件。

1982 年 2 月 27—28 日，时装表演队在
上海锦江俱乐部表演针织服装

为"针织服装选样定货会"表演结束后不久，我们又应邀为上海丝
绸进出口公司表演三场丝绸时装。

外贸人员见多识广，在国外目睹过许多精彩纷呈、水准很高的时装
表演，对国内刚刚兴起的稚嫩的时装表演开始估计不足，纷纷把票子转
让出去。结果，首场演出大大出乎他们的意料。各种柔软飘逸、色泽丰
富、悬垂性好的丝绸时装，在压抑了八个月的模特们充满激情与魅力的
表演下，充分显示出流畅如水的韵味，一下子倾倒了一大批观众，消息
一传开，第二场演出便座无虚席。第三场时，票子告罄，来索票的人还
络绎不绝，最后只好同意凭外贸工作证入场。走廊过道里站满了人，黑
压压的一大片。

掌声刚刚平息下来，热情的观众恋恋不舍、议论纷纷地离去，会场
的一隅立刻响起周本义老师愤怒而痛心的叱责："谁叫你们把灯光胡打乱

　　　　　　　　　　　　　　　　　　　　　　霓裳繁花路

来，你们懂不懂'高雅'二字？这里不是酒吧！"

我急忙奔过去劝解。周老师为这次舞美精心设计了一把巨型的檀香扇，扇上两个敦煌飞天栩栩如生。他事先已声明灯光必须清雅、沉静、柔和，以利于突出服装。控制灯光的寿复孝原来是上海衬衫四厂的电工，他并不懂舞台灯光，但平时肯钻研，已经积累了一定经验。这次前两场大家都对灯光效果很满意，他便抑制不住让舞台更绚丽、漂亮的欲望，把灯光打得花花绿绿，五光十色。所有的效果灯、色光灯，噼里啪啦闪烁不定。殊不知在内行人眼中看来，适得其反，服装的色彩与款式在闪烁不定的灯光里模糊不清，与整个舞台高雅的格调格格不入。

难怪视舞台美术为生命的周老师大发雷霆。

第二天，我和寿复孝去戏剧学院，周老师热情地相迎，并且为昨晚自己的态度致歉。我们一肚子的检讨语言反而没有机会说了，心里暖洋洋的。周老师耐心细致地讲解了灯光与舞美的关系："这是一门新学问，必须好好研究。"他最后说。

不久，寿复孝就能真正地独当一面了。

9. 服装艺术家

转机出现了。

表演服装的制作基本完成，在上海市卫生局计划生育中心协助下，我们在国际贸易会堂开始录像。

这次内销服装有一百九十三件（套），外销服装有一百五十件（套），其中，外销服装集中了设计师的想象与智慧，是服装造型艺术的精品。

典雅端庄的旗袍，是中国服装界贡献给世界的奇葩，是时装潮流中

1982 年 6 月，上海国际贸易会堂，上海市服装公司时装表演队在内销外销服装录像期间表演服装

一个永远跳动的音符，一句永远吟唱的诗句，魅力经久不衰。一位日本时装设计师曾称之为"最富有魅力的一瞥"。西方时装设计师如伊夫·圣罗兰、皮尔·卡丹，都从旗袍上汲取了不少灵感。

"愈有民族性的东西，就愈具有国际性。"这是真理。

最初的旗袍是宽腰直筒式的，满族的贵族女子与宫中嫔妃们配上三寸多高的喇叭形高跟鞋，旗袍长达脚面，行走起来典雅多姿。随着清兵入关，统一全国，旗袍逐渐成为中国妇女普通的装束。到了 20 世纪，腰身渐瘦，肥袖变窄，向流线型、曲线型演变，无论"燕瘦环肥"，穿上都能显得婀娜多姿。尤其东方女性端庄贤淑，身穿旗袍，更能使这一特色体现无余。

上海十大服装设计名师之一的金泰钧先生，在对我谈到旗袍的时候，说："中国少数民族的服饰很多，但为什么唯有旗袍一直广泛流行呢？因为旗袍一直随时代变化，所以才有生命力。满族人的服饰在这么广阔的土地上流传开来，并不仅仅是政治的原因。曾经有这样几句话形容当时的服饰：'男改女不改，生改死不改，俗改僧不改。'可见旗袍不是立刻就流行开的。到五四运动以后，旗袍的式样有许多改变，领子、袖肩、开衩、长长短短等。旗袍优点很明显：省工省料，很少重叠；简洁明快，各种场合都可穿着——居家穿的普通常服，隆重的场合穿的高贵礼服；各种面料都可制作；适合各个季节、各种年龄、各种身份。适应性之强，非其他衣服可比。解放前，纱厂女工大多穿自己裁作的旗袍：领子很松，腰身宽，长至膝，行走时非常松快……可见，民族化必须与时代感结合。我们今天传统的东西，在当时也是现代的、流行的，必须不断发展才有生命力。"

金泰钧先生曾为我们首次服装表演设计了织锦缎无袖开衩长旗袍，滚条边上嵌着其他色彩的荡条，相当精致。织锦缎是丝绸中的硬缎，吉祥如意、梅兰竹菊等图案，具有浓郁的民族风格。色彩也有强烈的东方味儿，如杏红、天青、翠绿、松石等。

在写作此书的时候，我曾经拜访过金泰钧先生。他说："一个人的设计风格是由他的经历决定的。"作为上海南京路上著名的鸿翔时装商店创始人金仪翔先生的儿子，他的生活与他的顾客的消费水平、出入的社交场合非常相似，他熟知他们的审美习惯，这是他与其他啃萝卜干学徒出身的裁缝不同的地方。他学艺颇早，高中时便一边念财会，一边跟父亲学艺，也向店里聘请的外籍服装设计师（如捷克籍的汉熙培克）学习。同时，他对工厂和商店各部门，如财会、管理、营业等环节都相当熟悉。在激烈的竞争中，鸿翔经营的高档服装，主要以地位稳定的中年妇女为对象。款式既合乎潮流又美观大方，没有过分的夸张，结构严谨、做工精细。在选料、制作工艺上很难挑剔出毛病来。

这些经历使金泰钧在服装行业老一辈设计师中相当特殊：设计、裁剪、制作、工艺等各道工序，干起来都能达到高水平；懂外语，熟悉经营管理。风风雨雨几十年，地狱天堂交织的生涯，包括"补"戴右派帽子，都没有改变金泰钧先生那种快乐、达观、淡泊名利的个性。坠入困顿的时候，他懂得，"你倒下了，受损害的不是别人，是你自己"。磨难，反而成为人生的益处，他始终充满热情。即使前几年，像他这样的人居然还要参加评职称的考试，他也还是按捺住性子，在所有的考试中拔得头筹。

在纺织局职大的服装教学中，他编写过不少教材，撰写的理论文章也在全国获奖。他主张设计人员有工艺基础，会打样指导工人制作。主张画设计图、结构图、裁剪图、效果图。效果图尤其重要，有了它，与外国同行交流就更加方便。皮尔·卡丹原来是为迪奥搞工艺的，也教过日本人立体裁剪。在扎实的基础上搞设计，自然事半功倍，得心应手。

金泰钧对时装表演相当支持。有次在文化俱乐部排练，史凤梅因为没有服装而抹眼泪，他便连夜赶了一件出来。他一直劝年轻的模特多学点技术，以便在职业转换时顺利进入自己喜欢、别人也欢迎的位置。

在录像的外销服装中，上海十佳设计师之一、上海服装研究所著名设计师叶德乾先生，设计了一组四件改良旗袍。他的作品，素以华丽高贵、有强烈时代精神著称。

这组旗袍选用红黑白绿四种色彩的女衣呢为面料，吸取西方礼服袒胸的造型，廓形更具雕塑感。胸前用白色开司米绒线绣上一簇簇大朵大朵的花瓣，构成"V"形。白色的花朵点缀在红黑白绿的旗袍上，仿佛白云片片飘洒下来，温柔而娇媚，细腻精致。修长苗条的模特，曲线优美，迈着富有东方情调的台步，缓缓摆动腰肢走来，衣角随之微微摆动，充分体现了改良旗袍"含蓄的深远，朦胧的韵味"。

张良发先生是上海服装研究所男装设计权威，研究男式西装和卡曲已有五十多年历史。上海的西装曾经在亚洲首屈一指，20世纪五十年代之前，许多中国香港、日本、南亚诸国甚至欧洲人，都穿过上海西装。而现在，与国际潮流相比，上海西装无论是造型，还是工艺，都落后了。张良发悉心研究，决心改变这种状态。他的作品以挺、平、展为特征，既豪华，又气派，这次他设计两套派生西装，打破西装传统用色，大胆选用明亮的黄色、耀眼的红色，更具魅力。

服装研究所著名童装设计师倪慧玉女士，也别出心裁，为我们设计了一组两件上紧下宽的时装裙。以鲜红色和白色的塔夫绸为面料，紧身的上衣，胸部微微袒露，裙子中长，裙围宽大，紧箍中袖，造型别具一格。这两套服装的独特之处，是配套完整，红色的衣裙配上白色的头箍，头箍上插着几根白色的鹅毛，白色的衣裙，配上红色的头箍，和一把不同寻常的红伞。伞的边缘荡吊着40只红色的小球，这是倪慧玉为了增加演出效果，用红色绒线一针一针亲自制作的。模特撑着这把红色的伞在舞台上旋转，红色的小球纷纷荡起，与白色的衣裙交相辉映构成一个漂亮的光环，观众此刻都报以热烈的掌声。

顾培洲先生是服装研究所著名设计师，上海丝绸时装业的老前辈。在五十多年时装制作生涯中，积累了丰富的经验。他可以在没有画稿的情况下，用缝纫机随手拉出适合各种服装的漂亮花形，尤其谙熟镶、嵌、荡、滚、盘花钮等传统工艺。他研究了世界服装的发展趋向，发现女式服装变化繁多，花色鲜艳，于是便打破一件衣服一种款式的框框，设计了一件多款的丝绸变色礼服。模特出场时穿的是米色的披肩和丝绸长裙，在轻盈动人的旋转中展示宽大的裙摆，仿佛快乐的小孔雀在得意地开屏。然后，在灯光由暗转明的瞬间，她顺手拉下披肩，就变成了一件错落有致的黑色礼服，上面点缀着蓝色的光片，像一颗颗熠熠闪烁的小星星。色彩和款式结合得如此巧妙，难怪外国同行们要啧啧称赞了。

每件时装表演录像之前，设计师都亲自向模特介绍作品立意、款式特点，让模特充分理解服装的内涵与特征，所以录像效果很好。

高尔基曾说："照天性来说，人都是艺术家。他无论生活在什么地方，总是希望把'美'带到他的生活中去。"

在一块块色彩裁剪和组合的世界里，充满图案、线条、质感。徜徉于其中的服装设计家，便是赋予织物以生命的艺术家。

在现代，时装已经不是生活中的简单装饰，人们把它视作生活本身。服饰在人际交往中是一种无声的语言，也是个性与人们对世界的内心感受的外化，是社会心理、审美、民族文化的外部表现。人们的生活水平不断提高，服饰艺术在实用艺术中占据的位置，也必然越来越重要。

在这种艺术创造中，服装设计师的作用是非常重要的。回顾历史，我们不应忽略那些对服饰艺术发展影响深远的时装设计师：例如在巴黎时装界叱咤风云60年的可可·香奈尔，她的创新服饰使妇女从紧身胸衣和"母鸡笼"式裙子中解脱出来，从而奠定现代女装的风格——适用、简练、朴素、活泼；例如克里斯蒂安·迪奥，他在20世纪50年代推出的细腰宽肩为主要特点的"新风韵"式样不仅倾倒大西洋两岸妇女，并且带动20世纪一大批时装新秀向传统模式挑战；还有伊夫·圣罗兰的梯形系列，玛丽·匡特（Mary Quant）1959年在伦敦发布迷你装刮起的世界级旋风……他们响亮的名字将永垂史册。

纵观世界时装潮起潮落，无论是浪漫主义，还是古典主义；无论是标新立异的先锋派，还是以历史的光辉重新诠释现代意义的怀旧经典作品，在这大潮里起真正引导作用的，便是时装大师们杰出的构想与创造力，从造型到面料，都不断地革新。

一个意大利人也许本身对时装并不太感兴趣，然而他一定会说出瓦伦蒂诺（Valentino）和一串著名时装设计师的名字。名师的名字妇孺皆知，其威望甚至超过某些政府要人。商标因他们的名望而成为雅致的标志，他们的名牌系列产品也成为人们竞相追逐的目标。

我们的同胞，能说出多少脍炙人口的设计师呢？模特展示的时装，又有多少不是昙花一现呢？而且，除了皮尔·卡丹、伊夫·圣罗兰等少数几个人，一般中国人又能列举出几个世界时装设计大师呢？

中国人的名字，音节并不复杂，中国名设计师在国际上响遏行云的却不多。大多数的时装都如流星，在美妙的瞬间过后就烟消云散了。树立名师的威望和地位，提高他们的知名度，从而创出名牌，引导生产和消费：历史已经证明，中国服装业有能力跨上这条成功的道路。

我们是一个衣冠大国，悠久的服饰史和灿若繁星的民族服饰，是取之不尽、用之不竭的宝库。但民族感与现代感的结合，并不是简单的拼凑，局部的挖补，只有加以艺术的融合，使之浑成一体，天衣无缝，这样才能焕发出旺盛的生命力。

我们的时装设计师，往往重视制作工艺，而空间的想象力与各种必不可少的文化素养却不够。而世界时装大师，对音乐、雕塑、绘画、建筑等艺术，不仅都有所了解，有的还很精通。如君岛一郎原先是建筑师，安德莱·库莱究（法国服装设计师）原来是一位造型工程师，他的作品总是精于计算，他发表的超短裙和几何学线型对 20 世纪下半叶的时装具有划时代的影响……

各门艺术都容易相通。在服饰发展史上，有与罗马式、哥特式、洛可可式建筑同步的时期。到了现代，马蒂斯、塞尚、高更、康定斯基、蒙德里安的现代绘画，东方艺术与原始艺术，都是时装大师灵感的源泉。最著名的例子就是伊夫·圣罗兰，他借鉴荷兰"几何形体派"画家蒙德里安绘画，制作的连衣裙令人耳目一新：黑色的直线横线，与各种色块的综合平衡运动，创造出服装的稳定感、空间感。

我们很高兴地看到，越来越多的中国时装设计师，除了重视专业修养外，也开始重视艺术关系的修养。如果对社会心理以及个人审美心理没有深切了解，对消费心理、经济意识模模糊糊，没有从大自然汲取灵感的能力，一个时装设计师的艺术翅膀便无法在更高的天空里翱翔。

10. 漂泊·停泊

当我们大家一次又一次欣赏自己的第一部表演录像，沉浸在喜悦和自豪中时，中州路幼儿园宣称"房屋借住期限已到"。一夜之间，我们又一次无家可归。

两年来，我们就像风雨飘摇中的一只小船，不由自主地漂泊和迁徙，西北东南、东南西北，总也找不到停泊的港湾。漂泊得疲惫不堪了，风帆被暴风雨弄出一个又一个洞，急需修整和补充给养了。然而，在哪里也待不长，刚刚停下，还没有缓过劲儿来，就又必须漂去。

难道，就这样一直漂泊下去吗？

难道，这就是我们摆脱不了的厄运吗？

我们在漂泊中无时无刻不在渴望一片稳定的港湾，休憩早已憔悴的心灵，蕴蓄继续前行的力量。尽管知道，以后也避免不了漂荡。

我们天天跑公司，陈述、恳求。经过十多天的努力，公司在房子非常紧张的情况下，想方设法为我们借到一处地方——杨浦区眉州路仓库，暂住两个月，过渡过渡。于是，我们又开始搬家，一分为二，服装道具放在彭浦仓库。总之，人和物全部"进仓"。

杨浦区眉州路仓库坐落在一条偏僻而又狭窄的弄堂里，进去一看，真是名副其实的"大仓库"。

这是一座简易结构的建筑、一栋破旧的房子，约200平方米，堆满各种杂物。看来已经成年累月无人光顾，无人打扫。杂物上堆积着厚厚的灰尘，稍稍动弹一下，灰尘便纷纷扬扬地弥漫到空中，眼前一下子变得灰蒙蒙的，光线立刻黯淡下来。无孔不入的灰尘，直朝人的口鼻中钻，让人痒痒得直想咳嗽。墙角与架子之间扯着密密的蜘蛛网，东一片西一片，蜘蛛还在兴致勃勃地继续织它们的罗网。

我们搬来的时候正是6月梅雨季节，大门一开，攒了许久的霉味扑面而来。姑娘们用手帕捂着鼻子落荒而逃，还是老朱、老寿几位男士一马当先，冲进去打开窗子透气。

我们全队二十多人来到这里，即使站着，也无法全部容纳。于是大家立刻动手整理，把杂物聚拢、堆高、扫干净，腾出了一小块空地。

腾出来的二十多平方米仅能安身，无法活动，每天的形体训练被迫中断。

这两个月看来不会有演出任务，日子该怎么安排？

好长时间以来，我脑子里始终盘旋一个问题：以后模特们年纪大了，不得不退出舞台怎么办？如果没有一技之长，她们的前程怎样安排？她们的青春在为时装表演事业的奋斗中度过，我们又该给她们什么补偿？

时装模特这行当，在我们国家还是新生事物，没有先例，也没有什么政策法令说明模特"退休"后应该从事什么工作。于是我四处寻找资料，向经常出国的外贸人员打听，了解国外时装模特"退休"后从事的职业。当我得知她们一般从事服装设计、服装经营、广告业务时，我立刻选定了这条路——把她们培养成服装行业的技术人员。

于是，我们决定抓紧利用这个机会，上午组织学习，下午上技术课。

老师就地取材，由时装表演队的三名男演员——侯林宝、何家良、彭国华担任。他们精通服装技艺，能裁能做。特别是侯林宝，来自曙光童装厂技术部门，从小拜师学艺，经过系统化、正规化学习，是行业的科班出身。他自己裁剪制作的西装，造型挺括，精工细作，曾受到专家好评。

第一堂课是"如何裁剪西裤"。50分钟下来，姑娘们连声喊"吃不消"。倒不是听不懂，而是这里的臭虫、蚊子非常猖獗，赶不胜赶。一堂课下来，每个人都"挂了彩"，白皙的肌肤上，添了一个又一个红疱。我看了心疼极了。

一下子让这些肆虐的害虫销声匿迹是不可能的。于是，我们便搬到仓库外十多平方米的露天过道上课。日复一日地栉风沐雨，姑娘们学完了西裤裁剪、衬衫裁剪、两用时装裁剪，掌握了基本服装种类的裁剪方法：总算有所收获。

我们在眉州路仓库静静地过了一个月。

这里变成了一个被遗忘的角落。

"要求成立专业时装表演队"的报告已经送上去三个月了，至今没有人来过问，没有任何消息。

仿佛死水一潭。

我忐忑不安地踏进了公司经理室。陆经理一见到我，像久别重逢的老朋友，关切地问："你们那里好吗？演员们怎么样？情绪还好吧？"

我迷惑不解地问："我们的报告打到局里已经三个月了，为什么还没有批下来？我到科技处去找老董催了好几次，总是说局领导现在很忙，没有空。再忙么，也已经三个月了。"

听我提到报告一事，陆经理沉默了，神情变得非常凝重。

我的心越发地不安起来，自己能听得到心脏一下一下地不规则地跳动。我央求道："陆经理，你说呀，究竟局里是什么意见？"

陆经理几次张口又止，最后，那一份沉重无奈的目光定定地罩住了我："小徐，别提了，我看你还是把借的东西全部还掉，把这个队撤了算了。"

仿佛晴朗的天空里倏忽间响起了炸雷，陆经理的声音在我听来，简直是惊天动地。我的心碎了，我的感情垮了，周围的一切模糊不清，意识刹那间凝固起来，一片空白。

只有眼泪没完没了地流淌下来，像决了堤的河水。

不知道过了多久，陆经理把一杯茶递过来："别哭了，喝点茶。"

我的意识渐渐恢复了，斩钉截铁地表示："不！陆经理，不能撤。要撤掉很容易，再要组建就难了。我们已经走了一半的路，现在撤了，这项事业就完了！"

走出门的时候，我还能感觉到背上陆经理的目光。但是，我现在决不放弃。

我立刻来到手工业局，找到一贯支持我们的刘汝升副局长，询问他有没有看到报告。他沉吟片刻，说："你回去告诉刘汗兴经理，让他召集有关人员开个会，我来参加，专门研究你们表演队的问题。"

一线朦朦胧胧的希望在前方厚厚的云层间浮现。

但是，刘汗兴经理很干脆地表示："这个会议没必要，我们公司的意见是要求成立专业队，早已经在报告中写得清清楚楚，批与不批，就等局里表态了。"

迎头一盆凉水泼下来，我的心又凉了。折腾来折腾去，这个"结"究竟在哪里？

关键的问题是，现在我究竟应该怎么办？

一片扑朔迷离，一片灰蒙蒙的天空。

又是两个星期流逝了，依然杳无音讯。

时装表演队里躁动不安起来。在眉州路仓库一个半月住下来，虽然学了一些技术，但这里没有食堂，中饭都在外面吃，大家都喊吃不消，开支太大。原来模特们的收入就减少了，大多数人路途遥远，加上既无法训练，又没有演出，长期冷落地坐在这里：我担心思想一散，内部混乱，以后再无法凝聚，不撤也得自垮。

危机重重。

种种不稳定的因素仿佛驱赶不去的乌云，我无法再忍受这种沉重的状况，那一天，便到了手工业局科技处。

主管的董作荣同志曾为我们奔走呐喊，我向他尽情倾诉一番。说到那些艰难坎坷，那些冷遇白眼，风言风语，那些失望与希望交织的日子，眼泪忍不住哗哗地流淌下来，无法抑制的委屈的哭声在房间里回荡。

我舔到了自己苦涩的泪水。

周围的人都关切地安慰我，我慢慢地停止了啜泣。

科技处的顾景余同志同情地说："我看，你们的问题要解决，唯一的希望是去找胡局长。胡局长有魄力，好多问题敢于拍板。"

老董也竭力主张去找胡局长谈一次，争取胡局长的支持。

回家后，心烦意乱，食不甘味，脑子里波涛汹涌，一个念头接一个念头。

要不要去找胡局长？如果胡局长支持，问题便迎刃而解，如果胡局长也有他的为难之处而不能表态呢？那，就连挽回的余地也没有了，明摆着只有撤了。我躺在床上，想了许久、许久，仍旧拿不定主意。

是去试一试，还是暂且不动，保留一丝可能性？就像莎士比亚的哈姆雷特喃喃问着上苍是生存还是死亡一样，那一夜，我问了自己无数次。

无数次的结果都模糊不清。

结果也许是艳阳高照，也许是沉没海底：迈这一步沉重极了。来自社会的压力也许会改变一切，但是，放弃吗？我怎么能对那一双双年轻的眼睛说：我们彻底失败了，一切都不能存在？黑暗中，那些眼睛饱含着期待。所有的期待，构成一个深深的池塘。

我知道，这些个白天黑夜已深深楔进我的人生，再也挥之不去。

那一个失眠的夜晚，我尝到了挣扎、等待和辗转反侧的滋味。

第二天，我注视着太阳从东方升起。一抹红润的光晕割开了青灰的天空，清晨不可避免地来到了。太阳一点一点升高，带着隆隆的金属的声音，一瞬间，细密的光线带着生机勃勃的气息，热烈地扑向大地和万物。明亮的阳光把信心和勇气一齐注入我心中。我的心弦被揉得颤动起来。

我决定去找胡局长，不再犹豫。

一定要保住时装表演这项美好的事业！

我首先到手工业局科技处，找到熟悉情况的老董，请他帮我分析一下，去后成功的希望有几分。老董认为成功的可能性很大，并告诉我，胡局长这两天生病在家休息，建议我抓住这个机会。于是，我立刻回到表演队，拖着指导员柳百竞一起去，多一个人说话，总比唱"独角戏"好些。开始她有些犹豫，觉得胡局长地位高，又从没有接触过，有些胆怯，经我再三说服，她终于同意了。

那天中午，我们早早吃完饭，来到衡山路胡局长的家。他的家人把我们引进一个房间，桌上放着一盘鱼和一盘素菜。

胡局长走进来，招呼我们坐下："有什么事你们慢慢谈。"

然后，他走到饭桌前拿起筷子吃饭。我的紧张心理一下子消失了，滔滔不绝地讲开来。

听说报告已送上三个月至今没有回音，胡局长立刻放下手中的筷子，审视着我们："我怎么不知道？好，明天上班，我先处理你们的问题。你们的时装表演，不能光满足于舞台上的时装，应该到现实生活中去宣传、去推销那些滞销商品，去创造经济效益。"

走出胡局长家，我激动得直想唱歌！

三天后，局里的文件下达了，批准我们正式成立"上海市服装公司时装表演队"。消息传来，全队同志立刻沸腾起来，他们唱呀、跳呀，尽情欢呼时装表演队走向合法化、公开化。那声音简直能把屋顶掀掉！

我们时装表演队由业余转为专业了！由内部发展到公开，取得合法地位了！这样一来，时装演员、工作人员的组织关系、奖金等问题也随之得到解决，思想稳定了。

安定下来了，我又忽然体会到这项事业要面对的挑战还有很多很多，要走的路还很长很长。

8月初，我们终于离开了眉州路仓库那可怜而又可怕的"巢穴"，搬到四川北路服装技校。不久，正当大家为"漂泊""流浪"的生活感到十分凄苦的时候，寿复孝突然发现了"新大陆"——北苏州路外贸大楼刚刚开始装修，时间要一年。于是，我和老寿立刻找到上海市服装进出口公司党委办公室主任秦廷标，当他听说我们面临"无处安身"的困境，立刻表示了极大的同情和支持。经过他的努力，市服装进出口公司同意把五楼一层借给我们使用直到装修好为止。现在，当我提笔回忆这段往事，心中仍怀着深深的感激之情。

北苏州路外贸大楼，坐落在苏州河边，原来是个仓库，要改建成办公室。现在刚刚开始装修一楼，待装修到五楼，至少得八个月时间。我们总算有个暂时安定的八个月。

我们来到五楼，好大的场地！至少有一千多平方米！三面是窗，阳光无遮无拦泼洒进来，亮堂堂的，姑娘们欣喜若狂。我们申请买了一些办公桌子和椅子，把这块地方分隔成排练厅、办公室、服装保管室和服装缝纫工厂。我们的工作也开始走向正轨。每天上午照例进行形体、台步训练，学习必要的舞蹈。下午除了继续上技术课，又增加了音乐课，人体素描课。姑娘们静下心来，认真学习，全面提高文化艺术和专业知识。

宽敞而豁亮的场地，为我们提供了各种学习和实践的机会，也为我们创造了向"专业化"迈步的条件。专业化首先是素质的专业化，以前，灯光、舞美、音乐总依赖戏剧学院的老师，但不能永远这样被搀着走。是自己独立的时候了。

我们健全了组织机构，成立了演员组、舞台组，侯林宝、史凤梅担任了演员组组长，寿复孝担任舞台组组长。还配备了相应的技术人员，如灯光师除了寿复孝外，又增加了朱明华、周忠浩，他们虚心向戏剧学院金长烈、潘家瑜老师学习，初步掌握了时装表演灯光的布光及操作技术。

周忠浩原是延安服装厂的机修工，灯光对他来说，是一个异常陌生的领域。为了提高专业素养，他毅然到了上海业余工大学习自控专业。那时候他的家境空前的艰难，父亲在外地工作，母亲病体衰弱，他妻子就要生孩子，房子拆迁，特别是表演队经常赴外地演出，一走就是一个月。就是在这样艰难、动荡的环境里，学海无涯苦作舟，他日复一日地坚持下来，学完了三年的课程，成为时装表演队第一个大学生。

音乐是时装表演的灵魂，选编音乐需要很多资料。当时我们只有几盘磁带，去买又身无分文。上海电视台愿意为我们提供音乐资料，但按照他们的制度，要收费。付不起钱怎么办？我就动员全队同志把家里的磁带拿来。他们一下子拿来几十盘，能用的都留下为选编舞台音乐派用场。

我喜欢看电影，更喜欢听电影的主题歌。有一次，我坐在电影院看《庐山恋》。当剧情发展到高潮时，主题歌响彻云霄，全剧主题和人物性格一下突出了。我立刻想到我们的时装表演，要是也能有一个"主题歌"多好！

我边想边写，写出了歌词：

时装，美丽的时装，

时装，时代的新装，

穿上你精神焕发，

穿上你美观大方。

时装，美丽的时装，

时装，时代的新装，

你为祖国增添春色，

你为人们带来美和健康。

负责音乐的李安国为歌词谱了曲，还请歌星演唱录音。录下来一听，众说纷纭。有的说好，有的说不灵。不管怎样，我们队终于有了一个不好不坏的"时装主题歌"。

第三章

命运对于我们并无所谓利害，它只供给我们利害的原料和种子，任那比它强的灵魂随意变转和应用，因为灵魂才是自己的幸与不幸的唯一主宰。

——〔法〕蒙田

11. 部长点头

1982 年的金秋时节。

秋风摇曳着色彩斑斓的树叶，天空显得格外的蓝，格外的高远。我和寿复孝却没有闲暇观看北京的街景。

我们带着内外销两盘时装表演录像带，专程请轻工业部领导审看。到北京第二天，为轻工业部四十多位同志放映了第一场，接着又为各有关部门领导连放了两场，好评如潮。

9 月 17 日，又是一个明亮的月夜。

这是一个不同寻常的夜晚。今晚部长要审查我们的时装表演。

我怀着惴惴不安的心情和老寿很早就来到会议室。

窗外，宝石般的星星嵌在暗幽幽的天鹅绒般的天穹，皎洁的月光透过玻璃窗洒满一地，散发着温馨的气息。我注视着明晃晃的圆月，呵！一轮满月，这显然是一个好兆头，我不禁心中一阵暗喜。

今晚是专场，只有几位部长，会场上摆着两排距离适中的位子。窗帘拉上了，我坐在黑暗中静静地考虑如何有重点有选择地向部长们解说，引起他们的兴趣和重视。想着想着，轻工业部杨波部长、季龙副部长、杨玉山副部长来到会议室。

开始播放《外销时装表演》。

部长们看得全神贯注。荧屏上，史凤梅正撑着一把红色的伞在表演一件白色的衣裙。这种面料既不像质地柔软的丝绸，也不像棉麻化纤之类，但挺刮度特别好。这时，杨部长忽然转头问我："你知道这件衣服的

史凤梅表演外销服装塔夫绸裙　　　　　张毅敏、侯林宝表演"提包茄克衫"

面料是什么吗？"

　　我回答："这是塔夫绸，是我国的传统产品。'四人帮'时期被淘汰，现在重新恢复生产。英国王妃发现后，购买了两百多匹，做她的结婚礼服。现在已经成为高档服装面料，风行世界各国。"

　　杨部长满意地点点头。此后，我针对荧屏上展现的服装，有重点、有选择地作了一些解说。当侯林宝、张毅敏表演"提包茄克衫"时，我介绍道："这是我们服装公司陆平副经理设计的，选用针织面料，穿着轻便，能穿能用，是理想的旅游服装。在选样订货会上表演，一个客户一次就订购了八百件。"

　　杨部长"哦"了一声，对经济效益表示满意。

　　一个小时的播放结束了，收获之丰富，出乎我的意料。

　　杨部长提出：回去立刻翻成英文，带到广交会放映。

史敏之局长建议：我国55种少数民族服装样式很丰富，要搞一套少数民族服装。

张韵清处长表示：部里召开设计工作会议，请时装表演队进京演出。

……

时装表演录像送京，以自己的艺术形象和经济价值，引起了部领导重视，取得圆满成功。

胡铁生局长在听取我汇报的时候，并没有喜形于色："你们不能满足现状。公司仓库积压了大批面料，应该设计出新的款式，以表演促销售，创造经济效益：这才是你们的责任。"

在为时装表演争取生存的一席之地时，我们追求的是漂亮的服装，漂亮的舞台，完全没有"经济观点"，也没意识到应该在工厂、经销商和消费者之间，架起桥梁。胡局长的意见，就像他当初希望我们走民族化的时装表演道路，而不是不中不西，使我们明白了努力方向。

我们从仓库积压的面料中选回来几十种，发动模特亲自动手设计，一个人交四张设计画稿。唯独我没有上过人体素描课，绞尽脑汁只完成了两张。小柴瑾偷偷帮我画了两张才完成作业。服装做出来一看，却与画稿效果完全不同。与服装研究所设计师的作品相比，显得"稚嫩"极了。经过他们大量采用镶色、拼色，使过时的面料立刻就现出别致的风采，重新散发出魅力来。

我们选中了其中五十五件（套），精心编排，在装饰配套上下了很大功夫。英文时装（Fashion）一词，原本就包含相关的装饰性的东西。当时，人们刚刚走出"清一色"的世界，对服饰的追求远未达到成熟阶段。我们用围巾、帽子、鞋、腰带、胸饰、头饰进行多种配套，画龙点睛，突出服装总体效果，增加活泼感和流动感，造成了一定的意境。

我们为"1983年春季服装选样定货会"举行了编号表演。连演连满

霓裳繁花路

十三场，这次定货会成交额为 60 万元，几乎把服装公司仓库全部出空！

我们在推销商品中所起的巨大作用，创造的巨大效益，使各级领导十分震惊。事实证明：时装表演将是服装行业推销产品、发展贸易必不可少的宣传工具。经过艰难的历程，我们的脚跟终于渐渐站稳了。

有一天，副经理周贵积叫我去公司开会。会上他说："苏联贸易代表团马上要到上海来订购服装，这是苏联与我国中断贸易往来 20 年之后，第一次来到上海。他们带来三千万美元，已跑了北京、天津等地，没有用掉一分钱，我们上海要争取把它吃下来。为此，我们要为他们组织一场适销对路的时装表演，扩大影响，争取多成交。表演队要为服装出口创汇多作贡献。"

全队同志听说演出任务来了，又是给苏联贸易代表团演出，心花怒放。大家立刻行动起来，收集了苏联人民喜爱的"布拉吉"、长毛绒大衣、时装和礼服共 72 件（套），进行配套装饰和精心编排。

1982 年 12 月 5 日，富民路服装陈列室的产品已经焕然一新，陈列架上模特身上，已经换上苏联人民喜爱的各类服装。我们在陈列室中间用平台搭起"工"字形舞台，台口上悬挂着"热烈欢迎苏联贸易代表团"的红色横幅。

上午 9 时，苏联贸易代表团一行五人，在外贸人员的陪同下来到表演大厅。

演出开始了，代表团成员个个神情专注，看得津津有味，时而点头称是，时而窃窃私语，并不时报以热烈的掌声。看来他们已被时装表演吸引。半小时的演出结束，他们兴奋地说："我们到北京、天津，没有选中一件衣服，到了南京、无锡，心更凉了。现在看了你们的表演，心热起来了。你们表演的服装都很好，说明你们对世界流行款式很了解。表演的礼服很高贵，西装工艺也不错。看了表演，我们选择服装就有了目标。"

他们当场就进行选购，共选中51种产品，带到北京外贸总公司谈判，成交价值一千四百万美元。

为外销服装进行经营性表演，这是第一次。我为半小时的演出能换取这么多的外汇而惊奇不已。

啊！这是一项无可估量的美的事业！

12. 创作《黑蜻蜓》

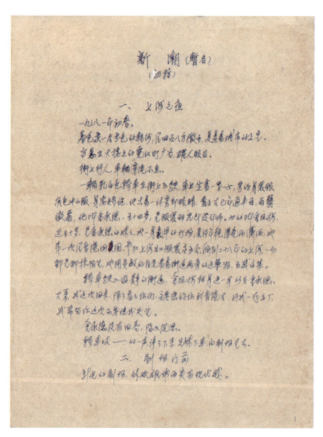

文学剧本《新潮》初稿

1983 年 1 月，我在经历了半年的艰苦创作之后，完成了近四万字的电影文学剧本——《新潮》。

这，就是电影《黑蜻蜓》的雏形。

我以组建时装表演队为主线，勾勒了几位姑娘如何顶住世俗的偏见、家庭的反对，在艰难困苦中创业的事迹。同时也描写了服装设计师悉心钻研，苦苦寻觅灵感，为支持时装表演事业大胆创新、推动时装改革所做的种种努力。

《新潮》诞生了，尽管我写得并不好，但毕竟这是我有生以来第一部"长篇"，它仍给我带来无穷的喜悦。

说起来，萌发写电影剧本的念头，还是因为《文汇报》上一则报道引起的：

1982 年 7 月中旬，《文汇报》记者姚柏生成了我们在眉州路仓库的第一位拜访者。我还记得，表演队初创时，姚柏生的身影便经常出现在排练厅，时而对服装凝目沉思，时而和模特促膝谈心。1981 年 7 月 6 日《文汇报》周末版就刊出了两千多字的第一篇时装表演的特写。现在，他听说时装表演队从业余走向专业化了，便想通过舆论宣传，为时装表演事业的发展进一步锦上添花。正处在困境中的我们，心存感激。但是想到上头不报道、不拍照、不录像的三不禁令，我便心有余悸地建议：提供素材，以后以报社的名义发表。素材也让张所长过目。

8 月 9 日，《文汇报》上刊出一则消息：

《扩大服装出口，促进服装生产，本市成立时装表演队》

本报讯：为了扩大服装出口，提倡美观、大方、经济实惠的服装新款式，上海市服装公司七月中旬成立了时装表演队。

近年来，法、日、美三国时装表演人员先后来沪举行时装表演，对国际服装的流行款式、色彩、面料及制作工艺等方面进行交流。本市服装行业的干部和技术人员观赏到舞台服装表演的突出效果。为此，市服装公司筹组时装表演队，从1980年8月开始从基层厂物色了十九名男女时装演员，经过三个月的严格训练，每个演员初步掌握了时装表演的基本姿态，具备了一定的仪表风度。同时，该行业设计了内外销服装新款式五百多件（套），在戏剧学院等单位的大力支持下，作了三十七场观摩演出。1981年2月他们又向参加上海交易会的各国客商举行了首场演出，获得好评。客商们说："上海的时装表演庄重大方，体现了中华民族的优美健康，给人以美的享受，真正体现了服装表演的内涵。"国内有人士反映："时装表演很吸引人。表演的服装内容丰富，配色调和。有些时装款式，国内外都能吸收，有实用价值。"

时装表演队成立以后，将对外进行演出，开展服装的商品宣传和指导消费，以扩大服装的销售，促进服装生产。

落款是通讯员徐文渊。

我没想到原先商定的协议发生了变化，但自忖报道没一点出格，也没在意。

万万没有想到，这一则报道，竟引来了一场疾风暴雨。公司领导立刻来电话追问："谁叫你们写这篇文章的？"

我的心往下一沉。怎么这样来势汹汹？挂了电话，我立刻找到服装研究所张所长，他一脸的紧张惶恐："你闯下大祸了，据说局领导大发雷霆，要追查此事。"

他从抽屉里取出一封信说："前两天姚柏生寄来的信，正好我外出开会，今天才看到。"

我一把抓过信，上面写道："小样稿已给刘局长看过。"

我说："大概上头对这个问题看法不一致，有矛盾。"

在"清查"中，我的上级所长、经理、书记，都被指责没把好关。

这样不公平的待遇，连累不少无辜的人，是我完全料想不到的。疑惑、委屈、悒郁，再次笼罩了我。就在我悄悄躲起来的日子里，中国新闻社记者刘茉莉找到了我，准备向海外发稿。

能说什么？又有什么可说？我沉默不语。

在我们建队初期，她据理力争，才得到手工业局领导准许，以一组彩照和一篇文字稿，介绍了上海时装表演队的首次演出，刊登在香港《中国旅游》1981 年第 17 期上。后来，有时她还帮着写报幕词。她侃侃而谈舆论宣传的重要性，对我的沉默疑惑不解。

朋友的目光，锥子一般刺痛了我。

我并不想谨小慎微地活着，树叶子落下来也怕打破了头。但磕磕绊绊无时无刻不在发生，个人的力量根本没法阻挡，包括那些苛责与不理解，以及那种沉重的压力。如果没有波折，一切都一帆风顺，那也不是创业了。

我相信不能以一时一地的成败论英雄，奋斗的苦楚原本就远远多于快乐，大多数时候必须忍耐，努力地忍下去。生存在夹缝中，注定了如此。

大概，人生长在社会里，都必须锤炼一种韧劲儿吧。过去如此，现在亦然。

也就在那一刻，我心际泛起一股不认输的倔强劲儿。既然不准真实地报道，那我就写成电影，使这项事业的传播更广泛，更形象，更漂亮。

我根本没顾忌到自己对电影剧本一无所知，就一头扎了进去。

写作初期，正是表演队处于极端困难的时候：没有演出任务，我们被"冷冻"在"仓库"里，蚊子叮，臭虫咬，队员收入减少，到处流浪漂泊，思想极不安定。每天白天，我都要去应付、解决这些问题，晚上疲惫不堪地回家，匆匆吃罢晚饭，就坐到桌子前去构思、写作，脑子里装着许多烦恼事，常常无法安静下来。所以，一开始就写得很不顺利，常常坐着写呀写呀，写了又撕，撕了又写。不知怎么搞的，就是写不下去。

这时，我的朋友，上海电影制片厂制片主任柴益新知道了，立刻送来了十多本电影文学剧本给我参考。

有一天晚上，时装模特李瑞芝突然来到我家，见我伏案写作，她好奇地问："队长，你在写什么东西呀？"

"我在写你们呢！"

我把稿子往她面前一推。

"天，这是真的！我们都成了你的人物了。太好了，队长，你一定要写成功哎！"李瑞芝惊呼起来。

小李很快泄露了我的秘密。表演队不少模特，听说我想把时装表演搬上银幕，都雀跃三丈，纷纷帮助我。

侯林宝、史凤梅、刘春妹、蒋雅萍等，都来给我提供素材，谈他们从服装工人到时装模特的切身体会。特别是李瑞芝，每当我写作碰到困难的时候，就来向我摆谈她的所见所闻。这些青年人给了我很大的精神力量，成了我创作的源泉和电影剧本的催生者。

我的笔开始灵活起来，而我笔下的人物简直就是她们的影子。

初稿完成后，张毅敏、史凤梅、徐萍等姑娘在紧张的排练之余还为我抄写得工工整整。我捧着她们装订好的手抄稿《新潮》，就如捧着她们对时装表演事业的一颗心！

形体老师黄月萍，把这一切消息"捅"给了她在上海电影制片厂工作的丈夫包福明，有一天他特地来找我商量说：

1983 年，作者徐文渊与导演鲍芝芳，编剧王炼、李汶讨论《黑蜻蜓》剧本

　　"听说你们写了一个时装表演的电影剧本，导演鲍芝芳对这个题材特别感兴趣，正想请剧作家王炼一起搞。有你这基础，我们合作起来搞怎么样？"

　　听他这么一说，我又惊又喜，这不正是我追求的目的吗？只要时装表演能拍成电影，扩大宣传，让人们了解它，让社会舆论支持它，我就满足了。

　　于是，我们来到剧作家王炼家中。王炼是我敬仰的剧作家之一，他编写的《枯木逢春》等优秀电影，曾深深感动过我。

　　我把我们全队同志用心血浇灌的《新潮》剧本交给王炼，作为电影剧本的素材。我作为电影剧本的编剧之一，同王炼、李汶开始了初次合作。导演鲍芝芳常来和我们一起讨论故事情节。经过四个月的酝酿讨论，由王炼执笔，写出了电影剧本《黑蜻蜓》。

　　一年以后，由我们表演队部分演员参加拍摄的电影，拍成放映了。

　　整个时装表演队就像过节一样高兴。

大家一起去看《黑蜻蜓》，边看边议论：

"不像不像！"

"蛮灵蛮灵！"

"这里不对，那里不对！"

嘻嘻哈哈，惹得前后左右的观众大为不满，纷纷侧目而视，她们却依然故我，兴致勃勃地一路评论到底。

13."媒婆服"与"蛇衣"

我们整休了 4 个月。

1983 年 2 月底，终于盼来了一次长长的演出机会——针织服装表演。

表演队成立两年多来，我们始终不曾在上海公演过。这次，主办单位采取"展演结合"的办法，以购买一件衣服赠送一张表演票的方式进行"半公演"，要求我们在展销期间每天演出两场。

我们将直接面对消费者。

这一台服装，有销售的针织服装，也有纯属介绍服装造型艺术的表演装。从演出效果考虑，我们选用了较多的丝绸面料时装，设计师充分利用了丝绸的柔滑飘逸，来突出温柔、娴静、典雅的东方女性美。

春节刚过，大地还紧紧地包裹在寒冷里，透不出一丝暖意。就在我们登台演出的前不久，接连刮了几天西北风。强大的寒流席卷而来，气温一下降到零度。此时此刻，我们的姑娘们却要穿上薄薄的丝绸服装去表演。曙光贸易会堂当时设备差，夏天有冷气，冬天却没有暖气，整个更衣室只有几只红外线取暖炉。我们把更衣室封得严严密密的，在里面更换衣服倒不觉冷，只是她们要穿上丝绸服装走向舞台，几圈兜下来，冻得直打哆嗦，牙齿咬得咯咯响。演了几天，都喊吃不消。有些演员已经感冒了。眼看每场一小时的演出时间，一天比一天在缩短，最短的一场只有四十多分钟。我真担心：在这个紧要关头冻倒了几个怎么办？

一天下午，我拿出钱来请朱明华去买两袋麦乳精，烧开给演员上台前喝，增加点热量。正当我对台上的演出效果感到满意的时候，没有想到，为这两袋麦乳精又生了一场气！

朱明华气喘吁吁跑来对我说："两袋麦乳精不但不给报销，还骂我们表演队娇气十足，要吃高级营养品。"

我一听，震惊得全身战栗。跌坐在椅子上，愤愤不平地大吼：我们的模特是在隆冬严寒穿着丝绸服装去表演：这难道是娇气？我们的模特发着高烧，无人顶替，坚持演出，这难道也是娇气？我们的模特不计报酬，不计观众多和少，努力表演，去创造经济效益，这难道也是娇气？！

盛怒之下，我冲着老朱道："谁叫你去报销的？不报了，钱我出！"

唉，真难呀。

时装表演与展销相结合的首次尝试，效果究竟如何？我很想亲眼看一看，便来到"针织服装展销会"——上海市手工业局陈列室。一看，哟！真是门庭若市。边门上的长龙是在排队购买入场券。好兴旺呀。

展销大厅的正门，写着"购买一件衣服赠送时装表演票一张"的醒目标语。我走进展览大厅，只见人头攒动，每只柜台都人山人海。一个姑娘对营业员央求道："你能多送我 ·张时装表演票吗？我和我的朋友一起去看。"

营业员为难地表示："这是展销会规定，买一件衣服只赠送一张票。"想了想又说，"那你再买一件衣服吧。"

姑娘没有回答，显然在犹豫，最后下决心又买了一件衣服，才又得到一张时装表演票。见此情景，我的眼眶湿润了——是激动，是惊喜，还是苦涩？我说不清。

就在展销表演将近结束时，一位领导人严肃地对我说："你们那三套唐装，演员穿的是绣花鞋，头上还戴了一朵大红花，真像'媒婆服'。"

我不禁大惊失色！这三套由红、绿、白软缎制作而成的唐装，用上了服装行业镶、嵌、滚、荡等传统工艺，加上绣花、盘花钮，作品具有古色古香的东方风味和很高的艺术情趣。为了把这三件唐装的艺术价值表现得更加完整，我们跑遍了上海滩，终于在戏剧服装商店觅到三双绣花鞋，又买了三朵红色小绢花插在头上，使民族风味更加浓厚。我万万没有想到，这一组观众喜欢、设计师满意的作品，竟被认为是"媒婆服"！

"媒婆服"不能再演了。我细心地把它保管起来。要知道，这三套唐装是服装行业的艺术精品呀！

有一天，晚上要加场。下午，第二场演出结束后已经5点多钟了，大家开始在煤气炉上蒸饭、蒸菜，晚饭后准备夜场演出。

正当我们大家坐在后台、端着饭盒、吃着我们自带饭菜的时候，服装研究所所长张步急匆匆来到剧场，神色紧张地对我说："今晚市经委有领导来看。我看，为了稳当一点，小徐表演的那件'蛇衣'是不是不要上了。"

我立刻反对："这套衣服又没有露胳膊、露大腿，又没有袒胸露背，为什么不能上？"

张所长仍坚持己见说："你不要因小失大，上面有人一直说这件蛇衣格调低，像酒吧间里的打扮，你们这项事业市领导至今还没有表态哩，还是谨慎稳妥一点好。"

张所长的意见也有道理。但我就不相信市领导会为一套衣服否定整个时装表演事业。再说，这套服装又不是奇装异服。

上海市服装研究所著名设计师叶德乾，为了体现女性的人体美，特为我们设计了这套紧身"蛇衣"。他把美国著名画家荷迦兹在《美的分析》一书中提出的"最美的线条是蛇形线"这一论断，作为自己的作品立意。蛇形线条不单调，富有动态感，而女性的腰部又能使身体两侧的线条呈现"S"形，看上去感到轻松、健美。叶德乾构思的这套"蛇衣"选用黑色面料制作而成，上面点缀的金色光片，构成弯弯曲曲的花纹，像蛇蠕动时的"S"形状，很别致。黑色上衣内，衬着玫瑰红的丝绸衬衫。整套服装粗犷中含有变化。当时，服装设计还比较拘谨。蛇衣就像小号中响亮的琶音，一露便入耳三分，印象深刻。

这套服装的表演者徐萍，善于领会作品的立意，对自己表演的服装有着强烈的自我意识和个性要求。在表演之前，她在转台上设计了一个粗犷的造型动作：腿部左右拉开，双手举起。在灯光由暗转明的过程中，又把双脚收回放平，用腰部的力支配臀部向左右轻柔地摆动几下，使身体两侧线条呈现"S"形，与光片花型遥相呼应。这一动作柔美而协调，每演到此时此刻，观众为服装的造型艺术和小徐的精彩表演所吸引，场内总是鸦雀无声。

想着这套服装的表演效果，我怎么会同意拉下来不上呢？我对张所长先来一个激将法，冲着他说："还说你思想开放呢，我看你对这套服装的态度，就足以表明你的思想仍旧是'保守型'的。"

"好，我保守。我还不是为了你们好，你们要不听，出了问题我就不管了！"张所长摇摇头说。

几个小青年见张所长已松口，有意把他拉走，边走边打圆场说："张所长对我们的'蛇衣'本来就没有意见嘛。"

见张所长已经默许，我急着补充说："张所长，你放心，绝对出不了问题。如果出了问题，你还得管。"

那一场演出，"蛇衣"仍旧上了。经过这一争论，徐萍的表演发挥得更加出色，淋漓尽致，演出效果出奇的好。

演出结束了。领导们对表演感到满意，对表演服装也没有任何异议。我走到张所长面前，得意地说："张所长，你该放心了吧，'蛇衣'已经顺利通过，今后你还得管我们呀。"

张所长笑了。

14. 去北京！去北京！

我们为针织服装展销会演出23天，这是我们建队以来，演出时间最长的一次。演出结束后，上班第一天，张所长就来了电话，让我去经理室。

我奉命前往，推门进屋，党委书记王树塞、经理刘汗兴、副经理李至文和陆平正等着呢。看他们满脸喜悦的模样，我想，该不会有什么好事让我们轮上了吧？

果然，李至文笑嘻嘻地对我说："你们表演队终日像盼星星、盼月亮一样，今天，出头之日终于给你们盼到了。轻工部史敏之局长看了时装表演，极为重视，已同胡铁生局长商量决定，为配合五月轻工部主办的五省市服装鞋帽展销会，决定让你们赴京演出。"

乍一听，真不敢相信是真的。我呆呆地瞪着他们，半天没有回过神来。王树塞接着说："你们表演队此次去北京演出，要做好充分的思想准备、组织准备和演出准备。你们是代表全行业三万多职工，去向首都人民汇报，去向党中央汇报，一定要打响这一炮。"

一个似乎不可思议的奇迹在眼前展开，天地万物和我的意识都从沉睡中复苏过来。眼前满是五彩缤纷，美丽得令人眩目。喜悦和兴奋充塞了心灵的每一个缝隙，快乐之杯忍不住地满溢出来。

哈！我们要上北京表演了！

一连多少天，我和全队同志都在忙忙碌碌之中度过。这时，我才深深体会到，激情可以给人怎样的力量，怎样的智慧！那时候，我仿佛离疲倦这两个字很远很远，似乎可以像一台永动机那样，无休无止地运转下去，而且，非常充实和满足。

首次赴京演出，我们的主旨，是使演出充满浓郁的民族风味，从舞台，到服装、音乐，到模特的表演。

舞美是扇形画面。我设想：中间增加两层半月形的台阶，上面设置一个活络的转台，模特在转台上徐徐地展示造型，效果一定很棒。所里批给我们 300 元制作费。朱明华便从服装研究所的仓库里，"踏破铁鞋"，翻出一只圆台面；又从黎明机修厂的废铁堆里，捡到一只已报废的带式裁布机的铁架；然后借来一只小马达：凭着这些破烂，开始了他的制作。转盘速度必须缓慢，不然模特站在上面会晕眩，衣服的造型款式也只能一掠而过，无法给观众留下深刻的印象。朱明华在车床、刨床、铣床、钻床之间来来回回，埋头加工出十多只零件，自己装配了一只变速箱，使转盘由原来每分钟 1440 转减缓到 4 到 5 转。

只花了 36 元。

说来可怜，我们表演队使用的还是当初借的两台 606 台式录音机，因为除了工资和福利，我们连一个子儿的行政费用也没有。朱明华节约下来的 254 元，就像及时雨。顾不上什么专款专用，我们立刻添了录音机和一些民乐磁带，解决了燃眉之急。

赴京演出的表演服装分为两部分：一部分是体现服装造型和工艺技

术的表演服，一部分是既表演又销售的产品。后一部分需要重点介绍：东方衫、男女衬衫、针织时装、太空衫、新型西装和传统服装六组。我很快就写出了这些服装的面料款式、工艺特点的解说词，但报幕词怎么写呢？怎样传达上海三万多服装工人的心愿？怎样体现设计师的努力？怎样表达时装模特对这项事业的热爱？下笔如有千钧，两百来字的报幕词竟折腾了我四五个夜晚。

1983 年 4 月 21 日下午，上海火车站。

广场上人头攒动，川流不息的人像走马灯一样，各地的方言像一锅大杂烩，此起彼伏。这里从早到晚都乱哄哄的，带着大包小包行李的旅客，一堆一伙地坐在太阳底下，脸上风尘仆仆，疲惫不堪。

唯独我们这一群模特，一个个秀丽端庄，亭亭玉立，神采飞扬。她们穿着一模一样的东方衫：印花灯芯绒面料，点缀着双色滚条，恰到好处的收腰，突出了优美的曲线。庄重，典雅，大方。

模特们跑来跑去打招呼，清清脆脆地开玩笑，那快活的声音像银铃儿一样，年轻极了。她们旁若无人地笑着，嚷着，引来不少凝视。

胜利服装厂的女厂长杨凤珠这一招独具慧眼：她送给表演队女同志每人一件东方衫，在现实生活中就为东方衫做了活动广告，效果真不错呢。马上就有人打听：你们是干什么的？这种漂亮的衣服哪里有卖？

火车隆隆地开动了。月台上模特们的父母、亲友频频挥手，姑娘们也都挤在车窗前不停地挥手。月台上送行的人渐渐变小了，看不清了，模特们的目光渐渐从远处收回来，安静下来。

这是他们第一次上北京，也是他们当中的某些人第一次坐火车。

车轮不停地向前滚动，哐当哐当巨大的金属撞击声，伴着摇动的节奏。在我耳中，它们都在激动不安地呐喊着：去北京！去北京！

所有的希望憧憬，所有的向往遐想，所有的忐忑不安，过去和现在所有的欢乐烦恼，全在我脑海里翻腾，喧嚣……

去北京！经过这么多的磕磕绊绊，我们终于走向远方，走向日夜向往的首都了。

第四章

如果是玫瑰，它总会开花的。

——摘自《世界文学名著妙语大全》

15. 北京亮相

1983 年 4 月。

初春的北京，空气中弥散着淡淡的温馨的暖意，树枝上绽放出娇嫩的绿叶片，和煦的阳光投射下来，薄薄的叶片显得有些透明，迎风摇曳。

一切都生机盎然。

北京，在我们的意念中它绝不陌生，巍峨的万里长城蜿蜒在山脊之上，天坛、北海、颐和园、圆明园……那都是旅游者的圣地。在政治家的眼中，北京的意味如同故宫、天安门铺展的气势，是权力与荣耀集中的所在。而令收藏家意驰神往的珍奇古玩，也在这里荟萃，神秘而充满诱惑力。这里有皇帝的龙袍、宫廷仕女摇曳的裙摆，也有平民百姓的青衣长衫……一部活生生的服饰发展史，就在你徜徉的世界里缓缓走过。

许多人的梦从这里开始。时装模特今天终于来到了渴望一展风采的首都舞台。以青春的活力，踩着时代的节奏，展现艺术绝妙的神韵……一切的一切，都在对传统陈旧的观念进行挑战。

我们充满信心。

我们上海市服装公司时装表演队，就住在农业展览馆附近的朝阳旅馆。是地下室，住着很不舒服，不过离演出地点农业展览馆影剧院很近。

直到如今，六七年过去了，一想到刘春妹当年第一次去北京，刚到住处时惊愕和委屈的哭声，还会在耳边清晰地响起。第一次出远门，第一次离开父母，第一次去听说过很多很多次的北京。接站的人说，住的地方还可以，她们没吭声。火车上的新鲜感已经过去，她们只是静静地注视面前掠过的一切。车子把她们拉到农业展览馆，周围现代化的高楼鳞次栉比，她们也没吭声。直到走过长长的过道，走进地下阴湿的房间，空气闷闷的，她们还是没吭声。领队、队长等全去剧场了，让她们中饭自理，晚饭看情况，只宣布了一个集中的时间。一下子，没人管了，带的吃食除了不想沾的方便面，什么都没有了，去买又人地生疏。她们大眼瞪小眼，摸着湿漉漉的被子，呼吸着湿漉漉的空气，几个人不约而同地大放悲声。刘春妹的哭声格外伤心，格外响亮。"我饿了，我要吃饭。"她抽抽噎噎。一房间四个人，除了史凤梅去过农场，徐萍、李瑞芝都没受过这样的苦，都抹了抹眼泪。

我没有听到她们的哭声。稍稍安顿下来，我便赶去察看演出场地。走进剧场一看，舞台上什么也没有，心里一下凉了半截。我走上舞台，举目四顾，更是目瞪口呆。一下子意识里一片空白，怔怔地不知所措。

舞台上空空荡荡的，没有任何装备设施，没有灯光，没有沿幕、大幕、侧幕，没有操纵台……什么都没有，真是一个名副其实的"赤膊台"！平时这里只放电影，从未演过戏。

我的天！离演出只有六天了，人生地不熟，叫我们到哪里去弄这些设备来？变戏法也来不及呀。

"别着急，北京的文艺单位多，借吧！"舞台组长寿复孝说。

幸亏邀请同来的上海戏剧学院潘家瑜老师倾全力相助，他的学生遍及北京各文艺单位。人地生疏的我们，总算从解放军工程兵文工团、中国评剧院、北京电子技术研究所、总政文工团、东方歌舞团、铁道兵文工团、八一电影制片厂等单位，借来了大大小小的聚光灯、回光灯、碘钨灯、追光灯等一百多只灯具，还有吊竿、灯架、控制台、电线、大幕、天幕、侧幕等必需的舞台器材。我们白天把借来的一车车东西卸下来，还得去火车站取布景道具、表演服装等，晚上装台，编排表演的时装，安排模特走台……

整整4天，分不清白昼和黑夜。台，总算装好了。

在第三天晚上，看到装台的同志眼睛里布满血丝，明显消瘦的脸上布满浓浓的疲惫，我和姑娘们来到剧场，打算和他们"同甘苦，共患难"。一眼望过去，舞台上却人踪全无。少顷，高高的半空中回荡起他们的声音。我抬头一看，哇！王文刚正站在高高的扶梯上装灯。我急急地喊："小王，当心点！"

寿复孝朝我们这帮人走过来，问："你们来干什么？"

我说："大家一起干吧。有什么我们能干的，你就吩咐好啦。"

姑娘们七嘴八舌地附和说："有一分热发一分光嘛。"

寿复孝简短而不容置疑地说："这里都是带电的高空作业，没有你们能干的活儿。我看，你们还是回去休息，明天抓紧排练。"

我们只好乖乖地被他们"轰"了回去。

按照编排，最后一场是宫廷舞，一双一对出场，然后再合舞。别人都没问题，刘春妹与侯林宝这一对可抓瞎了。交际舞还凑合，宫廷舞里那些复杂的进退旋转，真难住了他俩，何况还要跳得优雅、风度翩翩。邬老师看着他们愁眉苦脸的样子，热情地鼓励道："抓紧时间练，一定能行！"他们在别人休息的时候，依然在练习，用心体味揣摩节奏和旋律。后来，正式表演的时候，大家心里都紧张极了。刘春妹问："敢跳吗？"侯林宝一脸英雄气概："为什么不敢？跳！"他们便旋上了舞台。只是最初的几场，反正台下的观众看不清面对面的两个人细微的动作，侯林宝便在嘴里念念有词，数着一、二、三，免得出错步子踩了脚。自然，以后他们的舞步便非常娴熟了。

那几天，我们常常在深夜回旅馆，剧院的后门便关上了。

从剧场到后门，要走一段长长的一百多米的路，走过锅炉房，走过浴室，走过一大块空旷的场地。在没有月光的夜晚，一切都黑魆魆的，隐隐约约，喧嚣退得很远很远。风声，树叶沙沙的响声，脚步声，模特们清脆的笑声，都融进了夜幕。

然后，大家一个接一个逾墙而出。当然没有侠客们飞檐走壁的轻松潇洒，好在都年轻，倒也挺开心。有时候，万籁俱寂中，睡眼惺忪的宿鸟还会听到一声闷闷的钝响——像是哪个人屁股着了地。接着，便是一声悲哀的"哎哟"，一阵戏谑的哄笑和关切的询问。过上一阵子，就像石子激起的水波，渐渐扩散消失，一切都复归静谧。

1983 年 4 月 28 日，这是难忘的一天。

风和日暖。上午 10 时，轻工部主办的五省市服装鞋帽展销会开幕式在农业展览馆影剧院举行，随后就由我们进行时装表演。

9 点的钟声刚刚敲过，剧场已经来了不少人。我们的领队张所长今天显得特别高兴。他不停地在台上台下穿梭，给我们传递信息："今天开幕式，轻工业部杨波部长，还有几位副部长都要参加，据说还邀请了国家经委、纺织部、外贸系统等不少单位的领导。"

过了一会儿，他又上来说："听说今天还邀请了不少新闻单位：新华社、《人民日报》《中国日报》《经济日报》、中央电视台、中央人民广播电台等几十家新闻单位都要来。"

他的这些信息，一次又一次增加我的紧张情绪。我一次又一次叮嘱模特们沉住气，表演出最佳水准。虽然这些模特已经有了两年的舞台生涯，但毕竟是第一次在首都亮相，心里紧张极了，站在侧幕两边等待开幕式结束的时候，一个个都微微发抖。

该轮到我们亮相了。

报幕员王辉虹身穿黑色丝绒长旗袍，胸前别着一朵红色的小绢花，拿着话筒，袅袅婷婷走到舞台中央，清脆悦耳的声音响彻剧场：

人，总是向往美好的生活。

美，能陶冶人们高尚的情操。

我们的设计师，为了美化我们的生活，把我们打扮得干净一点，整齐一点，漂亮一点，他们开拓了智慧的宝库，设计了这一台新颖别致的时装。这，就是上海服装行业的广大职工，奉献给首都观众的一束美丽的鲜花！

报幕员的话音刚落，全场立刻爆发出热烈的掌声。这掌声是欢迎，是鼓励！

随着掌声，大幕在悠扬的民族音乐伴奏下徐徐拉开，雕刻着"飞天"的巨型檀香扇，在红色、绿色、紫色、黄色的光环映照下，渐渐明亮起来。七位模特身穿印花灯芯绒的东方衫，在扇形天幕的转台上摆造型。清新、委婉的民族音乐与光影交织在一起，典型的民族风格的舞美，衬托着一组组民族风味浓郁的时装。模特们自信而优雅地走步、造型，随着服装的变化，变换着扮演的角色。设计师的意图酣畅淋漓地流泻出来，一切的一切，都是那样的优美、富有生气，具有浓郁的东方色彩！

我轻轻下到侧门边一看，只见场内鸦雀无声，坐在前排的几位部长们目不转睛，聚精会神注视着舞台。

我长吁一口气。

不知不觉中，75分钟的演出已经接近尾声。

在绚丽的灯光下，模特们身穿各式晚礼服、舞会礼服、宴会礼服和结婚礼服，依次登场。演出在隆重的宫廷舞会中结束。

经久不息的掌声中，部长们走上舞台，祝贺演出成功。大批新闻记者拥来，将部长们团团围住："杨部长，你对服装表演有什么感想？"

"整个演出是落落大方的，反映了中国的民族特色、地方特色和传统特色。表演的服装新颖别致，美观大方。这是来自设计人员的精心构思。还要感谢纺织部门提供这么多新的面料和兄弟单位的大力支持。美化人民生活要经济实惠，要把好的服装给消费者。我准备买一件猎装穿。"

季龙副部长说："演出很成功。款式好，设计好，表演好，组织得也好，很健康，比录像大大提高了一步。这些服装国内都能提倡。旗袍很好，男女老少的服装各有特色。服装对精神文明关系很大，能指导消费。要发动设计人员大搞花色品种，提高中国服装的国际地位。"

贺志华副部长说："时装表演很不错，服装设计也新颖。整个演出庄

1983 年 4 月 28 日，北京农业展览馆，轻工业部部长杨波、副部长季龙等领导观看演出并与上海市服装公司时装表演队合影

重大方。当然，今后中老年服装要增加点花色品种，有童装表演就更好了。"

"杨部长，你同意向国内宣传吗？"

"可以。"

"你同意向国外发消息吗？"

"等国务院领导看后再定。当然，时装表演今后应该到国际舞台上去宣传，去争取外汇。"

16. 轰动京城

翌日，中央人民广播电台首先广播消息，盛赞时装表演队以浓郁的民族特色登上首都舞台。

1983 年 5 月 21 日，北京农业展览馆，上海市副市长刘振元等领导与
上海市服装公司时装表演队合影

霓裳繁花路

1983 年 5 月 23 日，北京农业展览馆，上海市副市长叶公琦等领导观看演出，与上海市服装公司时装表演队合影

1983 年 5 月，北京农业展览馆，上海市服装公司时装表演队全队合影

接连两天，轻工部又安排了三场招待演出，招待中央各部委、北京新闻界和北京市人民政府等有关单位的同志，应邀前来观看的新闻界代表有八十多家。这一下，我们表演队成了新闻界采访的热点。我们上午接受采访、拍照，下午连续演出两场，忙得不亦乐乎。

在我们接受采访的同时，首都新闻界开足马力，热情进行宣传。

晚上，北京电视台播放了录像。接着，《人民日报》以《新颖的时装 精彩的表演——记上海服装公司时装表演队》为题，介绍了我们的时装表演队。

中国新闻社发布消息："上海时装模特在北京。"记者写到身旁的一位服装设计师，情不自禁地评论说："过去一提'模特'，一提时装，总以为是外国人搞的一套，同中华民族传统不相宜。然而，无论是服装，还是模特，都体现了东方型的含蓄美。我原是想来瞧瞧热闹的，谁料竟获得一次高水平的艺术享受。"

《中国青年报》刊登出《美的融合——记我国第一支时装表演队》。其中写道："上海时装表演队奉献给展销会一支别致的鲜花，他们穿着各式服装，保持了端庄、典雅的中国特色。样式、色彩繁多的服装和演员青春健美的体形，交相辉映，融成一体，给人们以丰富和谐的美的享受。"

《工人日报》以《他们传播东方美——访上海时装表演队》为题，介绍北京农业展览馆剧院的首场演出：他们在演出实践中，努力使时装表演走民族化道路。他们学习外国的表演方法，取其精华，去其糟粕，创造出具有东方特色的庄重大方、健康优美的舞步和表演方法。

……

此外，《中国日报》《光明日报》《市场报》《北京日报》《北京晚报》及香港报纸等，都进行了专题报道；中央电视台"为您服务"节目中，

身穿上海时装 款步首都舞台

本市赴京时装表演受到观众称赞

本报北京四月二十八日专电 时装表演首次登上首都舞台。在优美、轻快的音乐声中，上海服装公司时装表演队的青年们穿着上海新设计的时装，迈着轻盈的舞步，登上农展馆礼堂的舞台，顿时在一千多名观众中引起强烈反响。一大棒观众站娘就大声赞叹：

"明天我还要来看！"一长达一百四十分钟的演出刚结束，一位北京站娘就大声赞叹。

轻工业部长杨波赞扬说，这些服装新颖美观，大方，表演生动优美，有浓厚的中国特色。民族特点和地区特色。这是设计人员不断创新的结果。同时，我们要感谢纺织部门提供了丰富多彩的衣料。副部长季龙说，服装关系到我国两个文明的建设，服装设计工作者要用各种形式指导市场，引导青少年的穿着趣味，使他们的精神面貌健康向上。

上海服装公司时装表演队是来参加全国五省市服装鞋帽展览会的。这次展销会品种多，货源足，男女服装品种达四千多种，一百八十万件套，上海服装公司为这次展销会送来了各式时装品种达三十五万件，皮革制品种多，货源足。

(本报驻京记者 周磊)

《文汇报》1983 年 4 月 29 日

本报讯 4月28日上午，上海时装表演队的十四名演员在北京农展馆影剧院的首场演出，博得了全场观众的热烈掌声。

造型优美 色彩鲜明 落落大方
上海时装表演队在京首演

上海时装表演队是在1980年11月筹建的，队员全部从服装行业职工中选拔，经过短期培训，三个月即登台演出，两年多来，已为国内外观众演出一百多场。他们在演出实践中，努力使时装表演走民族化道路。他们学习了国外的表演艺术，取其精华，去其糟粕，创造出具有中国特色的庄重大方、健康优美的舞步和表演方法。时装演员通过形体表现服装，对不同服装采取不同的表演方法。

这个表演队共有表演职员二十四人，许多省市将邀请他们去演出。澳大利亚、美国、加拿大、日本、香港等国家和地区也向他们发出邀请。有关领导同志看了他们的演出后说，这个表演新颖、美观、大方，适合中国国情。

上海时装表演队在五省市服装鞋帽展销会期间将为首都观众演出一月。

(史习传 王玉玲)

《经济日报》1983 年 4 月 29 日

播出了时装表演；新华社还向全国发了消息。

首都新闻界突出报道了我们表演的新颖时装和民族风格，一时间在北京引起轰动。公共汽车上，马路上，经常可以听到人们谈论时装表演。不少人打电话来询问何处买票，也有人找到我们住处要求买票或帮助代购。特别是"五一"劳动节开始为首都观众公演以来，更是场场满座，盛况空前。

美 的 融 合

——记我国第一支时装表演队

四月二十九日，北京市东郊的全国农展馆影剧院里，随着轻音乐的流动，舞台象一位沉默的魔术师，一会儿送出几位身着中西合璧简易西装的英俊青年，一会儿送出几位身着东方衫的美丽姑娘；时而又把穿着配套猎装、太空衫的男女青年双双送出场来……他们的步履和亮相姿势，保持了端庄、典雅的中国特色。样式、色彩繁多的服装和演员青春健美的体形，交相辉映融成一体，给人以丰富、和谐的美的享受。

这是上海时装表演队奉献给北京、天津、上海、辽宁、江苏五省、市服装鞋帽展销会的一束别致的鲜花。他们在一个多小时的演出中，展示了一百八十五种服装。其中六十九件（套）是展销会上准备出售的，包括各色新颖大方的春秋季针织服装，夏季衬衣、连衣裙等等。另外一百一十六件（套），是征求意见的服装和外销服装，包括各类富丽堂皇的改良旗袍、唐装和礼服。

这个表演队，是我国三十多年来第一支时装专职表演队伍。十三名演员是从上海市服装公司所属各服装厂的三万名职工中选拔出来的。它初创于一九八〇年十一月。一九八一年六月，西德、美国、英国、法国、瑞士、日本等国的世界服装业权威四十余人组成的国际服装联合会访华团，在上海观看了这支时装表演队的演出，赞不绝口，认为：中国的服装有深厚的民族根基，有发展前途。他们还问："这么好的服装，中国人为什么不穿呢？"

在表演队的多次演出中，人们越来越意识到，人体试装的效果，远不是衣架和石膏模特儿所能替代的。表演队为上海市服装公司的外贸、内销的发展做出了贡献。日本、新加坡等国已向这个表演队发出邀请。我们相信，它将为中国服装冲出亚洲走向世界踏出新路。

本报记者 钱 荈

图为表演队的青年们正在展示服装。 王 群摄

《中国青年报》1983 年 4 月 30 日

上海时装表演队在京首次公演

新华社5月1日讯 （记者李安定）在绘有"飞天"图案的扇形背景前，十四名体态健美的男女演员以独具中国民族特色的风度，轮流穿换了一百八十五套精美服装，在音乐伴奏下进行了表演。这是"五一"节上午，上海服装研究所时装表演队在全国农业展览馆影剧院的首场公演。八百多名首都观众兴致勃勃地欣赏了这场演出。

上海时装表演队是目前我国唯一的服装表演团体，成立于一九八〇年。他们在表演中，以中国民间舞蹈的步法为主，汲取国外服装表演的某些长处，创造出具有中国特色的庄重、大方、健康、优美的表演方法。

时装表演是一门综合艺术，演员在音乐和灯光的陪衬下，通过形体动作表现服装的特色，对不同服装采取不同的表现方式，以达到扩大新式服装宣传、指导消费、提高观众对服装艺术欣赏水平的目的。轻工业部负责同志对记者说，在我国进行时装表演，还是一种新的尝试，希望在各方面的支持下，使这枝艺术新花在我国健康发展起来。

上海时装表演队将在北京演出一个月。

《北京日报》1983 年 5 月 2 日

霓裳繁花路

新颖的时装 精彩的表演

——记上海服装研究所新时装表演队

本报记者 徐建中

在北京农业展览馆的影剧院里，上海市服装研究所新时装表演队的独特表演，吸引了满堂观众，在75分钟内，14名体态健美的男女演员轮流换穿了185件（套）新颖的时装，登台表演；其中有69种正在目前北京举行的五省市服装鞋帽展销会上展销。

这个时装表演队在我国是第一个。上海市服装行业“五一”时节为首都人民送来了一束绚丽的小花。

生活需要美，人都是爱美的。把我们的人民打扮得干净一点，整齐一点，漂亮一点，是时代赋予服装行业的光荣使命。服装设计师们设计出来款式新颖的服装，怎样才能尽快地为顾客所了解、所接受呢？上海市手工业管理局党委为解决这个难题，才在1980年成立了新时装表演队。

新时装表演队来京前，已在上海演出103场，受到了上海各界群众的欢迎。时装表演是一项综合艺术，包括形体、台步、舞姿、音乐、灯光等，但这些都是为时装服务的。导演邬臻青和王挥虹说：为了把服装的美和特色通过演员显示出来，演员每天要练两小时基本功，两个小时练习走一字步，还要上音乐课、化装课、剪裁、设计课等。演员只有自己首先懂得服装美，才能达到演出的目的。演员们在台上的一举一动，都有潜台词。尽管场面象流水一样在不停地更换，演员们穿梭般上上下下，通过不同的动作，表现不同的风度。女演员穿连衣裙活泼、潇洒，穿大礼服则显得华贵雍容，穿旗袍显得庄重、含蓄，穿便服则显得舒适、随便、自然，男演员穿西服要庄重，穿夹克衫要洒脱。在音乐和灯光的配合下，通过演员的表演，达到了介绍服装，指导消费，提高观众鉴赏水平的目的。而这一切，都是在极轻松的、美的享受中实现的。

时装演出是顾客的好“参谋”。在上海举办的1983年春夏服装订货会上，时装表演队表演后，各省市代表反映热烈。他们说，时装穿在演员身上，有立体感，是好是差一目了然。河北唐山的代表原打算只进3万元的货，看完表演，订了9万元的货。安徽安庆县代表的订货也由10万元增加到30万元。新疆的代表对猎装和夹克衫特别感兴趣，订购计划一增再增，原计划订货总金额为60万元，最后突破100万元。

时装表演队还为国际贸易界人士演出。1981年6月8日，国际服装工业联合会访华团40多个客人看完表演赞不绝口。去年国外一个贸易代表团在北京、无锡等地都未达成交易，最后在上海看完表演，相中了51个品种，定购了64万件服装，成交额达1,500万美元。

在演出过程中记者听到一些观众议论说，上海新时装表演队造诣深、水平高。他们的表演华而不艳，美而不俗，恰到好处，这一点很值得以后的效尤者注意。

身穿时装衬衣的女演员在表演。 王 群摄

《人民日报》1983年5月4日

上海时装模特儿在北京

中国新闻社北京四月三十日电 题：上海时装模特儿在北京

中国新闻社记者 宋利 甄庆如

听说在北京农展馆举行的“全国五省市服装鞋帽展销会”上，有上海时装模特儿登台展示新潮服装，许多人都想先睹为快。你看，报幕员还未登台，久候在农展馆小礼堂里的一千多名观众，早已伸长脖子盯住绛紫色幕布，期待着上海服装研究所时装模特儿表演队赴京的首场演出了。

出人意外的“艺术享受”

轻快的电子音乐响起了。五光十色的灯光将舞台上的一只刻有嫦娥奔月的大折扇，装扮得绚丽多彩。身着黑丝绒中西式旗袍的报幕女士刚一登台，场内已是一片唏嘘之声，女孩子们的议论尤其热烈。

“噢，好漂亮的旗袍！”

“蛮大方呢！”

接下去是六位少女从彩扇后依次转出。她们身着各色新式连衣裙，一个个线条优美，落落大方，在舞台上翩翩起舞，观众席上不时爆出掌声和喝彩声。短短九十分钟的表演，十四位男女模特儿向观众展示了一百八十多套（件）新潮服装。

坐在记者身后的一位北京的服装设计师情不自禁地评论道：“过去一提‘模特儿’，总以为那是外国人搞的一套，同中国的民族传统不相宜。这不是很好嘛！无论各色时装还是各位模特儿，都体现了东方型的含蓄美。我原想是来饱眼福的，谁料到竟获得了一次高水平的艺术享受。”记者频频点头，大概在座的上千名观众也有同感吧。

“阿拉思想解放了”

上海时装表演队是在一九八〇年十一月筹建的，全队二十四名模特儿都来自服装行业的基层单位。两年多来，这支表演队已为国内观众演出了一百多场，到处受到热情称赞。这次赴京将演出七十多场，二十八日的首场演出就给北京观众留下了深刻印象。

该队离沪前，记者特地赶往表演队采访，队长徐文渊介绍说：“前几年，我曾观看过外国时装表演，感到陈列服装的胸架是死板的，只有通过人体才能反映出服装的线条和设计师的主导思想，如连衣裙的飘逸、轻松，夹克衫的健美、活泼等。没想到中国也要有时装表演队，更没想到我也参加了这个工作。”徐文渊原是上海服装工业公司的技术人员。据她介绍，表演队筹建时，她和公司的一位副经理走遍公司所属几十家服装厂，挑选男女队员。一听说挑选的演员是“时装模特儿”，顿时议论纷纷。父母反对，男朋友、女朋友们也反对，都担心“暴露”，有失尊严。后来，表演队特地请来队员的亲属、朋友观看表演，使他们相信绝无“暴露”可言。结果，这些队员的父母、朋友都高兴地说：“阿拉（我）思想也解放了！”

这样的时装表演应该提倡

观看在京首场表演的轻工业部部长杨波和几位副部长，表演结束后走上舞台，向队员们祝贺。杨波喜笑颜开地说：“不错，新颖别致，美观大方。”季龙副部长则总结为“三好”，即设计好、款式好、表演好。他还建议新式服装要突出中国特色，不同的地理环境、季节、气候、男女老少、少数民族、东西南北中，都应该有所表现，要不断美化人民的生活。

当记者问及中国其它省市能否也成立时装表演队时，几位部长都认为，像上海这样的时装表演应该提倡。

——11

《中国新闻》1983年5月4日

Fashion modeling, Chinese style

by Xiao Song
our staff reporter

Members of the Shanghai Fashionable Dress Performance Team model Western clothing at the Agricultural Exhibition Centre in Beijing. (China Daily photo by Wang Wenlan)

When French designer Pierre Cardin first brought his fashions to China in June 1981, he decided to launch them with a show at the Beijing Hotel. He planned to use Chinese models, but soon ran into a problem.

There were none.

Nor were there many aspiring candidates for the job. Most Chinese, Cardin learned, looked down on fashion models as brazen, unskilled accomplices of a decadent Western industry.

Now, less than two years later, China's first "fashionable dress performance team" is making a one-month debut in Beijing. The Shanghai troupe will be at the Agricultural Exhibition Centre through June 3, and will give two special performances for foreigners today at 9 and 2.

The performers, who prefer to be called "actors" and "actresses," display an array of clothing, hats, and shoes from five provinces as they parade and sometimes dance across the stage to the strains of Chinese traditional music.

"Everyone likes to look nice," explained 57-year-old Wu Zhenqing, the troupe's director. "Our job is to introduce the latest fashions to people and show them how to dress attractively."

Training

Unlike Cardin's models — the finally settled for Chinese actresses and shop assistants — the actors and actresses of the Shanghai Fashionable Dress Performance Team undergo rigorous selection and training procedures before going on stage.

All are former workers in Shanghai clothing factories, and were chosen on the basis of good work records as well as their appearance.

Actors must be between 180 and 185 centimetres tall, and actresses between 168 and 172 centimetres, Wu explained.

"It's not easy to find people that tall in Shanghai. We had to eliminate dozens of young men and women because they were too short to model clothes effectively," she said.

In addition, they must have attractive facial features and the body type required to show off clothing: wide shoulders and a narrow waist for men, a well-rounded figure and delicate hands for women.

'Bad taste'

But the greatest problem the troupe's organizers had in selecting models was the same one encountered by Cardin: most people didn't want the job.

"Our problem was that people didn't understand our work. They thought it was in bad taste," said Xu.

Some clothing factories refused to let their young workers become models, saying that "such work might harm the young people," according to Xu. Parents also objected, saying that modeling had no future and would not teach their children useful skills.

The father of one 23-year-old model flew into a rage when he learned that she had given up studying English in order to take part in a fashion show.

However, the young woman persisted, saying "I love the job and have learned a lot from my work." She is now a member of the Shanghai troupe.

Skills

The Shanghai Administration Bureau has taken pains to teach its young actors and actresses other skills, so that they will not be unemployable once they are too old to model.

When they are not performing, the young people study dressmaking and design, as well as makeup, music, and the art of suggesting different attitudes and emotions with a tilt of the head or a wave of the hand.

"We are very concerned about the futures of these young people," said Xu. "The classes they are taking not only help them now, but will enable them to work as tailors and dress designers when they are older."

Style

The troupe is also trying to develop a Chinese style of modeling to complement the predominantly Chinese styles they are asked to show.

There are three former dance teachers in the troupe; they have helped to include some elements of fan dancing and other traditional dance in the routine. They troupe has also worked with teachers from the Shanghai Theatrical Institute to improve its stage design and presentation.

《中国日报》1983 年 5 月 10 日

他们传播东方美

——记上海时装表演队

文习侍

《工人日报》1983 年 5 月 11 日

北京洗衣机厂工人李淑华对我说："我看了5遍，总看不够，每看一遍，味道都不一样。"

在京演出期间，我们还收到一封封热情洋溢的来信，有鼓励，有建议，有改进意见。其中有一封使我深受鼓舞。写信人是中国船舶总公司上海第九设计研究院的于璐璐同志。她在信中写道："4月23日我在北京看到4月21日《文汇报》，登载了你们前往北京，将在'五省市服装鞋帽展销会'上表演的消息，我一直在首都盼望着。后来，我在《北京日报》上看到在5月1日开幕。那天，我一早就赶到农业展览馆等退票。到农业展览馆一看，人山人海，等退票的人实在多。此时我看到一位竟以十元退了一张票，我也以高价买了一张票。我是一个上海人，在上海没有观赏到你们的表演，恰逢出差到京看到你们精湛的表演，使我陶醉，确实太美了。这是坐在黄浦江畔的绝大部分上海人所享受不到的，而我享受到了。这对首都观众来说，也是首次享受这种服装艺术的春天。所以，当我坐在观众席上，深为我们上海有这样一支全美的服装表演队而感到自豪。"

张君秋、吴祖光、新凤霞、谢铁骊等艺术家们看了表演，他们高兴地说："你们开创了一项美好的事业，上海的服装漂亮，人也漂亮！"

面对坐着轮椅来看我们演出的新凤霞，听着那些热情洋溢的鼓励的话语，一股股暖意涌上心来，我深深地感到了理解的愉悦。

各类艺术，是相通的啊！

服装行业的同行，对时装表演兴趣更浓：北京市商业服装系统纷纷包场，组织观赏；天津市服装公司组织了二十多批观众，当天来回，观看演出；大连市服装公司也派来十多批人，专门研究我们的服饰和表演……

有一天，演出刚开始，我听说《人民日报》记者在采访剧场宫经理，便立刻找到他们，想听听剧场对我们演出的意见。

"你们剧场的满座名额是多少？"

"1200 人。"

"今天观看的人据你估计有多少？"

"大约 1400 人。"

"观众这么多，会场秩序怎么样？"

"因为表演的服装好，演员演得也好，灯光、舞美设计很有特色，所以很吸引观众。每场演出，剧场都鸦雀无声，很少有人中途退场；这种景象在剧场里是少见的。"

"是吗？"

"我一点没有夸张。"

……

时装表演对外公演以后，不少外宾到展销会要求观赏，于是，我们为外宾演了两场专场。演出时，掌声不断，照相机闪光灯频频闪烁。演出结束，突然，一群人蜂拥而来，把张步所长和我团团围住。只听见耳边响着各种各样的声音，一只只拿着名片的手伸到我们的面前：

"我是法新社的。"

"我是《澳大利亚日报》！"

"我是南斯拉夫《信使报》！"

"我是《挪威报》"……

原来，是外国记者要求采访。

这突如其来的事情，令我不知所措，求援似地把目光投向张所长。

张所长急了，说："先请到后台接待室，请！"

我趁机赶快溜走，真怕又找到我头上。我刚来到后台，正和卸装的姑娘们说话，张所长急匆匆地找来："小徐，李经理的意见叫你接待。"

我猛一惊，坚决表示："不行，不行。这种场合我绝对不行。部里不是已经讲过，国内的记者我们可以接待，国外的记者由部里统一接待吗？"

"好了，不要再啰嗦了，那么多外国记者等着呢！"

张所长向我下了命令，姑娘们也七嘴八舌："队长，我们表演队的事情你最清楚，还是你去谈最合适。"我被这一群姑娘连推带拉，推进了接待室。

我从来没有碰到过这样的场面，心里像有"十五个吊桶打水，七上八下"。好在有翻译，说话时有思考的时间。

我慢慢地向各国记者介绍表演队的基本情况及组建过程。介绍结束，《挪威报》记者就提问："你们党和国家领导人对服装表演有哪些看法？"

我立刻想到杨部长、史局长、张处长、朱处长等领导们一贯给予的热情支持，回答说："党和国家领导人认为时装表演是一项美好的事业，非常支持，所以才让我们到北京来演出。"

南斯拉夫《信使报》记者提出了一个令我有口难言的问题："你们表演的衣服很漂亮，为什么皮鞋和衣服不配套呢？"

难道我不知道衣服和皮鞋应该配套吗？难道我不知道和谐就是美吗？难道我不希望表演队拥有各式各样的配套产品吗？

在这种场合，面对这么多外国记者，我能说什么呢？我能告诉他们，我们没有钱，我们买不起吗？当然不能。我苦涩地笑笑，回答他们："我们搞这项事业还很缺乏经验，你的意见很宝贵，我们一定改进。"

这两场专场演出，使外宾大出意外，赞叹不已。法新社记者伊丽莎白·张电称："外国人今天在这里对于表演上海最新时装的时装演员们给予了好评。"

新加坡《联合晚报》报导："上海时装表演队最近首次在北京亮相。"

此外，美联社驻京记者、加拿大广播公司、挪威国家广播电视台等一些外国新闻机构，也对此作了专题报导。我国富于民族特色的时装表演的信息，传到了世界各地。

为外宾演出后不久，我突然接到一封云南来信。写信人是墨尔本澳大利亚广播电台中文部工作的华侨艾伦娜。

她在信中说，她正回国观光，听朋友提到我们在北京表演了许多漂亮的衣裙，令人倾倒，非常期望能帮助她女儿买一条漂亮的裙子。

信件和殷勤的渴望牵动了我的心。考虑许久，我没有按常规指点她去展销会上购买，而是请她把女儿的尺寸寄来。因为符合她要求的新款式的衣裙，少如凤毛麟角，我和张所长商量后，请女装设计师倪慧玉特意设计、制作了一件新颖独特的红色丝绸连衣衫。

衣服寄去，她感动不已，立刻来信说："我真没有想到你们做事这么认真，太感谢祖国亲人了！"

我们在北京接连演出，影响越来越大。

一天，上海市副市长叶公琦来到我们剧场看望演员，他说："我们要到法国去，今天特意抽出时间来向大家问好，祝贺你们演出成功。这次演出反映了改革的精神，形态稳重，很成功。回上海要汇报演出。你们的劳动创造了美。人，就是要按照美的思想来塑造生活美。"

不久，副市长刘振元也来看我们演出了。看完以后，他兴致勃勃地说："你们已经风靡北京，家喻户晓了。今天看了演出，确实感到你们做了许多工作，取得了很好的成绩。听说兄弟省市也要组织时装表演队了。后面有人在追赶，你们一定要更上一层楼。你们的表演，不仅是宣传服装，而且是一种艺术，所以要有优美的舞姿，动人的表情，构成完美的舞台形象。你们不是演员，能演到这种地步，很不简单。我们要往外挤。今后要到国际舞台上去，让外国人看看。我们的时装表演走民族化的道路是正确的。"

最后，他赠送我们一副对联：

万紫千红改革除旧貌，

千姿百态时装展新容。

17. 走进中南海

为外宾的演出专场刚刚结束，带领我们赴京演出的副经理李至文和服装研究所所长张步，急匆匆地走上舞台来告诉我："经杨波部长积极推荐，国务院已经决定，邀请你们 13 日晚上到中南海向中央首长作汇报演出。"这意料不到的消息，使我喜出望外，激动不已。

他俩走后，柴瑾立刻奔过来抱住我的脖子，天真地说："队长，看你高兴的，又有什么好消息了，快告诉我呀！"

我本来打算先和指导员柳百竞商量之后，再告诉大家，可是当我一接触小柴那恳切期待的目光，我还有什么理由使这位 18 岁就进队、与我们一起同甘苦、共患难的姑娘失望呢？这不正是我们全队同志盼望已久的大喜事吗？

我把消息告诉了小柴。她睁大眼睛，对我凝视了好久，然后调转身子，奔向后台。

消息不胫而走。顷刻间，大家涌到休息室，大有非让我正式公布这一消息不可的气势。

第二天，演出一结束，大家就抓紧拆台。当时，正发高烧的舞台组组长寿复孝和演员彭国华也不肯休息，坚持和大家一起作转场的准备。

这两天，大家的心情仍旧很不平静，总是三五成群地聚在一起谈论不休。我和柳百竞、邬老师住在一个房间，当我们研究好赴中南海演出的情况以后，柳百竞一下子站起来问我："喂，老徐，你看到中南海，我们穿哪一件衣服好？"

经她这么一提，我和邬老师不约而同地抬起头，望着吊在绳子上的衣服，都感到款式陈旧，没有一件像样的。当时我真后悔：早知道要进中南海给中央首长汇报，真该早做两套时装了。

这一天清早，我们来到中南海。紫光阁房顶正沐浴在朝阳里，晨霞初露。我心情激动，默默无语。

李至文同志对我说："我参加革命工作几十年了，从来没有进过中南海，假如没有表演队，我哪来这份幸运？真是沾了表演队的光！"

他的话引起我很大的感触。我心里想，我们时装表演队又沾了谁的光呢？我们这个队诞生在改革开放时代。我们时装表演队岂不是沾了改革开放的"光"，才能在中国大地上破土而出吗？

我们忙碌了一天，舞台布置全部高质量完成。

中南海的夜晚是那样宁静。可紫光阁的后台早已热气腾腾。演员们都提前化好妆，纷纷拥挤在舞台侧幕旁，朝外张望。

我在台上找了个窥览全场的地方站着，注视着每一个到场的人。万里、薄一波、杨尚昆、陈慕华、郝建秀、张劲夫等党和国家领导人都来了。他们坐在观众席上，拿起《上海时装表演队简介》看着。我的心怦怦直跳。突然，全场起立，我转头一看，原来是邓颖超同志由两个同志搀扶着进来了……不知不觉，我的眼泪夺眶而出。我们的时装表演队，经过了多少曲折坎坷，今天终于走进中南海！此时此刻，我想起了和表

1983 年 5 月，上海市服装公司时装表演队在中南海演出后与剧场工作人员合影

演队同甘苦共命运的张成林、陆平、康志华、赵衡……要是他们此刻也和我们在一起，共享这个幸福的夜晚，那该多好！

7 时半，大幕在悠扬的民族音乐伴奏声中徐徐拉开。演员们都以饱满的情绪、稳健的步伐，在音乐的旋律中尽情地表演着。

我坐在台下，想着这些姑娘们，不禁再度思潮汹涌：她们刚进队时，不懂表演，不会步伐，不懂音乐节奏。如今已大步进入艺术殿堂。这，不能不归功于上海戏剧学院的周本义、任小莲、金长烈、李树源、应玉兰等老师，是他们竭尽全力的扶持，为这项新兴事业奠定了基础。

台上新颖的服装款式，独特的表演形式，吸引了人们的全部注意力。万里副总理指着一组米色呢料、配上咖啡色的贴花时装说："这套衣服很漂亮，郝建秀，你能穿！"

一小时的演出接近尾声了。在婚礼进行曲的旋律中，在变幻绚丽的灯光下，演员们穿着各式礼服依次走出舞台，向观众鞠躬致意。全场顿时响起一片经久不息的掌声。这是中央首长对时装表演的支持和鼓励，也是对服装设计师杰出构思的赞赏！

18. 病魔猖獗

自从我们踏上北京的土地，就始终处在紧张的表演与工作中，几乎没有喘息的机会，大家都疲惫不堪。有些人不适应北京的气候，水土不服，又吃不惯北京的伙食，肚子里总闹事。

5月下旬，天气突然转热，气温高达36摄氏度。这是北京历史上罕见的。感觉上，北京从春季到夏季的转换是一下子完成的，非常短暂，夏季完全不像南方那样缓缓而来，让你能充分体会季节走过的清晰的足音。没有心理准备的我们，甚至没有带短袖衣服，就这样穿着长袖一下子置身于汗流浃背的酷热中。

生病的人越来越多，有的队员的病来势凶猛，吓得我够呛。

首先是徐萍。有一天，演出接近尾声，她正在后台换装，突然晕倒了。细密的汗水从额头上、颈上滚落，脸色苍白，嘴唇也没有一点血色。大家都慌了，赶快把她抬到通风的地方抢救。

台上演出怎么办？接下来是一场宫廷舞，四对男女有一段对舞，怎么能少一个女伴呢？时间一分一秒地过去，我恨不能扼住那毫不留情的指针，让时间凝固下来。短暂的脑际一阵空白之后，我立刻想到让王辉虹老师顶上。总算，把这意外的变故应付过去了。

然后，我感到了自己手心湿漉漉的，潺潺的冷汗热汗不分彼此地融在一起。

说来也怪：自从徐萍一倒下，这病毒像旋风似地席卷表演队。年轻力壮的小伙子和姑娘们陆陆续续地病倒：刘春妹扁桃体发炎化脓，彭国华、寿复孝、俞仁祥、邹石根等硬汉子，也连续发烧不退。阴暗窒闷的地下室，摆了几张床之后，连转身也不容易。女同胞的地方连桌子也没有，一下子添了这许多病号，空气阴沉到了极点，心中的沉重压得人喘不过气来。

不知为什么，这次流感很顽固，几天过去了，吃药打针，热度仍旧退不下来。有一天，演出正进入高潮，史凤梅又突然倒在后台。我也顾不了台上的演出，立刻和李经理一起用车把她送到北京医院，一检查，体温39摄氏度，又并发心脏病，心跳每分钟140多次。医生抱歉地说："我们本该把她留在医院里观察治疗几天，可是，我们连走廊上都睡满了人，实在没有床位。"

回到旅馆地下室，与李瑞芝一商量，立刻在地下旅馆办起了"地下医院"。李瑞芝从小跟着她行医的父亲学了一些医学知识，平时哪个姑娘脚扭伤，她就帮助推拿，哪个姑娘有个三病两痛的，她会指点吃什么药最好，无形中她就成了我们队里的"赤脚医生"。此次赴京，就由她保管医药箱。这一阵子，队里不少人生病，大家都忙着照顾，男演员胡绍斌特地跑到亲戚处借来针筒和吊架，帮助李瑞芝工作。他们给史凤梅吊盐水，还为其他病号打针、吃药。除了照顾病人，还要演出，把他们忙坏了。

那一阵子，表演队六七个人生病。尽管多数人都带病工作，但体质虚弱，营养欠佳，总是力不从心，使演出质量明显地松了下来。男演员问题还不大，因为男装不多，能顶上去；而女演员生病就成了大问题。女演员人数本来就少，真是一环扣一环，一组接一组，一个人最多要表演服装18套。最少也要表演八九套。而史凤梅、刘春妹又都是表演队的

"台柱"，两个人都病成这样，怎么能上场？她们不能上的话，那只好停演了。

可是，票子已经卖出去了，怎么办呢？我头痛欲裂。

正当我左右为难的时候，刘春妹挺身而出："队长，小史病得不轻，她一定要好好休息，我好多了，我能上，绝对不能停演！"

我看着小刘消瘦的面容，扁桃体发炎化脓，连话都讲不出来了。还这么顾全大局，我心疼极了。

小史在"地下医院"卧床休息，脸色那样苍白，人越来越瘦。

有一天，我的朋友李静文一定要请我去她家里吃饭。餐桌上，她把一个鸡大腿送到我的碗里，我立刻想到病中的小史和那些姑娘，要是在上海的家里，都是爸爸妈妈的掌上明珠，而此时此刻，为了我们的事业，宁愿吃苦受累，也毫无怨言。她们天天承担着繁重的演出任务，又住在条件较差的地下旅馆，现在，又一个个地病倒了，我怎么咽得下这鸡腿呢？

见我把鸡腿又夹出来，主人忙问："怎么不吃？"

于是，我说了演员生病的情况。善解人意的主人忙说："你回去的时候，把鸡给姑娘们带去，让大家喝点汤。"

回到地下旅馆，我把茶缸小心翼翼地送到小史床前："小史，起来喝点汤。"

小史接过茶缸一看，兴奋地说："鸡，是鸡汤，你从哪里弄来的？"

"是我的朋友要我带给你的，趁热快吃罢！"我笑着说。

"啊！"小史喝了一口汤，啧着嘴说："队长，我好久好久没有喝鸡汤了，真鲜呀！"

几年后的今天，徐萍想起那次以及后来在北京的演出，那种饥肠辘辘的感觉依然萦回脑际。

总是饿，听见肚子里叽里咕噜，吵吵嚷嚷搅成一团。那时候真年轻，每天的演出，体力消耗又非常大。还没怎么让舌头充分感受一下饭菜的滋味，桌面上的不高的凸起，就已经变成了一马平川，甚至凹陷下去如沼泽地。碟子里干干净净，涮碗绝对不用费力气，动作慢就只有泡汤喝。白菜，萝卜，粉丝，日日重复"老三篇"，雷打不动。

李安国风趣地对徐萍说："你得练出一套本事，'嘴巴像闪电，筷子像雨点'，这样才不吃亏，不然就只好喝汤了！"

现在想起来，都觉得不可思议。怎么会有蝗虫飞临庄稼地那样好的胃口。

虽然没有办法在这个城市里，重现遥远的南方饭桌上那种精心制作的菜肴，心灵手巧的姑娘们还是利用了每一丝改善的可能。旅馆里有煤气，劳累之余，她们就兴致勃勃地去菜场买菜。并且，买来油盐酱醋，就以饭盒子为炒锅，再怎么普通的原料，经过她们一番摆弄，便显出了诱惑人的鲜美的滋味。这使她们乐此不疲。

有一天，模特们都去剧场演出了，地下室里空无一人。偶然，一个服务员的目光被地上缓缓流淌的血渍吸引了。定睛一看，暗紫色的血一点一点从一个房门里流出来，湿了一块地面。服务员们大惊失色。电影里各种各样谋杀案里的惊险镜头不断在眼前浮现，恐怖想象几乎使她们喊叫起来。而钥匙在模特手中。百般无奈中，她们找到剧场，让住这间房间的刘春妹、史凤梅、徐萍、李瑞芝赶回来。她们在紧锁的房门前也愣住了，百思不得其解，小腿也禁不住地颤抖起来，后来硬着头皮壮起胆子拧开房门，房间里空空荡荡，连个人影也没有。转到门背后一看，她们不禁暗暗好笑。一条切成两截的鱼淅淅沥沥地往下滴着血水，原来她们杀完鱼也没来得及洗，朝后门一挂就去演出了。虚惊一场。服务员们也摇头叹息，笑个不停。

每个演员都分到几张票子。她们在北京又没有什么亲戚朋友，灵机一动，便用热门票子跟菜场营业员换菜吃，营业员也大喜过望，常将最好的菜留给她们：这样的交易，双方各得其好，一直持续到演出结束，我们离开北京为止。

对于这样的交易，我睁眼闭眼，决不过问。一来，生活实在太苦，演出太累，需要补充营养；二来，服装表演票也是很难得到的，两不吃亏。有时，我明知她们给我吃的菜是用演出票换来的，也装作不知道，照吃不误。

北京那个季节里也下雨。没有带雨具。有时候，模特们就光着脚又蹦又跳地蹿回地下旅馆，地上立刻印满了大大小小的脚印。然后，很快地就被别的什么印子覆盖了。

她们也常常趿着拖鞋，穿一身普通得不能再普通的衣服去菜场。漫不经心，不施脂粉，随随便便，偶而还恶作剧似地一边买萝卜一边偷几个。结果被发现了，认出来了，台上高傲的公主、艳如天仙似的倩女怎么能这副模样？怎么也去干这种小小的坏事？如果不谈是模特，猜她们是乡巴佬什么的，从外表看来，也差不离。在那些充满好奇、诧异、揶揄种种含义的目光扫视下，她们落荒而逃。背上还久久驻留着那种犀利的探究的目光。

大概惊兔也不过如此狼狈吧。

有一天，台上正在演出，我无意间发现徐萍、刘春妹等几个模特不时地蠕动着嘴巴，像是在咀嚼什么东西。一查，果然！吃话梅、橄榄、泡泡糖的都有，把核吐在台上时还笑嘻嘻地若无其事。

我震惊了，恼怒了，在演出后的总结会上，我狠狠地批评了一通：演出的舞台就是战场，这种无视演出质量、儿戏般的漫不经心，必须改变，以后绝不允许再发生。

她们一个个低下了头。以后才告诉我：实在是肚子饿，不吃零食就撑不住，演出又总是那么累。我知道自己当时的态度或许生硬了一些，但纪律也必须维持，只好动员她们以精神为力量去克服饥饿了。

我记得还有一次发火是因为几个模特擅自离开驻地。那一天上午，《人民日报》记者前来采访。事前我已叮嘱过了：几个姑娘必须在场。第一次来北京演出，舆论宣传对时装表演队今后的发展有举足轻重的作用。没有想到记者来到约定地点，剧场里没有她们，房间里空空荡荡也无踪无影。心绪不宁地应付完记者的提问，刚把记者送走，她们几个才兴高采烈地回来：

"我们看到天安门了，广场真大呀！穿过广场要走好半天呢！还有长安街，又宽又直，上海一条这样的街也没有！"

没有去的人脸上一副羡慕的模样，她们还在兴奋地旁若无人地描述着耳闻目睹，全然没有违犯纪律的不安。我再次恼火了：

"怎么能这样自由散漫？！"我脸上没有一丝笑容。

她们感觉出问题严重了，不再吭声。其实我也知道，到北京以来，除了演出还是演出，一直没有放过假，好不容易休息一会儿，老是有记者来。开始还有新鲜感，后来就不耐烦了，招架不住。而且，第一次到北京，好多天了，连天安门到底是什么样子也没有见过，那种好奇心是没法按捺的。

批评她们的时候，在内心里，我早已谅解她们了。

19. 再见，北京！

我们在北京共演出 50 场，观众达 5 万人次。

6月1日，是在北京的最后一场演出。这场演出，既是我们告别北京的招待会，又是国际儿童节的庆祝会。

为了这最后一场演出有新意，我们特地到北京的小学去挑选了几位小朋友，增加了童装表演，并且调整了演出服装，突出了工艺性强的产品。曾在上海演出时引起争议的"印度服""蛇衣"以及所谓的"媒婆服"都上去了。同时还加上了我们自己谱写的时装主题曲，作为伴奏音乐。

为了答谢首都几十家新闻单位、文艺团体、各级领导，以及不辞辛苦为我们提供服务的食堂、旅馆、浴室职工，那一天我们特意邀请他们观赏演出。

大家对这最后一场告别演出都非常认真。演出一开始，我来到后台帮助抢装。走进更衣室，只见黄月萍老师正紧张地帮助演员们上背带、拉拉链，眼睛还不时地盯着即将上场的演员。当她看见小刘边扣衣服、边走向门口时，立即提醒道："小刘，还有围巾呢！"说着，把围巾迅速递了过去。

抢装，是时装表演保证演出质量的不可缺少的环节。这次来京，为了节约开支，没有配专门抢装人员，形体老师黄月萍便将抢装承担起来。亏了她的认真细心，50场演出，场场不误。

在台下的观众也许不知道，演员们下场之后，几乎是跑着进更衣室的。一般情况下，他们要在两分钟内换好一套新的服装，还有各种零挂配件，那真是分秒必争。演员头上戴的，脖子上挂的，耳朵上吊的，手腕上圈的，再加上皮鞋、皮包、围巾、帽子、手套、阳伞等，不同色彩，不同款式，加起来有几十种之多。那几个有单独出场表演的模特，感觉尤为紧张。刚开始不熟悉，不免手忙脚乱，紧张得拉上拉链却忘了戴帽子。后来熟练了，把换下来的衣服放好，跟抢装的人说清楚顺序，条理节奏就清楚多了。

最紧张的时候是鸦雀无声的。徐萍描述后台的紧张情况时，用的字眼就是：无声无息。

有一次，六件绣花旗袍出场，红色、黄色、蓝色、白色、黑色、绿色，胸前有绒线绣的花，颇为典雅。她们六个人就排成一列纵队，流水作业，一个人为前面的人拉上背部的拉链，同时自己脚下蹬上该换的鞋子，双手也毫不停留，仿佛一下子多出了几只手脚来。

就是到了今天，她们再也不用置身于那种迫在眉捷的状况中了，可以悠闲地做任何事。但那种根深蒂固的习惯却常常下意识地冒出来。在洗澡室里，一边穿鞋，一边拉裤子拉链，是常有的事，搞得旁边的人诧异地瞪大了眼：这人怎么回事，快得像变戏法一样！

有时候也不免出点洋相。天气热极了，不停地出汗，更衣室里条件简陋，只有两台电风扇，衣服粘在身上，一急，连胸罩也扯了下来。只好匆匆套上下一组的衣服出场。裤子前门襟没有拉上，鞋子一黑一白，就那样怪异地踩着上场的时候也有。有一次何家良慌慌张张地换装时，标签翻在了外边，在台上一走，标签一下一下地翻飞，他也没有察觉，昂首挺胸，自我感觉还挺好哩！惹得几个模特禁不住笑出声来。

多少年前的演出，别的仿佛淡忘了许多，那种每一根筋骨都疲乏到了极点的累劲儿，却记忆犹新。抢完装上场时是那样光彩照人。而一切都结束的时候，神经松弛下来，躺在地板上许久都不愿意动弹，每一个细胞都浸泡在"疲惫"两个字眼里。说来也许都不相信：在拉扯着大裙子背过身去亮相的时候，姑娘们都能打瞌睡——一秒钟也好。然后转过身来，又摆出一副神采奕奕最可爱的模样。

过去老听说有些同志能一边行军一边睡觉，原来总不敢相信。经过自己这番疲劳绝顶的经历，才知道这是完全可能的。

最后一场演出结束的时候，全场群众爆发出经久不息的掌声。我还特意把幕后的"英雄"们全部请出台和演员们站在一起，在掌声中向北京告别。

对模特寄予厚望的北京观众，通过舆论，还把史凤梅、徐萍、张毅敏、刘春妹、柴瑾誉为"五朵金花"。这"五朵金花"便成为中国第一代时装模特的代表人物。

6月4日，轻工部主办的五省市服装鞋帽展销会闭幕式在中山公园音乐厅举行。史敏之局长在总结发言中，肯定了时装表演的民族特色和演出效果。我代表表演队，上台从轻工部王副部长手中接过锦旗。紫红丝绒锦旗上写着：

勇于改革　推陈出新

同时，还有奖金200元。

6月7日，我们满载着荣誉和中央首长的关怀，回到上海。

第五章

—　　个人并不是生来要给打败的，……你尽可把他消灭掉，
可就是打不败他。

　　　　　　　　　　　　　　　——〔美〕海明威

20. 不要舞蹈动作

北京的 50 场演出，是我们事业成败的里程碑。我们开始从中南海走向祖国的大江南北。

广州首先发出邀请。1983 年 9 月 24 日至 10 月 5 日，在友谊剧场演出 30 场。

花城的人是热情的，姑娘们从北京的地下旅馆一下住进了每个房间都有彩电、空调的高级宾馆，大家都很兴奋。

刘春妹是什么事情都憋不住的，行李还没有安顿好，就噔噔噔地冲到我房间，喳喳喳地说："哎呀！队长，这次怎么住得这么好呀，与北京的地下旅馆相比，真是一个天一个地！"

"是北京演出的成功，提高了我们事业的地位和声誉！好好干，好戏还在后头呢！"我微笑着回答。

广州演出，我们改变了表演编导以邬老师为主的阵容，用上了搞舞蹈的王辉虹、黄月萍两位青年老师，让她们有机会在实践中熟悉业务。可是真没有想到，这次排练在表演队内部竟引起了一场不小的风波。

那天晚上，李至文副经理、张步所长一起来看彩排。看着看着，李经理的脸色越来越阴郁，他终于沉着脸对我说："你们怎么搞这么多舞蹈动作？是在跳舞还是在时装表演？"

的确，这些年来为了探索时装表演的新道路，我们曾经也走过一段弯路。开始，我们的表演也尝试过一些舞蹈动作，许多专家、设计师就批评我们说："你们在搞时装表演，还是在搞舞蹈？"日本横滨文化艺术友好代表团的服装专家看了表演后也提出同样的问题："你们搞时装表演为什么要那么多的舞蹈？不怕喧宾夺主吗？"

带着这些问题，我多方寻找国外的时装表演资料，观看国外的时装表演录像。我看到变幻无穷的灯光效果、激光扫描和烟幕背景——这些70年代盛行的技术手段，现在已经不是时装表演的舞台艺术了。劳拉·贝亚奇奥蒂说："如果表演本身太戏剧性了，那么你给观众的感觉就是：你们的时装不怎么样。喧宾夺主。"莱格里奥也说："时装观众今非昔比，他们追求的是一种格调。"

时装模特的舞台表演，也不像从前那样做作了。过去，要求模特的表演步伐像探戈舞那样灵巧，典雅。达尔玛说："在我头一次被雇去表演时装时，模特们都在摆可笑的芭蕾舞姿，做戏剧性的动作。我当时想，上帝，我又不是芭蕾舞演员，旋转会弄得头晕脑胀。因此，尽管我身着价值两万美元的时装，我还是以平常的步伐走上了舞台。我得了个满堂彩。事后，人们对我说：你创造了一种全新的时装表演步伐，不久，所有模特的舞台步伐都变得像逛大街一样潇洒了。"

于是，我越来越深刻地认识到：时装表演与舞蹈是截然不同的两条路子。国际上时装表演不伴有任何舞蹈动作，都是以走路为主。但是，她们走得很帅，走得很美，步伐产生了强烈的艺术效果，使时装形象更为生动。

我已经劝说过她们了。可是，这两位青年教师第一次挑大梁搞创作，自我意识十分强烈，她们坚持认为：时装表演不能老是走进走出，转几个身就完了，应该有所发展，有所创新，有所突破。

我无法说服她们，只好如实向李经理汇报。

"既然如此，只有召开全队大会了，我来参加。"李经理准备亲自出场辩论了。

已经深夜 12 点了，一场严肃的全队人员大会在后台召开。会上，我再三重申：时装表演是通过模特的形体，把具有艺术美的时装，形象地展现给观众。它的本质是展示服装，而不是演戏、跳舞。它是一种在观众面前穿着服装，配以装饰品，通过各种为时装服务的姿态，来显示和加强时装的美，从而产生典范的引导作用，影响观众的心理。为此，时装表演的每一个因素：模特的台步、造型、化妆、音乐、灯光乃至舞美等，都要围绕突出服装这个主题而展开。

　　可见，时装表演绝不是舞蹈，而是体现服装设计师的创造性和想象力，表现时装性能特点的一门艺术。凡是脱离时装本质的一切表现手段，都将破坏时装表演的实质。所以，广州的这一台时装表演，除了可以设计一些突出服装款式特点的形体动作以外，纯属表演性质的舞蹈，全部拉掉。

　　最后，我环视大家，问道："对此，有什么意见吗？"

　　"没有意见，队长讲的观点我完全同意。"邬老师说，"时装表演不能搞舞蹈动作，更不能搞舞蹈情节。如用头巾当扁担，挑着水桶，走过小桥流水，然后放下水桶，坐在河边洗头洗脚，这些反映情节的舞蹈动作，完全可以不用。"

　　停了一会儿，没人发言。

　　"好，既然大家没有意见，以后就按照今晚会议精神演出。"我说。

　　我们到广州演出的消息，通过新闻媒介传播到社会上以后，爱美的羊城观众，都以先睹为快。团体票已一售而光，23 日出售个别票时，剧场门口足足排了一公里长的队，22 场门票，半天就卖光了。剧场门外，不少观众愿出五元的高价购买退票。

　　羊城观众对我们抱着极大的希望，我们能不能使他们看得满意呢？我不免想起昨晚那一幕不平静的场面，便赶紧跑去找李经理、张所长，希望他们去做做两位老师的工作，尽量消除她们的对立情绪。

中饭以后，我看见李经理和王辉虹在友谊剧院的林荫道上散步，边走边谈，情绪很好。我又急忙来到流花宾馆黄月萍的房间。刚进门，小黄平静的脸上流露出一丝笑容，对我说："队长，我昨晚想了很久，你讲得对。时装表演一定要突出服装。我是搞舞蹈出身，在时装表演的舞台上，我还是一名新兵。大家的指点、帮助，对我太重要了！"

听了小黄的这些话，我悬着的心一下落地了。不用说，演出是轰动的，那是我们全队密切配合、协力工作的结果呀！

此次演出，我们重点介绍了东方衫、纱罗衫、运动服、牛仔衣裤、工艺短袄、丝绸时装等十个品种，一时在广州掀起时装热。"穿在上海"又成为津津乐道的话题。原来广州商业部门觉得售价60元至70元的工艺短袄太贵，怕销路不畅，最后只进货2200件。我们在表演时重点介绍了产品特点，模特的表演也充分传达出服装的韵味，两天内便销售一空，原来不引人注意的东方衫，在表演之后，观众也踊跃购买，并带动了平滞服装的销售，销售总额达107万元，比上年同期增长一倍多。

美国总领事馆文化新闻领事陈锦涛先生来信说："我太太和我在9月30日晚欣赏到贵国一场高水准的时装表演。展品之精美，表演制作之严谨，完全出乎意料，令人五体投地。精美的西装，完全可以与世界上任何国家竞争。"

来自西德、美国的教授看完时装表演，特地到后台要求接见，赞扬表演庄重含蓄，给人留下美好的印象。

广州演出单

21. 山雨欲来风满楼

广州新闻界对时装表演表示了极大热情，那段时间，报上屡屡可见各种形式对时装表演队的访问侧记以及艺术评价。

我们成为舆论关注的热点。

虽然9月18日，我先期抵达后即接受了广州电视台的采访，在次日中午晚上连续播出；虽然9月19日我和李至文副经理在记者招待会上就表演的服装及表演的艺术追求作了介绍；虽然时常可以看到盛赞表演队的文章，但不知为什么，隐隐地，我内心里总有种逃避采访的愿望。

我不愿意一次又一次地面对记者们一双双刨根问底的探寻的目光。他们的天职，似乎就是抓住刚冒尖的迹象，挖掘出事物背后深深隐藏的"不同寻常"来。

从北京到广州，我们从默默无闻变成街头巷尾议论的中心，掌声和鲜花取代了往日的寂寞和漂泊，一切都开始闪烁迷人，为什么我心里却常常有些沉重？夜阑人静的时候，无拘无束的思绪常常揪着我，徘徊于已经流逝的岁月的回忆中。往日里或愤怒或委屈流淌下的泪水，咸涩地浸泡着我的神经。那些痛苦与欢乐同样强烈的日子，那种暴风雨般袭来的训斥、猜疑、讥讽，那种凄凄惶惶的心情总无法轻易地从心底深处抹去。

人心有时是最脆弱的，一碰即碎。人心有时也是最坚硬的，明明愤怒得难以遏制，却对自己说，人生来便是为了含辛茹苦，韧性是最重要的，忍吧。我不知道为什么按部就班，什么也不创造，虽生犹死的生活方式，能到处得到好评，而满腔热情地创造、开拓，却往往被视作大逆不道。我不明白为什么人总是给自身造出一条又一条的枷锁，为什么总是要忍受难以忍受和不愿忍受的种种。想做的没法做，不愿做的却非得去做。

我们毕竟幸运地挺过来了。过去紧板着的脸也开始松动了，甚至挤出了微笑。在一次又一次的记者采访提问中，我叙述表演队走过的历程，领导的关心爱护、朋友的支持、模特的刻苦努力、许许多多的感谢……连我自己都快相信，那些被我认为极其艰难的日子里，阳光其实也很灿烂。

"真的是这样吗？"记者锐利的目光，使我无法遁形，"难道你们就这么一帆风顺？难道就没有遇到任何阻力？"

我沉默许久。

记者需要的东西，显然就是走过的日子里，在我灵魂上刻痕最深的东西。其实，我怎么能忘记"时装表演不过是奇装异服加美女"这句断语；我怎么会忘记在重压之下，提心吊胆、躲躲闪闪地工作；我又怎么能忘记"三不禁令"。

想忘也忘不了啊！

面对怎么也躲不开的《羊城晚报》记者，淤积的感触喷薄而出。为什么到了今天我还要"省略"那些反对和压制，甚至违心地进行美化呢？难道我的灵魂历经磨难，已经没有力量或者屡弱得无法面对真实？无论如何，现在的一片赞扬都不能抹去以前的风霜雨雪。何况，正视这一切，便是为了以后使这个社会里想干些事业的人，少碰到一些干扰和阻力。我侃侃而谈，一个小时很快就过去了。

隔了一天，《羊城晚报》在第一版上，以醒目的标题"好啊，时装表演"刊出了两千多字的文章。我觉得除了小标题"三起三落"与我介绍表演队由业余性质到专业性质，演员经过"三上三下"措词不同、欠妥以外，内容没有什么出入，但"时装表演只不过是奇装异服加美女"这句明显带有"文化大革命"味道的断语，却被我首次披露出去了。

李经理、张所长把报纸放在我面前，满脸的凝重不安，用难以置信的口吻问："这些是你讲的吗？"

我理直气壮地回答："是的，我完全实事求是。不过，我说的是'三上三下'，报纸上写成了'三起三落'。"

李经理忧心忡忡，眉头蹙紧，恼火地说："你这样讲，回去不挨批评才怪呢！"

回到上海，我便接到老家四川乐山发来的电报：母亲病重。

记不清几年了，我都没有回过家。从17岁那年参加解放军开始，和老家便总是相隔着几千里的山水，虽然同饮一江水，但乡愁重重，剪也剪不断，但也只有在梦中才能重温母亲膝下的温馨。父亲在我5岁那年便去世了。我从懂事的时候起，见到的亲人，便只是母亲，特别是深夜里，我常常看见她老人家在黯幽幽的柴油灯下，一针一线为我们缝补衣裳的身影。印象尤其深刻的是有一次，我一觉醒来，看见母亲还坐在灯下纳鞋底，眼睛凝视着这盏孤灯流泪。我惊奇地叫道："妈，你哭了？"她一怔，立刻掩饰说："你看，捻芯的花开得这么大，说不定明天有什么客人来。"这就是她那一颗孤独的心所寄托的期盼。那时，生活是艰辛的，四个孩子长大成人的道路很漫长，我多次看见母亲流泪叹息，但她从不肯放弃这沉重的责任。就像老鸟呵护着小鸟，呕心沥血。

然而，长硬了翅膀的鸟注定要离巢。我们兄妹先后离开了老家，却总难忘母亲慈祥的目光，相伴在一起的温暖和踏实感。每一次见到母亲，见到她越来越多的白发，深深的皱纹毫不留情地将岁月的流逝烙在她的脸上。看到她的衰老，我的心都会热热地涌上一阵深深的内疚。近几年更是忙忙碌碌，连回去看一看的时间也没有，没想到母亲真的沉疴难除了。

我立刻请假返回四川，走进家门，看见八十高龄的老母亲孤苦伶仃一人正在煎药，我心里好难过，好不忍呀。我将母亲送到乐山表姐家。

好歹身边总有人照顾了，我的心才稍微宁静下来。又丢不下表演队的一摊子，没过几天，我又坐上驶向上海的火车，一直处在紧张之中的身心，才慢慢松懈下来。

车轮滚滚向前，我在火车上想，《羊城晚报》上的那篇文章还会惹出什么事吗？事缓则圆，也许就此不了了之吧？

坐了两天两夜的火车，上海站终于到了，我刚走出车门，就看见表演队的寿复孝、陆倩在站台上接我，我问："上边来过人追查吗？"

他们互相交换了一下眼色，心事重重，环顾左右而言他："两天火车坐下来，够辛苦的。这样吧，先送你回家休息，我们晚上再来。"

一直是直爽乐观的他俩，一下子这样闪烁其词，我立刻就从中嗅出了不寻常的气味。

肯定发生了什么事，而且还很严重。

晚上，他们果然如约登门，把发生的事情原原本本告诉了我。那篇文章掀起轩然大波，领导极为恼怒，拉开了架势，等我回来要好好批评。

果然如此。我预感到这场暴风雨恐怕来头不小。

第二天一上班，模特们忽啦一下围住了我，问长问短，忧虑而关切地说：听说你把内部情况讲出去了，上边说你讲的不是事实，必须检讨。

"队长，你要大祸临头了！"

……

压力，排山倒海般向我涌来。面对一双双关切的眼睛，我不知说什么好。挥一挥手，离开了他们，去找张所长。

张所长先问了我母亲的病情，然后说："局领导对那篇文章大为不满，认为不符事实，不检讨大概过不了关。"

我不由自主地激动起来："我现在越来越不懂了，实事求是讲真话要检讨。一定要说假话、说好话才高兴是不是？到底还有没有是非界线？你说说看，我讲的哪一点有悖事实？"

张所长让我坐下来，慢条斯理对我说："正因为觉得你说的都是事实，我才去找胡局长反映情况。胡局长说，都是事实，又没有乱讲，作什么检讨？"

我心里得到了极大的安慰。到底还是有领导人不怕面对事实，不怕家丑外扬。

隔天，公司领导开会了。公司党委正副书记、正副经理、政治部正副主任全部出席。这是一个既严肃又特别的会议。

我和张所长来到经理室，推门一看，头头们密密匝匝围住了会议桌，室内空气凝重，就像雷阵雨前乌云翻滚的情景。此刻，那"山雨欲来风满楼，黑云压城城欲摧"的句子，一下子涌到我的脑海里。

哟，我还惊动了不少人呢！

一位领导把一张《羊城晚报》重重地摔在我面前的案上："这篇报道不是事实！"

冷冷的目光，咄咄逼人的气氛，压抑极了。不知怎的，我的心一下子镇静下来，我坦然地抬起了眼睛，面对着所有的人，平稳地、冷静地开了口。

"关于这篇报道，今天，我只作一个说明，把情况说说清楚。"

我把采访过程以及当时我的回答说了一遍，然后说到了"三起三落"，当时我发现不是自己的原话，曾给报社打过电话，要求听采访录音。采访的记者不在，接电话的许华成同志立刻来到流花宾馆。我向他陈述了两点意见："第一，三起三落与三上三下措词有别；第二，事前允诺让我看小样，但实际上没有。我非常遗憾！"许华成表示，回去马上汇报，报社可以给单位去信，说明措词上的问题，由报社承担责任。

我渐渐按捺不住内心的情绪，语调激动起来："我在叙述建队的阻力时把'奇装异服加美女'说了出去，因为这顶大帽子，在当时表演队内部引起了一片思想混乱，军心涣散，消极影响极大，差点就把我们的事业打垮了。现在是什么年代了？！为什么家丑不能外扬？为什么不能讲真话？"

慷慨陈词之后，心头像卸去了负荷已久的重担，一下子说不出的松快。

没有人说话。

张所长补充说明了一些情况。

会议室里的气氛渐渐松弛起来。既然都是事实，得到领导们的理解也是必然的。会议就此结束了，我居然就这样过了关。

连我自己也没有想到，我原先预备迎接的一场疾风暴雨，居然变成了和风细雨。

看来，什么时候都不能丧失勇气。勇者才有胜利的希望。而且，社会毕竟前进了。

事后我才知道，公司领导开这样的特别会议，不是为了要整我，而是为了弄清当时的情况，对局里有个交代。

暴风雨没有来，在这一年的冬天，我们在公司党委书记金长顺的带领下南下深圳，继续我们那美好的事业。

公司李至文副经理，被轻工业部抽调到深圳兴华轻工业联合股份公司担任副总经理。在上海，我们就约定 21 日在深圳会面。

日期临近，大家都期待着异地重逢。

近年来，表演队在大江南北都留下过足迹。从北京到广州，几次李经理都是我们的同行者。他是我多年的老领导、老朋友，彼此有深厚的友谊。每当我遭到无端的讥讽与打击、难言的委屈与苦楚，就会一股脑儿朝他倾诉，寻求支持与理解。他条理清晰的分析，会让我激动的情绪安宁下来。姑娘们也说，李经理是我们表演队坚强的后盾。

万万没有想到，20日，比他更早到来的是传递噩耗的电报：即将走马上任的他，在与朋友告别的时候，心脏病突然发作，人力无法挽留他的生命，他甚至没有留下一句话就走了。

全队同志一片愕然，无法相信自己的眼睛。

模特们已经化好妆，演出就要开始了，一个个泫然欲泣，沉默不语。

后台的空气沉闷极了。

我赶紧振作起来，让他们按时演出。

后台空寂无人的时候，泪水潸潸淌在脸上，冰凉凉的，更凉的是我的心。真的再见不到、听不到老朋友的话语了吗？往事一幕幕地闪过眼前，我独自哭了许久。生命无常啊，他离去得太早了。

悲哀中，我亲自拟了唁电，亲自去邮局拍发。

唁电发出后，我拖着灌了铅似的沉重步子，回到表演队住地，郁悒的心境难以排遣。后来一回到上海，我即去看望他的夫人，表达其实难以言说的悲伤与怀念。

22.飘洒的雪花

1984年1月15日，我们接到为上海市委、市政府领导干部演出的任务，地点是锦江小礼堂。

因为此次是专门听取服装公司的工作汇报，并研究表演队的工作，公司领导给予很大重视，派专人抓思想组织、后勤生活、收集最新款式服装，各位领导干部亲自坐阵，解决具体问题。

1984 年 1 月 18 日，上海锦江小礼堂，上海市市长汪道涵、第二书记胡立教、副市长刘振元等领导与上海市服装公司时装表演队合影

　　锦江小礼堂的舞台不大，天幕是深灰色的，如果舞台又是光秃秃的话，那就无法有效地把服装效果衬托出来。可是，只有两天准备时间。我坚持哪怕时间再紧也要搞舞台设计，最简单的也行。

　　16 日晚上，我和张所长到上海戏剧学院吕振环老师家，想请他帮忙，结果他不在。在焦灼与无可奈何之中，我想，古人也说内举不避亲，于是我便决定去找已是舞美系四年级学生的儿子刘军。他请了两天假，和同学张旭一起，用淡红、淡蓝、乳白色的塑料绳，设计成条屏状的舞台布景，只用了几十元钱，看上去非常雅致、漂亮。

　　18 日下午 3 时，灯光、布景安装就绪，我们开始彩排。这次表演的春夏秋冬内外销服装 160 件（套），品种有丝绸服装、棉麻呢时装、羽绒服装和裘皮大衣。因为时间仓促，对新来的服装不熟悉，编排不够协调，模特调度也出现一点混乱。正在调整的时候，突然接到通知：原定明天晚上的演出，提前到今晚七时进行。汪道涵市长和胡立教、刘振元等市委常委都将出席。真使得我们措手不及。

演出之前，手工业局和公司领导都来了，他们鼓励大家要以饱满的情绪，努力提高演出水平。

我们不能不全神贯注。姑娘和小伙子们全都发挥得不错，没有出现纰漏，体现了我们的演出风格。我如释重负。

接着，市长们就在大厅同公司领导一起讨论服装公司和表演队的工作。我坐在后排拿着笔记本作记录，周贵积副经理汇报了有些国家邀请表演队去演出以及对上海人民公演等问题（北京、广州、深圳已公演卖票）。汪市长说：可以出去，不仅日本、香港邀请可以去，其他国家和地区邀请也可以去。同时批准我们对外公演。

那天，上海冷得滴水成冰，鹅毛大雪漫天飞舞，公司的车送我们回家时，演出时的兴奋还在心际缠绕了许久许久。

就在我写这本书的时候，徐萍来到我家，共同的回忆使我们又回到那些时光里，欣喜和苦痛全都清晰可触。

"你还记得吗，队长？那个夜晚，我住进了医院。"

就在18日晚上演出即将开始之际，徐萍已经化好妆，腹部的绞痛却一阵又一阵袭来，撞击着敏感的神经，难以抵挡。下午，她去徐汇中心医院看过了，是阑尾炎，必须开刀。她犹豫不决，说还是不说？市委领导干部来观看，关系到表演队的前程，严格的纪律规定：没有特殊情况不准假。望着队长忙忙碌碌、风风火火地走进走出，她觉得委屈极了，眼泪直在眼眶里打转。结果，她终于坚持没有说。

硬撑着在台上旋转、亮相、风姿绰约地走着，大概，这是以前和以后的日子里，她度过的最艰难而痛楚的夜晚了。她从长长的红地毯上走来，朝第一次看她演出的父亲走来，音乐还是那样曼妙地渗透整个大厅，灯彩绚丽地飘摇。汗水从她额上慢慢地渗出来，她泪光盈盈……

她咬着牙，终于坚持演完了。陆倩立刻送她到长征医院。医生检查结果，差点穿孔，让她在手术台上躺了三个小时。因为没有卸妆，粉底犹在，一脸惨不忍睹的样儿，把医生吓了一大跳，生命垂危？肝炎？医生责备她为什么不早些来，徐萍幽默地说："如果死了，是光荣殉职，会给我开个隆重的追悼会，说不定有很多很多的花圈。"

"都像你这样，共产主义就会早日实现。"医生说。

第二天早上她请医生打电话回家，母亲悬了一夜的心才放下来。昨晚她已到派出所去过了。

那个夜晚的雪花，一直纷纷扬扬地洒落下来，飘洒在我的生命里，永远难忘。徐萍继续她的回忆：当时，送我的陆倩到门口就走了，车子还要派其他用场。雪花飘落得无边无际，我一个人孤独地走向亮着红灯的手术室。雪地上泛出的光是暗蓝的，冷冷的，和天空的色调差不多。那段路多么漫长而孤独呵，我简直以为走过一个世纪，再也走不到尽头了。

事隔几年，我仍然感到愧疚。我把所有的模特当作孩子，真心地喜欢他们，有时候毫不留情地关起门来批评，却从不对上面讲。然而，那一次演出的紧张，我居然疏忽了。第二天才去医院探望。

坐在小徐的病床前，我一边削苹果，一边道歉："昨晚你痛得那么厉害，为什么不早说？还一直坚持演到底，太委屈你了。"

小徐淡淡地说："要是能在时装表演的舞台上走一辈子，再痛我也要走下去。"

我心潮起伏。这就是第一代时装模特的心声。他们用心血、汗水浇灌的事业，每一个创业者谁不热爱，谁不依恋。他们深信，这项事业必将越来越兴旺发达。

在过去的那一段日子里，常常会有两眼茫茫，孤立无援的时候。多少次仿佛走在荒原上，几乎没有力气挪动步子。在前所未有的巨大的空旷和荒芜中，回过头来，总会看到领导、朋友、同事、设计师、模特们就像门廊里的柱子，他们支撑着这项事业，也支撑着我，使我一次又一次地振作起来，去追求这项事业的完美。广而言之，整个社会，又何尝不是被这些原本就是负荷沉重的肩膀支撑着？

什么时候，我都不敢、也不会忘记这一切。我时时对自己说：必须做得最好！

23. 服装工人、时装演员、电影演员

1984 年上半年，由王炼、我、李汶合作的《黑蜻蜓》定稿了，上海电影制片厂立即成立了摄制组。

这是第一次在我国银幕上反映时装模特和设计师的生活。导演鲍芝

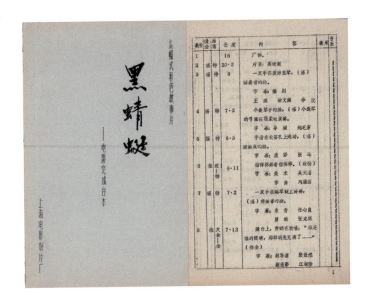

《黑蜻蜓》台本

芳认为，时装表演队的演员有生活基础，希望时装演员能够在银幕上自己演自己。

于是，表演队的"五朵金花"——史凤梅、徐萍、张毅敏、刘春妹、柴瑾以及男演员侯林宝、彭国华、何家良应上影厂邀请，参加《黑蜻蜓》摄制组的拍摄工作。

这些男女孩子们听说要他们去拍电影，那股高兴劲儿就不用说了。

三天前，刘春妹刚刚在华山饭店举行了婚礼，发喜糖的时候大家问她："蜜月不度了？"

她笑笑说："当然拍电影更重要了！"

八位演员由黄月萍老师带领，来到了上影厂。姑娘们见上影厂的伙食花色品种丰富多样味道极好，饭菜之外还有各种各样的面包、点心，好像饿了好久似的，敞开肚子毫无节制地大吃起来，每餐都把肚子撑得鼓鼓的。在食堂吃饱了还不算，又买点心带着，边练边吃。半个月吃下来，黄月萍发现姑娘们的腰围增大了。时装模特如此贪食，可不是好现象，这会影响形体的。于是，黄月萍老师一边训练陈烨、宋佳两位主角，同时，还特别加强了模特们的体形训练量，使她们能保持标准的体形。

在形体训练的基础上，摄制组进入小品排练的阶段。她们走进摄影棚，导演要她们在那么多的人面前表演有情有节的人物，简直要了她们的命！一举手、一投足，不知怎么才好。这时，她们深深体会到拍电影并不舒服，也不好玩。"走天桥"的经验不适用了，这是另一个艺术世界。

男演员彭国华，平时最怕羞，爱红脸，导演给他的小品训练，恰恰是陪女朋友去买衣服。每当他和扮演女朋友的小徐一起演这段戏时，他总觉得这是徐萍同志，怎么也演不进去。

鲍导演启发他说："小彭，你陪你女朋友小吴去买过衣服吗？那时你是什么心情？"

这时，他才想起自己陪女朋友买羊毛衫的心情，鲍导演看他进入角色，立刻抓紧时机排练，倒也演得感情真切，大家都夸他演得像。

侯林宝呢，和刘春妹排练一个早晨买大饼的小品，小刘迟到，他必须演出那种恼火来，可是，愤怒的情绪就是显不出来。

要试镜头了，这是姑娘们盼望已久的事情。导演要柴瑾扮演电影中周瑾的角色。剧情中周瑾瞒着父母报考时装表演队，开始不同意的父母，经过说服，终于支持女儿的选择。她回想自己当时被表演队录取受阻的情景，小柴想，这段戏在家里排练再合适不过了。

小柴回到家里，向爸爸讲述了试镜头的戏，要求爸爸帮助她排练。爸爸听了女儿的要求，爽快地说："好，这回我支持你，再扮演一回'顽固派'。"

于是，家里变成了排练场，爸爸扮演"爸爸"，妈妈扮演"妈妈"，小柴扮演周瑾。

周瑾回家来了，她既兴奋，又忐忑不安，向着"妈妈"用撒娇的口吻央求着："妈妈，你就答应我去吧！"

"妈妈"怀着矛盾的心情，偷偷地瞅了"爸爸"一眼，只见爸爸"怒容满面"，一声不吭。

躲在一旁的哥哥看到此景，忍不住说："像，像极了！当初爸爸就是这种神态。"

小柴在家里排练好了，试镜头的时候，很快进入了角色，演来恰如其分，真实感人。鲍导演看了直夸她有天分。

"爱心中的艺术，不要爱艺术中的自己。"姑娘们在拍片的过程中渐渐懂得了这句话的丰富内涵。

影片中有这样一个镜头：一个时装女模特初次登台，没有经验，在慌乱中穿了一只白色、一只黑色的高跟鞋上台，引起观众哄堂大笑。这段戏导演要张毅敏来演。

说来也巧，4 年前，小张第一次登台表演时，曾出过类似的洋相，为此，她难过地哭了一场。实际上，小张在生活中是一位极仔细的姑娘。她没有想到自己第一次登台会这样疏忽。从那以后，每次换装时，不管时间多么紧张，她也要检查一遍，再也没有出过类似的纰漏了。现在偏偏要由张毅敏自己来演这段戏，重新勾起这段往事，真是难堪，她心中十分不愿意。

鲍导演猜到了张毅敏的心思，耐心地启发她："没有过去，哪有现在？人的成熟总有一个过程嘛。"

小张想明白了。由于她有过这样的体会，表演那种尴尬紧张的情形，就十分生动、自然。

徐萍在影片中需要穿一件带披肩的夜礼服，导演认为脱下披肩更能准确体现设计师的创作新意。徐萍想到又要袒胸露背，就犹豫不决。过去在舞台上表演露出半个胳膊的"印度服"，亲友、家人看了都一致反对，说是太露了。如今上银幕，又是特写镜头，影响更大，她实在不敢穿。鲍导演知道她是个要强的姑娘，故意激她："小徐，你爱心中的艺术，还是爱艺术中的自己？"

这一招还真灵。徐萍想到这是角色的需要，艺术的需要，毅然大方地脱下披肩，使人物性格更加突出，服装也得到完美的体现。

刘春妹在影片中，要同小柴一起表演一组蝙蝠袖礼服。这是影片中唯一的一组慢镜头。鲍导演对这组没腰身、宽大、收袖口的日本味的礼服的表演格外重视，要求表演的速度越快越好。然而，春妹的快步就是走不好，而且，舞台地板是用一块块玻璃镶成的，她赤脚走在上面，咔啦咔啦直响，不免胆战心惊，还要走快步，走出飘逸感来。大型鼓风机使劲地吹着，声音很响，这可难住了她。导演、摄影不厌其烦地，一遍又一遍地帮她排练，她深深地感动了，下了决心，一定要演好这组镜头。她不停地练习走快步，台上练，台下练，回家的路上也在练。功夫不负有心人，终于达到了要求，被鲍导演满意地通过了。

实践锻炼了他们，也使他们了解到电影工作者的甘苦。用他们自己的话来说："原来我们还以为当时装演员最辛苦，殊不知拍电影更苦。"

最使他们难忘的是7月的一个晚上，在沪西工人文化宫拍的那场戏。那里没有空调设备，加上摄影灯的强烈光束，犹如一只只火炉，热气炙人，在这里拍电影中第一次时装表演后台一片混乱的镜头。

"预备！开拍！"

导演一声令下，一幕混乱的景象呈现在人们的面前。

"啊呀！眼圈化妆太浓了，像只大熊猫！"

不知道是谁喊了一声："我的皮鞋不见了！"大伙赶紧分头帮助寻找，匆忙间两个演员的头互相对撞在一起，疼得眼泪直往下流……

"重来一遍！"

一丝不苟的导演命令着，一连排了十几次，姑娘们表演还没有进入角色。天色渐渐亮了，渴、饿、累袭击着摄制组的人们。拍一个银幕上理想的镜头，台下要流多少汗水啊！清晨，导演高兴地叫了声"好"！这组镜头终于拍完了，浑身汗水的姑娘们情不自禁地拥抱在一起。

有一组沙滩色海滨服，平素显得文静秀气的陈烨，忽然演得很放、很野、很狂，史凤梅心里不以为然，继续以平日在舞台上庄重的风格旋转、亮相。样片出来一看，陈烨把海滨那种轻松明朗、欢乐的氛围，真实地表现出来了，而史凤梅的镜头就显得很拘谨沉闷了。这组镜头使她意识到，必须要有多种风格的表演，才能把不同的服装韵味表现出来，才能从"本色演员"成长为一个更有光彩的"性格演员"。

影片最后一场是时装表演，是整个影片的高潮戏。摄制组不惜工本，

电影《黑蜻蜓》剧照

花巨资在摄影棚内搭起一个造型新颖、气势雄伟的"T"形时装表演舞台，地面全部由玻璃铺成，表演时舞台在地面现出倒影，气派豪华。

这场戏的每个演员、设计师都要出场表演。史凤梅背着一个洋娃娃，与陈烨、刘春妹编成一组出场表演婴儿装。只见她背着"孩子"走在舞台上，昔日庄重大方、含蓄典雅的风格，随着角色不同，现在竟变成一个台步稳健、欢快喜悦、活脱脱的"妈妈"形象。侯林宝、何家良、彭国华身穿造型别致的工作服，从台中走出，影片的主角，叶红叶（陈烨饰）、秦婉（邬君梅饰）身穿红色、白色的绣花旗袍，在身穿各式礼服的时装演员史凤梅、徐萍、张毅敏、刘春妹、柴瑾的陪伴下，缓缓走向观众，这时，场内响起歌唱家黄鹂（朱玉雯饰）的歌声：

> 看着我的眼睛，看着我的眼睛，
> 我的眼睛注视着太阳，注视着小路，
> 注视着迷人的大海，葱茏的绿树，

电影《黑蜻蜓》剧照

还有那天边的朝霞，染红了人们的梦，

也染红了花瓣上的颗颗露珠……

看着我的眼睛，看着我的眼睛，

我的眼睛探索着人生，探索着万物，

探索着爱情与创造、理想与道路，

要在那生活的花环上，编织起人生的美，

把绚丽的春天永远留住……

24. 首次丝绸流行色时装表演

1984年2月24日至28日，我们在国际俱乐部举行了中国首次丝绸流行色时装表演。

这次表演的丝绸流行色时装，是由中国丝绸流行色协会研究中心总体设计，上海、江苏、浙江、辽宁、广东等九省市提供面料，上海服装行业根据国外流行款式，设计制作成时装、运动服、旅游服、工作服、晚礼服等160多套。显示了1984年春夏流行的沙滩色、海滨色、青铜色、红白与黑灰组成的国际流行色，1984年至1985年秋冬流行的甜蜜色、茶绿色。

乐曲由远而近，由轻而响，在大厅的各个角落回荡——大幕拉开了。天幕上五彩斑斓，台下人头攒动，其中有来自17省市的二百多名色彩专家和几百名热情的观众，还有日本、美国、罗马尼亚以及港澳地区的客人。

这次丝绸流行色时装表演，首次采用"工"字形舞台。"工"字形舞台是时装表演的标准舞台。天桥一直延伸到观众之中。观众坐在台的周围，对台上表演的服装能一目了然。使用这种舞台，对模特的台步基本

丝绸流行色时装表演演出单
时间：1984 年 2 月 24 日至 3 月 1 日
地点：国际俱乐部

功是一个很大的考验。为了使自己的台步具有力度美、柔和美，模特们早就开始了刻苦的训练。一举手、一投足，肩膀、手臂的摇动，甚至眼神的交流，许许多多从前在平面舞台上很少注意的细致之处，都成为他们日夜琢磨的问题。

灯光倏忽间凝聚在铺着红地毯的天桥上，天幕转成迷迷蒙蒙的"海洋"，亘古不变的哗哗的海浪拍打着岸边。穿着紫红色丝绒旗袍的姑娘，轻松地走到中央，仿佛以诗一般的语言吟颂着大海，把第一组流行色——梦幻般迷人的沙滩色，介绍给观众。

浅紫色、浅镍灰、浅血牙、白茶、象牙白……春季便服、上街服、运动服、旅游服……

模特们款款移动步子，或含蓄庄重，或舒适自然，又似行云流水一般。花式俏丽的背心和短袄上点缀着闪闪发光的金银粒和彩粒，模特们飘然而去的背影，带出阵阵热烈的掌声。

第二组流行色——明快、活泼、浪漫的海滨色。

桃红、淡黄、月蓝、浅果绿……花形以块面、几何、点子、条格为主，以太阳帽、黑眼镜、凉鞋为装饰品。模特上穿短袖、下穿色织柞蚕丝短裤、柞蚕丝劳动绸牛仔裤或短裙，或单手叉腰，或手执裙边，忽而又双手反剪，转瞬又以足尖欢快地跳跃，海滨假日生活的明朗轻松，被传达得异常动人。

第三组流行色——质朴典雅的青铜色。

青铜绿、深茄灰、金茶、靠蓝色、深茜红、柳茶色……花型大多是圆点、条子及抽象几何形，观众的眼睛顿时一亮。

音乐古朴，设计家从青铜艺术中汲取灵感，制作的新款时装婀娜多姿，呈现出中国古典美，典雅而庄重。

中国古老文化的丰富色彩，无论是殷商时期凝重的铜绿色调，还是战国秦汉时期红黑相间的漆器和金银镶嵌松石的华丽而高贵的色调，都具有东方独特的气质和魅力。

表演中的配套，显示设计家的匠心独运。果绿色旗袍胸前别上一朵浅绿色的绢花，中咖啡色连衣裙配上朵橙红色的胸花，紫色的旗袍上插一朵浅湖蓝的胸花，多么高雅、大方。

黑、白、灰、红是一组国际流行色。黑白的对比，灰色调、红底黑花、藏青底白花，花型多为直条，抽象的几何变形的花卉、蓝印花布民间图案，明朗简练，绮丽多彩。服装孕育的春天的气息，浓郁地扑入人的眼帘。

秋冬流行色之一，甜甜暖暖的甜蜜色，是由蜜饯色——冬瓜白、杏黄、蜜枣棕、藕色与水果糖色——水蜜桃红、枇杷色、草莓红、葡萄紫构成的。枇杷色的裙裤，嵌上几根黑条子，就显得温暖而端庄。蜜枣色的连衣裙，外套一件冬瓜白的圆角短西装，再以蜜枣色滚边，便显得色彩浓淡合宜，气息温馨柔和。成为幸福和谐的标志。

绿色是和平的象征。清新而畅快的茶绿色的出现，在整个演出中起了调节作用，仿佛一杯沁人肺腑的绿茶。青磁、水蓝、豆青、海带绿、深油菜绿……宽松、镶拼色的运动服、上街服、秋冬便服，一样韵味无穷，款款迷人。

热烈隆重的乐曲奏响了。晚礼服、舞会礼服、宴会礼服、结婚礼服纷纷出场。

华丽的色彩，手绘条子、点子、大花等繁多的花型，塔型、蝙蝠型、拖地长裙及民族风格的睡衣睡袍，尤其是从两袖下腋一直连到袖子下摆的蝙蝠、蝴蝶礼服，形态生动极了。模特们仪态万方，大厅里金碧辉煌，精彩纷呈的时装表演达到最高潮。最后一件婚礼服在钟声中由远而近、渐渐出现到人们面前时，像飘逸的梦，散发出纯洁的爱的温馨，使人们为之倾倒……

如雷的掌声，热烈地泼向舞台。

就在流行色时装表演即将开始的时候，家乡连发三封加急电报：母亲病危了，我心乱如麻。衰弱的生命就如风中残烛，亲人的关注与祈求，竟也阻止不住冷酷的病魔的侵袭。家乡一解放，我就离开了她，一直没有在她身边照顾、孝顺过，特别是在她老弱多病的晚年，我更没有尽到一个女儿的责任，在生活上给予她关心和体贴，想着这些，我心如刀搅，顿时眼泪汪汪。是走还是留？实在放心不下首次流行色的演出。怎么办？交代完工作之后，领导和同事们还是把我送上了回家的路程。我在医院里照顾了母亲三个星期，待她病情好转之后，返回了上海。

中国的流行色一发布，在国际上引起了关注。新闻媒介纷纷报道。流行色也成为人们关注追逐的目标，影响渐渐普及。

我想到在两千多年前，古罗马皇帝举行的宴会上，几位豪门贵妇穿着锦绣衣裳出现时，会场为之惊叹。贵妇们骄傲地说："这是东方大秦国的丝绸。一磅丝绸等于一磅黄金呢！"中国的丝绸穿越丝绸之路，一来到西方，便风靡世界。

先知穆罕默德约于公元 570 年生在阿拉伯。《古兰经》上写道，今世行善积德者，来世可被送入乐园，穿着丝绸服装。先知虽然不断有人送给他丝绸衣服，但据说只在朝拜真主时才穿一次。中国的丝绸被誉为"东方绚丽的彩霞"。

我也想到那个古老的传说：黄帝轩辕氏平定蚩尤之乱后，人民安居乐业，蚕神遂把蚕种降给黄帝的元妃嫘祖，教人民植桑养蚕，缫丝织绸，从此嫘祖被尊为蚕神、蚕祖。

今天，丝绸时装又在中国丝绸发展的光辉历史上，增添了新的一页。

第六章

同一的太阳照着他的宫殿，也不曾避过了我们的草屋；日光是一视同仁的。

——〔英〕莎士比亚

25. 公开向社会招考模特儿

表演队成立转眼已经 4 年了。这是坎坎坷坷的 4 年，这是不平静的 4 年。姑娘们不仅勇敢地走过这段崎岖的道路，同时，她们的青春年华也在优美潇洒的步子中悄悄流逝。

当时，表演队共有女模特 9 名，男模特 4 名。女模特最大的年龄已三十多，一般已有二十六七岁。其中两名已经结婚，一名生了孩子，一名怀孕在身。尽管她们的容貌还是那样漂亮，但体形已经发生了变化。当她们不再适宜走上舞台的时候，恰恰正是表演队业务最繁忙的时刻。邀请书从全国各地不断地寄来。本市服装界的各种交易会、洽谈会、展销会、选样定货会、服装展评会，也纷纷发来邀请前往表演。还有些文艺单位也邀请我们参加演出。

随着时装表演业务的不断扩大，时装表演的巨大宣传力、广告效益也越来越被人们认识。越来越多的厂商、外贸人员、广告商前来邀请表演队拍照、录像、做商品广告。这支小小的队伍已不再适应日益繁忙的业务需求了。

针对这种情况，我们决定充实时装模特的队伍，招收新的模特。我和陆经理又一次来到基层厂物色。可是，十多家厂跑下来，再也找不到符合条件的模特了。于是，我向公司正式提出，要在社会上公开招考时装模特。公司经理根据实际情况，终于同意了我们的报告。

向社会公开招考时装模特，对我们来说是第一次，心里颇有些忧虑。我们的事业是当今社会上七十二行之外的一项新职业，社会上将对我们的职业有何看法呢？世俗的偏见，会不会造成姑娘们心中的顾虑呢？姑娘们的父母、亲属会不会阻挡她们呢?

公司党委极为重视首次公开招生,成立了招生领导小组。我们拟定了一份招生简章,打印成册。本想借此机会宣传一番,到报社做一次广告。一打听,广告费不得了,我们哪有那么多钱?好在报社听说我们要招考时装模特,都非常支持,就让表演队的陆倩、陈祖隆写了一份新闻稿,1984 年 8 月 27 日《解放日报》《文汇报》分别在第一版和第三版上登出《上海市服装公司时装表演队在沪首次招生》的消息。同时,我们又组织表演队的同志,在市区分设五个点,宣传并散发招生简章,还把简章写成大海报,张贴在闹市路口。三天之内就散发了一千四百多份简章。大大出乎先前的预料。

这,真是一个好兆头。

上海市服装公司招收时装表演演员简章

9月1日是我们招生的第一天。招生处设在富民路的服装陈列室。我早上8点钟来到富民路，老远就看到陈列室门口拥挤着一群高个子的姑娘和小伙子，心里真是高兴！走进陈列室，看见陆倩、郑家伟、胡绍斌等同志在组织应试者们排好队依次报名。大家争先恐后，人群里的一个姑娘说："我怎么在这么后面？你知道不知道，我6点多钟就来了……"

　　又一个声音接着说："你几点钟到的？我7点钟就在这里等候了……"

　　这群报名者中，有妈妈送儿子的，有爸爸带女儿的，有姐姐陪妹妹的，有哥哥陪弟弟的，人人引颈翘首，神情急切。

　　考试分为初试、复试和短期培训，再择优录取三个阶段。

　　初试必须通过两项测试：第一项，测量身高、体重，符合标准者进行第二项：测量胸围、腰围、臀围、肩宽及上下身比例。符合要求的才正式填写表格。

　　有一个考生的妈妈领着儿子来报名，看到儿子通过体形测试，高兴得不得了，一填表格，才发现忘记带照片，只得向工作人员说明情况，马上回家去拿，往返两个多小时才把照片取来。

　　上海淮剧团有个男演员来报考，长得很英俊，可是一量身高只有一米七八，高度不够。我们都为他感到可惜，他自己也叹气说：当个时装模特真难呀！

　　上海市巨鹿路菜市场的党支部书记，从报纸上看到招生消息，立刻想到菜场里豆腐柜台的姑娘小汪，她长得又高又漂亮，便积极向我们推荐，并由组织出面给她公假，让她来报考。开始她有些犹豫，自己是卖豆腐的，人家能要吗？在大家的鼓励下，她鼓足勇气，前来报名，结果她连过三关，被正式录取。

　　4天内报名的达一千多人，初试合格的209人。接着进行复试。复试的主要内容是听音乐走步子。走步是时装表演的基本功，步子所体现出来的仪表风度与演员的内在气质和体形标准，有着必然的联系。在走步之前，让老演员徐萍作示范表演。那一天，她身穿红色的尼龙紧身衣，出场亮相，然后一字步走到台前，左右交叉猫步，与观众目光相互交流，退场前再作一个优美的亮相。示范结束，她向大家介绍了走好台步应掌握的基本要领和应注意的事项，以帮助大家过好这一关。

那天，招生领导小组成员全部到场，坐在主考席上，认真观察应试者的音乐灵感、仪表风度，走路时有没有无法纠正的习惯姿势。复试结果，淘汰 145 人，吸收 54 人参加短期训练。

我们为 54 个人办了为期 10 天的时装表演基本功训练班。不用说这十天的学习是十分紧张的。最后一天是考试，这是决定性的时刻。那天上午，大家很早来到考场。考试一个接一个地进行。听音乐走步。走完一个，领导小组人员就讨论评比，决定录取与否。54 个人考了整整半天，最后录取了 13 名女模特，两名男模特。新生力量的充实，使我们队女模特的平均身高由一米六八提高到一米七二。

公开招收的第一批职业时装模特报到了。姚佩芳、陈洁、吴蓉菲、朱雅萍、夏承惠、于琴……一个个就像秀丽挺拔的小白杨，亭亭玉立，充满生气。这时，她们还只是个有着标准身材的活体模型。要成为优秀的时装模特，还必须补上音乐、舞蹈、雕塑、服装等各种文化知识，陶冶内在的修养和气质。经过一个月的强化训练，姑娘们很快就掌握了时装表演的基本技能，能够承担起对外演出的任务了，我们决定让她们到实践中去锻炼成长。

1984 年 12 月 29 日，我们队应上海日用化学品公司露美化妆品中心的邀请，由新的一代模特在锦江俱乐部进行了一场实习表演，演出结果比预料的好得多，尽管有些地方还显得很嫩，许多地方需要提高，但总体效果是成功的。不但体现了中华民族特有的东方美，也使观众感到她们的轻盈、恬静，赢得了全场观众的热烈掌声。

我坐在观众席上，看着新一代时装模特充满青春活力的表演，不由感慨万千。他们是幸运的，不必再像老一代演员那样发愁没有演出任务，没有训练场所，担心父母亲友的阻拦，发愁演出没有补贴……他们所处的大气候比艰苦创业的老一代演员好得多了。他们一定会青出于蓝而胜于蓝，把我们的服装表演艺术推向一个新的高峰。

艺术的道路无穷无尽，探索、前进，也同样无穷无尽。

26. 1984 年国庆公演

1984 年，为庆祝国庆 35 周年，我们被批准在上海静安体育馆公演。

建队 4 年来，我们走遍了大江南北，把时装精湛的造型艺术、新颖

1984 年 9 月 22 日至 10 月 4 日，静安体育馆，上海服装展销会期间，
上海市服装公司时装表演队首次向社会公开售票演出

的服饰配套传达给外地广大观众。但是，在上海却从来没有对外卖票公演，都是内部观摩、包场，最多只是展销结合，购买一件衣服赠送一张时装表演票，只有为数不多的观众能一饱眼福。

这次公演，是我们盼望已久的事情，在家乡、在上海、在亲人的面前，我们终于要亮相了。

为了这一天，我们已经等待了许久。大家都憋足了劲儿。

在静安体育馆这样的场地演出还是第一次。场地很大，环形的观众座位形成了巨大的空间，这给舞美、灯光、音响带来了很多困难。

国外的时装表演，一般以小型场所为主，观众三五百人，观众就坐在延伸的天桥与舞台旁边，模特在台上展示的服装款式、造型、面料、工艺技术等都能看得清清楚楚。我们的表演，一般是在容纳千人的大剧场进行，容易造成灯光不足，坐在中间的观众看不清楚，坐在后排的就只能看到一个大致轮廓，精妙之处根本无法欣赏到。何况，现在是一个能容纳 2500 人的体育馆呢！

棘手的问题迫在眉睫，怎样解决？

我们决定采用大型"工"字形舞台，把空间缩小，也缩短与观众的距离。

体育馆的同志听了我们的设想，非常担忧，他们说，从前也有人设想过，但没有搞成功。舞台组的同志们则充满信心。

在体育馆里搭出一个"工"字形舞台，谈何容易。我们测算的结果，需要 10 立方米以上的木材，我们哪来那么多钱，再说时间也来不及。大家眉头紧蹙，绞尽脑汁，群策群力，终于想出了一招：用乒乓台搭台。跟静安体育馆的同志们商量以后，他们也认为办法可行，于是在他们的具体帮助下，舞台组的寿复孝、朱明华、周忠浩、邹石根、陈培华等同志从四面八方借来了 45 张乒乓台，没有花一分钱，就搭起了一个十四米长的"工"字形舞台。

海员出生的庄金如，兴趣非常广泛，见多识广，而且富有实干精神，能裁制一手精致的西装。他酷爱服装造型及工艺技术。1983年年底便从海运局调来服装研究所，在表演队搞舞台美术设计。这一次他设计的舞美画稿，构思独特，把西装驳头与衬衫衣领巧妙地融为一体，象征性地反映在舞美中，整个舞台设计造型像一个人体衣架模型，形象地、生动地反映出服装行业的特征，真是别出心裁，别具一格，大家纷纷喝彩。

乒乓台搭成的舞台上，铺上了红色的地毯，四周蒙上了白布，舞台的边缘装上了彩灯，再配上庄金如设计的舞台美术——乔装打扮之后，一个又气派、又新颖、味道十足的舞台出现了。

因为是首次为上海观众公演，各级领导非常重视，为我们组织了丰富的新潮服装，以供演出。在公演之前，二轻局、公司、研究所各级领导，亲自审查了彩排，并提出一些改进意见。

这次推出的表演服装有175件（套），分为四个部分。

第一部分：1985年新潮时装。由上海服装一厂、二厂、三厂、七厂、胜利服装厂、前进服装厂、虹艺服装厂、上海衬衫厂、人民服装一厂等22家工厂设计制作。

第二部分：中老年服装。服装行业的广大设计人员，为了把中老年人打扮得更加年轻、漂亮，特地推出了大方而优雅的系列产品。

第三部分：中国传统服装。显示民族风格的传统旗袍、改良旗袍和各式唐装。

第四部分：上海服装研究所著名设计师及青年设计师的新作品系列。如工艺师顾培洲的丝绸时装，以丰富的色彩和抽象的风格吸引观众；设计师张良发的男式西装、卡曲，表现出他的一贯风格：庄重大方、气派，配色巧妙、大胆；擅长各类女装设计的叶德乾，善于以开拓写意的笔法，表现女性体形的曲线美，形成潇洒的海派风格……我们以设计师的名义进行编排组合，在表演过程中，以旁白画龙点睛地介绍作品的特点和精妙之处。男装粗犷、豪爽、潇洒，充满阳刚之气；女装温柔、恬静，高雅脱俗。驰骋着时代感的服装，一套接一套，一件接一件，一组接一组地把设计师推向台前。

这是我们表演队第一次重点介绍设计师的大胆尝试，效果很好。22场55000张门票，一天之内全部售完。

35周年国庆之夜，举国隆重庆祝，上海的街市成了一个灯的世界、色彩的海洋。上海人涌上了街头，孩子骑在父亲的肩膀上，情人们挽着臂膀，兴高采烈地徜徉在欢乐之中。下午5点之后，实行交通管制，交通要道，车辆停驶。

我的心头陡然添了几分愁云。晚上有两场演出，票子早已售出，如果观众因为交通管制来不了怎么办？后面一场要到十点多钟才结束呢。

我真不敢想象台下冷冷清清、稀稀拉拉的情境。

我站在体育馆入口处，忧心忡忡，愁眉不展。观众三三两两地来了，再过一会儿，人越来越多，络绎不绝。我的心慢慢舒展开来："嗬，人真不少呢！"

后来，体育馆的同志对我说："真出乎意料，第一场观众出席率达80%以上，第二场也有70%。有的观众说是从杨浦区走来的，整整走了两小时。真没有想到，观众这么热爱时装表演艺术。"

27. 五彩缤纷到深圳

1984年深秋，我们应市针织品进出口公司之邀，赴深圳表演针织时装和羊毛衫。这说明服装已经从纯粹的内衣走向外衣化、时装化，人们的审美观念与工艺技术大步地朝前迈进了。

需要宣传表演的针织时装和羊毛衫一百四十多件（套）全部送到了表演队。我们必须在3天之内编排好，到上海青年宫影剧院进行一场赴深圳演出前的正式预演。

我们把所有羊毛衫都吊起来，开始编排。经过一番试穿、讨论，把这些羊毛衫、针织服编排成五个大类。

第一大类是五彩缤纷的彩条衫。

我们认为，彩条通过对比和谐的组合，疏密有致的安排，粗细长短的搭配，会使人感到横条的开阔、强壮，直条的细腻、流畅，斜条的动势起伏，曲条的微妙变化。这多姿多彩、千变万化的彩条，后来成为羊毛衫独树一帜的风格。

第二大类是宽松自如的蝙蝠衫。

设计师的灵感来自生活：蝙蝠的大翅膀和色彩，引发了设计师丰富的想象力。蝙蝠袖羊毛衫的出现，为羊毛衫款式发展展示了新的前景。不难设想，当年轻人骑着自行车或携带舞伴，随着音乐翩翩起舞的时候，那宛如双翼的蝙蝠袖在两侧轻轻飘拂，一定很潇洒、很有活力。

第三大类是别具一格的提花衫。

上海市针织品进出口公司使用整套先进设备，选用高级羊毛原料生产的各类提花衫，早已风行市场，成为消费者喜爱的产品。现在又在羊毛衫上大胆创新：采用无虚线提花，表现无规则色块，配上内容丰富的图案花型，使提花衫更具有立体感和现代感。

第四大类是精美华丽的绣花衫。

这一类是把中国民间传统工艺刺绣运用到羊毛衫上，采用绒线绣花，色彩丰富。采用珠片、珠子这种小光片组成的图案花形，真是光彩夺目。采用水钻绣花，更是珠光闪烁，美妙无比。

第五大类是风靡各国的针织服装。

用羊毛制作而成的套装衣裙、胖袖、灯笼袖等各类针织时装，已成为人民生活中时髦的流行款式。使人穿着舒适、自然，且有青春活力。

我们带着这编排好的色彩缤纷、美不胜收的各类羊毛衫，来到深圳。

南国的深秋，毫无秋意。看不到肃杀飘坠的枯黄落叶，有的只是蓝蓝的天空、阳光灿烂，暖洋洋的微风拂在脸上，非常舒服。到处是江南少见的奇异的植物，热烈绽放的鲜花。我们表演队美丽的姑娘，我们带去的美丽的羊毛时装，更给多彩的南国风光添上了一抹亮色。

为了港澳客户来去洽谈生意方便，演出定在中午 11 时至 12 时。

1984 年 11 月 10 日上午 11 时，"上海针织品交易会"在深圳新园宾馆隆重开幕。冷餐会后，时装表演正式开始。各国外宾和港澳同胞济济一堂，对中国时装表演表示了极大的兴趣。

首演结束后的当天，谈判热烈，生意兴隆。一下子成交 50 多万美元。外贸领导极为满意。总经理特地来到我们房间，表示感谢，还带来了巧克力糖送给姑娘们。

11 月 17 日，放假一天，下午，我们刚从沙头角回来，市针织品进出口公司样品宣传科科长秦廷标就找上门来说："来了一个法国大客户，安德烈·赛奴特，他远道而来，特意来欣赏时装表演。"

只有一个人，演不演呢？建队以来，还没有碰到过这种情况。但想到建队的宗旨，就是要为出口、为销售服务，争取多创汇，为国家多作贡献。

看着秦廷标渴望的眼睛，我们决定：演！

这是一场非同寻常的演出。

模特们没有一丝一毫的懈怠，个个精神饱满，神采飞扬，一件件别具特色的时装，穿在仙女般的姑娘们身上，更显出特殊的魅力。安德

烈·赛奴特看得目不转睛，时而击掌称颂，时而急急地做记录。

演出结束，他当场选样定货十万零五千美元。

在深圳演出期间，适逢全国政协委员来深圳视察。我们有幸在异地
为国家领导人进行了一场汇报演出。前来观赏的一百多位政协委员看得
兴致勃勃。坐在我身旁的一位老同志不停地对我说："好极了！好极了！
你们的事业太有意义了。"

演出结束，全国政协副主席周培源特地来到我们中间，祝贺演出成
功并合影留念。

在深圳演出的消息传开以后，引起了香港爱国人士霍英东先生的儿
媳、香港慧妍雅集会长朱玲玲小姐的注意。

慧妍雅集是由一些曾参加香港小姐竞选并获得名衔的女士们组成的

慈善机构。朱玲玲小姐打算邀请我们前往香港表演中国民族服装。

当时，朱玲玲小姐对我们的演出情况一无所知。于是请广州白天鹅宾馆中月光先生来和我们联系，到深圳来看我们演出。

听说时装模特出身，曾被选为香港小姐的朱玲玲要来看我们演出，大家都十分高兴。

两天后，朱玲玲小姐坐火车到达深圳。相见寒暄毕，我细细地打量她。只见她身穿一件紫红色时装，亭亭玉立，风姿绰约，潇洒不俗。清雅秀丽的脸庞上，闪动着一双动人的大眼睛，一举一动，仪态万方，颇具魅力。

我们驱车来到新园宾馆，休息片刻便来到表演大厅。

演出开始了，我陪她坐在前排，边看边解答她提出的问题。

她看得十分专注，一会儿问这个模特身高多少？叫什么名字？一会儿又说那个模特的表演很有味道。

看起来，她对柴瑾、徐萍、史凤梅的表演尤为赞赏。

中午，她在新园宾馆设宴招待我们。席间，她微笑着道：

"你们的表演比我原来想象的好得多，服装很漂亮，总的水准不错呀！"

"我们队组建时间不长，缺乏演出经验，希望得到朱小姐的指点和帮助呢。"我也含笑道。

当天下午 4 点，我们送她到火车站。

"我们上海见。"告别时，她握着我的手道。

"好！我在上海欢迎你。"我点头道。

回到上海不久，市政府就接到香港慧妍雅集会长朱玲玲小姐的来信，邀请上海市服装公司时装表演队于 1985 年 3 月 15 日到香港表演中国民族服装。市领导同意接受邀请。

28. 昆明，十万火急！

我们坐上了开往昆明的火车。

已经有许多次外出旅行的经验，模特们不像第一次去北京那样叽叽喳喳，对什么都充满好奇感了。火车开动没多久，他们就找到了各自消遣的方式。

充满好奇的是终点——春城昆明。

只是在画报上、在电视里，看到这素以美丽、山水宜人、气候温暖著称的西南名城。显然，我们这次是无缘得见充满神秘色彩的西双版纳、夜明珠一般的瑞丽了。但是，昆明……我想起明学者杨慎《滇海曲》中的几句："苹香波暖泛云津，渔柑樵歌曲水滨。天气常如二三月，花枝不断四时春。"滇池，一碧万顷，风帆点点，多么令人向往。

那一段时间，我们的演出非常频繁，连喘气的机会也没有。时装表演已经成为社会瞩目的、时髦的艺术。随着社会生活的不断发展，经济的开发，交际的频繁，人们的眼界拓宽了，对日新月异的时装，越来越感兴趣。他们对服饰的要求也已经超越了实用、耐穿的阶段，而要求它们成为表现个人性格气质的手段。不一样的人，不一样的追求，各种风格互相渗透交流，并且向国际流行大趋势靠近。有绚丽多彩的传统服装，形形色色的新潮流行时装，还有令人眼花缭乱的礼服。

我的思绪一下子沉浸到抵达目的地后的训练与排练工作中了。

这一边，车厢里的旅客看着走进走出、倒茶洗水果的裘莉萍，对刘春妹说：

"她比你大，是吗？"

"是的，老阿姐了，你怎么知道的？"

"你看，她一直忙忙碌碌，你坐在这里却什么也不干。"

其实，这旅客虽然道出了裘莉萍一贯勤快、乐于助人的特点，但他何尝知道，刘春妹此时此刻身体正极端虚弱，刚刚流产，还没有好好休息，原来也不打算让她去昆明，但女装太多，队里当时只有九名女模特，缺少一个人，给编排周转带来很大的困难，后台抢装也来不及。刘春妹见此情况，也不顾自己的身体，就随队出发了。裘莉萍不愿让她累着一点。

两天三夜，我们在周而复始的哐当哐当声中，穿越了一个又一个大大小小的山洞隧道，云贵高原的景色，尽收眼底。

终于，终点站昆明到了。还是清晨，雾蒙蒙的一片。我们下榻的翠湖宾馆就坐落在如诗如画的翠湖之畔。

安排好行装，我就来到剧场，一看，不禁使我大为惊叹！

空旷的体育馆中心，已经竖立着一个大型"工"字形舞台。舞台的天幕是"孔雀开屏"的巨型舞美。这又是庄金如的一大杰作。

淡淡的粉红色的天幕上，撒满了孔雀舒展的尾翼上一颗颗眼睛般的图案，疏落有致的亮片，两只白色的孔雀，在七种色彩的灯光辉映下，闪烁着钻石般瑰丽的色泽。孔雀开屏时绚丽的迷人的瞬间，异常传神地表现出来。

孔雀是吉祥的象征，在云南秀丽的山水间，也流传着许多美丽神奇浪漫的传说。舞美设计与云南的心理、地理环境非常吻合，极富艺术感染力。

面对这么巨大的工程，我不难想象，提前5天到达的庄金如、周忠洗、陈培华、田铸成是如何日以继夜，分秒必争，不顾劳累而赶制出来的。我立刻走到他们的面前，看着他们那疲劳不堪的样子和布满血丝的双眼，我好心疼、好感动呀！我情不由已地紧握着庄金如的双手说："你们辛苦了，我太感谢你们了！"

此刻，姑娘们也都来到剧场，开始整理演出服装。

忽然有一人惊叫起来："怎么少了一箱子？"

我的心一下子提到了喉咙口，冷汗一下子渗透全身。怎么可能？这真是不可饶恕的差错呀！

我走过去，将所有的服装细细地重又检查了一遍，祈求有什么奇迹出现。

完了，确实少了一箱。而且是分量最重、充分体现造型和工艺水平的一箱压台服装。我们全体目瞪口呆，上海在遥远的那一头，鞭长莫及。我更是心乱如麻，情绪跌进了深深的谷底。

昆明方面又擅自加场，比原定演出日期提前了一天。也就是说，第二天就要演出了。如何是好？

人在惊慌中，真是六神无主。不知是谁说了一声：叫蒋雅萍马上送来。

蒋雅萍不久前，刚刚生了一个和她一样漂亮的小女孩，才四个月，正是需要母亲悉心照料的时候，所以才让她留守家中。叫蒋雅萍送来，孩子怎么办？想来想去，我再也想不出万全之策。只好让蒋雅萍忍痛割爱。

我立刻拨长途电话回上海，找到留守的蒋雅萍，让她千方百计把那箱服装送来。

昆明，十万火急！

蒋雅萍接到电话，立刻和留守在家里训练新演员的陆倩一起，像旋转的陀螺，高速度、高效率地运转起来。

立刻买到机票——上海至昆明。

立刻找到那箱衣服，查点清楚、打包，确保再无纰漏。

立刻要车，准备前往机场。

临行之前，她给丈夫打电话。她多么难以启齿呀！幼小的吃奶的孩子，就这么撒手扔给丈夫吗？她几乎看见丈夫面对着啼哭的孩子束手无策，好似听到了孩子那稚嫩的哭声，一下一下扯着她的心弦。多么想再喂她一次，再亲亲她呀！

她忍住了。咬咬牙，连家也没有回，买了些必要的盥洗用品，匆匆与陆倩一起把衣服送到飞机场。

当天下午，她飞抵昆明。猛地看到头发都湿漉漉地贴在额头上的蒋雅萍，我真于心不忍。这就像神话传说中的仙子，忽然带来了一个不可思议的奇迹！模特们蜂拥而上，把蒋雅萍团团围住，狂喜的心情溢于言表。

"老大姐，真是大救星！"

这一夜,对蒋雅萍来说,是黑色的、痛苦的、难熬的、无眠的一夜。

突如其来的断奶,身体调节出现障碍,乳房又胀又痛,满头满身的汗,实在难以忍受。更苦的还是一颗做母亲的心,责任感和女人的天性交织在一起,她矛盾极了,一夜无法平静。

孩子的身影在她眼前挥之不去。黑黑的纯洁无瑕的眼睛,嚅动着吸吮的小嘴,柔嫩的四肢……那样一个可爱的小宝宝,现在不知道怎么样了?会不会在哭呢?她似乎感觉到了孩子的触摸,又似乎听到孩子哭得嗓子都嘶哑了,却还在寻找妈妈……泪水从蒋雅萍的眼角里滴了出来。儿女情长,她喃喃地叨着女儿的小名。

一夜的痛苦煎熬,蒋雅萍强忍着,清晨,姑娘们就送蒋雅萍去医院挂急诊,打退奶针,服药。难受极了的时候,别的女孩子怕羞,有过孩子的裴莉萍便用嘴巴帮助她把奶吸出来,减缓一些胀痛的感觉。断奶期间,她不能吃油荤,别人胃口很好地把美味佳肴一扫而空,她只能慢慢地咀嚼着酱菜,把饭吞咽下去。晚上还是翻身都很困难。

身体慢慢好些了,她来到剧场观看。

演出是成功的。掌声不断,模特们生机勃勃。台上的服装、步伐、造型和音乐都融为一体,真是一曲和谐的乐章。报纸、电台、电视台以很大的热情作了宣传。《春城晚报》的新闻标题最令人难忘——《一簇美丽的鲜花》。

真是不虚此行呵!

备受痛苦折磨的蒋雅萍欣慰地笑了。

成功,是把一个人的生命痕迹留下来的最佳方式。孩子也是期望和生命的延续。对于任何一个有事业心的妈妈来说,都一样美好,一样不可缺少,一样令人自豪和愉悦。

昆明体育馆的王馆长说,以前在体育馆演出的剧团,因为条件差,很少有成功的。你们的演出效果完全出乎意料。

演出结束后第二天，我们去石林游览。

石林是莽莽苍苍、嵯峨险峻的巨石森林，光怪陆离如人间幻境。状如莲花亭亭玉立高耸入云的莲花峰，一条一条横棱石面倾斜的洗衣板，巨大的小象峰……一望无际，层层叠叠。最著名的是"阿诗玛"，背着草篮，遥望着远方，鼻梁眼窝都挺清晰。据说，美丽的阿诗玛逃离恶人魔掌时，被洪水卷入漩涡。水退以后，她化为石像，千百年仁立在石林里。有这样的传说的石像还很多，但以"阿诗玛"最为著称。看过那部美丽的电影，这个名字很难忘记。

我和几个人，在石林中迷路了。如剑般直刺青天的石笋，风在石缝中静悄悄地游来荡去，我们不知不觉离开了大队人马，好不容易才发现大伙儿正排队穿少数民族服装骑马拍照。在我们住的宾馆里，总看见明眸皓齿的白族姑娘和她们色彩迷人的服装，少数民族服饰早就让大家心驰神往。以后要去香港表演，现在，大家就先体验一下民族风情，也很有趣味呢。

以后的两天，我们还去了西山，并瞻仰了人民音乐家聂耳之墓。他是云南人民的骄傲。

从昆明回到上海，还没有来得及回家，团市委派来的大巴士，便把大家从虹桥机场拉到了静安体育馆。模特们开始整理服装配件，准备晚上演出。我抽空回家看看。

万万没有想到，我刚刚回到家里，外面就传来了邮递员的呼唤声："徐文渊，加急电报！"

"加急电报！"我心里一惊，连忙奔出去。拆开电报一看：母亲病逝。噩耗传来，我惊呆了。

虽然知道，生命既然有开始，就总有结束的时候，就像树叶必然要飘落下来,不管它怎样留恋生命。虽然也知道,母亲病重已经有不少日子,就像夕阳,总要沉入地平线之下,人力是无法挽回的。但一想到,真的再无法见到母亲慈祥的容颜,无法再听到她的呵责关心,我就觉得天昏地暗,忍不住大哭起来。

赶回静安体育馆,我的眼睛还是红肿的。同伴们关切地围上来询问,我强作镇静,让他们继续作演出准备,以免影响演出效果。

李跃章所长赶过来,告诉我,明天去机场接朱玲玲,商谈赴港演出的事情。我机械地点点头,强按捺住心头的悲痛,把要办的事情一一记下来,作好安排。

一有停顿的机会,眼泪总是止不住地往下流淌,沾湿了衣襟,我觉得此刻,自己仿佛是风中的芦苇,脆弱得一吹就会倒下。

李安国把我送回了家。

我在不开灯的黑黝黝的房间里坐了许久,哭了许久。往事一幕幕从眼前走过。为什么人总是到失去的时候,才会明白那一份母爱的重要,才知道原本有很多机会,可以为母亲多做些事,多尽一份人间的孝心,原本可以替她老人家的晚年,驱除那长久积郁的深深的寂寞。

难道人生总是这样充满遗憾和悔恨的吗?也许为了这一个魂牵梦绕的时装表演事业,忙忙碌碌之中,我已经失去了许多温暖的家庭生活。但是,重新让我选择,也许我依然会这样扎进事业之中。人生便是这样有所得,也有所失,因为你不可能在所有的方面,都做到尽善尽美。

我知道,我别无选择。

第七章

黑夜里盛开的鲜花，
在白天里总要结实。
争取光明的努力，
总有达到目的的一日。

——〔德〕赫姆林

29. 她在丛中笑

赴港表演的中国 55 种少数民族服装，朱玲玲小姐早已委托上海市服装进出口公司的丁履诺先生，在上海代她设计制作。

表演中国少数民族服装，我们还是第一次。对少数民族的服饰、风俗习惯，我们了解很少。除了在云南昆明演出时，街头巷尾所见以外，就只是在纪录片、故事片、画报上见过那些身着节日盛装的少数民族同胞了。印象也不深，大多是一掠而过。没有真正的理解，很难将服装的内蕴和精髓之处充分表达出来，这样的表演将非常苍白。

很巧，我听说戏剧学院当时正在对民族服饰进行收集整理，有实物也有资料。我便兴冲冲地踏进这所我多次求教的校园，找到了负责此项工作的应玉兰老师。

她得知我的来意，热情地将她所了解的情况和盘托出，并且拿出了一叠照片，详细地进行了介绍。这些不同的样式、图案、色彩、饰物搭配，丰富多彩，自然、鲜艳、质朴、粗犷，富有生命力。不同的地理环境、生活方式、风俗习惯、宗教礼仪、民族传统、文化心理结构，都在服饰这门实用艺术中显示出来。各种美丽的服饰，既是各民族的骄傲，又是各民族的象征。世界上恐怕很难找到类似我国这么多风格款式迥然不同的民族服饰。

例如清丽苗条的傣族妇女服饰：紧身短上衣，圆领窄袖和衣襟紧紧裹住身体，对形体产生一种似露非露、薄如蝉翼的效果。腰节线很高，裙长拖地，筒裙紧裹两腿，线条自然平直收缩，越发显得身材苗条修长。近似"黄金分割律"的上下装比例，烘托出女性的匀称美。服装的色彩艳丽而协调，上衣多用白、米黄、淡黄、淡紫，筒裙则多用深色、红、绿、紫、黑，对比鲜明，非常耀眼。衣裙之间一条宽达寸余的银色腰带，尤其光彩夺目。

又如苗族弯凤银冠上以喜鹊登梅、双凤朝阳为题材的饰物，充满喜气。盛装的裙片上绣满红花、绿叶、蜜蜂、蝴蝶等花纹，五彩缤纷。鄂伦春人浑厚质朴的狍皮长袍和狍头皮帽，则是北方游猎民族的审美情趣的标志。还有瑰丽玲珑的壮族装束，潇洒的藏族氆氇，优美的维吾尔族裙饰，单纯粗犷的蒙古族长袍……我深深地感到，中华民族大家庭灿烂辉煌的盛装，是一个内容丰富、宏大的服装艺术宝库。

从戏剧学院回来以后，我便将所见所闻，对模特们作了介绍。

不久，服装进出口公司邀请我们，在友谊电影院表演他们制作的我国 55 个少数民族的服饰。

这真是"及时雨"！

我们立刻把服装搬来，一套一套地试装，寻找准确的感觉。

黄月萍和王辉虹老师，也根据过去从事民族舞蹈表演的经验，向模特讲述不同民族服装的特点与各民族不同的生活习惯，帮助他们理解表演服装的内涵，以更好地体现民族风格。

就在我们排练好，即将演出的时候，朱玲玲小姐从香港来电，说要来观看我们表演民族服装。同来的还有特意请来的香港模特老师孙秀芸和香港首席模特张莉萍小姐，目的是帮助我们训练模特。

听到这个消息，我又喜又忧。香港的模特具有世界水准，能有机会在她们指导下进行正规训练，真是难得。让我忧心忡忡的是，毕竟是第一次表演民族服装，粗糙、凌乱，在行家们的面前，恐怕要献丑了。但现在是"逼上梁山"，只能硬着头皮上。

果然，1 月 16 日，三位丽人如约前来。我去机场迎候，大家见面，好似老朋友一样，十分亲热。晚上，公司王树塞经理在和平饭店设宴款待，感谢她们对时装表演队的热情关注和帮助。

民族服装表演于 17 日晚上 7 时半在友谊剧场开始演出。我陪同朱小姐、孙小姐、张小姐观看了第一场表演。因为少数民族以能歌善舞著称，我们编排中加了不少舞蹈。

我反复声明，这是我们的第一次尝试，对民族服饰缺乏了解，肯定有许多不足之处。朱玲玲小姐善解人意，谦虚地说：她们也没有表演过民族服饰，所以才特地来观看，做一些研究，为香港演出作准备。她们觉得表演中的舞蹈动作似乎多了一点。

接下来的几天，三位小姐每天上午 9 时来到富民路陈列室，训练模特。

她们的训练，极其认真严格。模特们也聚精会神、如饥似渴地学习、体会。

朱玲玲小姐首先出场教授步伐。刚从巴黎回来的她，身着白色的运动式时装，灰蓝的宽腰带，灰蓝的软靴，柔滑的黑色长发用彩带束在脑后，款款行走时，高雅大方，潇洒脱俗。模特们跟在她后面练习。走一会儿，她便驻步，讲解腰、臀、腿的运用，力度与重心的变换，边讲边示范，不厌其烦。

孙小姐、张小姐的台步也非常漂亮迷人，她们第一次教学示范，就赢得了姑娘们的一片哗哗掌声。

"真棒！"姑娘们悄悄地赞叹。

三位小姐认为我们的步伐转身，还是 20 世纪 50 年代的表演方法，太陈旧。她们根据 80 年代国际时装表演的流派，系统地指导演员进行新的步伐、转身、脱衣等动作的训练，还专门指导二人一组出场如何配合，如何交流，等等。

1985 年 1 月 9 日，香港慧妍雅集会长朱玲玲小姐在服装公司陈列室（表演队排练场）为时装表演队队员们示范台步

1985 年 1 月，香港模特指导孙秀芸小姐、香港首席模特张莉萍小姐为表演队讲课指导，与时装表演队女队员们合影

朱玲玲小姐两天后有事返港,孙、张二位小姐留下继续进行训练。我们的化妆还是戏剧式的,她们便抽出空来,将国际流行的化妆方法教授给模特们。

这种专业正规训练,使模特们获益匪浅。

22日,上海电影制片厂摄制的《黑蜻蜓》在新华电影院举行了首映式。导演鲍芝芳特意邀请编剧和参加拍摄的时装模特出席,并希望在首映式之前添加一段真正的时装表演,渲染效果。

我们决定在首映式上表演20分钟。

孙小姐和张小姐顿时忙碌起来,编排、化妆,直到模特出场表演、后台抢装,两位小姐都高效率地处理得井然有序。一面迅速帮助模特穿衣、脱衣,系上成排的扣子,拉上拉链,整理好复杂的披肩、头巾;一面还要确保小件饰品——首饰、帽子、手套等穿戴妥当;一面还不时拿上化妆品在模特脸上涂涂改改,关照出场注意配合,直到演出结束,她们才如释重负。

24日,孙小姐、张小姐也飞返香港,我和寿复孝来到和平饭店送行。去机场途中,孙小姐把一张折叠好的纸交给我说:"这是昨晚与朱玲玲小姐在电话里最后定下来去香港演出的八位模特名单。"

虽然只是一张薄薄的纸,我却感到了它沉甸甸的分量。这是对模特的评价,在一定程度上,也决定她们的前途。

送走她们以后,我赶紧打开纸条。

呀!除了一位老演员,全都是新一代。

我心里也不免有些疑虑:新的一代模特,身材高,肩膀宽,可塑性强,但进队只有三个月,能挑起这副担子吗?老一代模特熟悉服装,表演技巧熟练,舞台经验丰富,已形成各自的风格。我们全队共同追求的目标,就是时装表演走向世界舞台,老的一代模特历尽坎坷与磨难,流过无数汗水与泪水，尝过冷遇和孤独的滋味，她们最瑰丽的青春，都在苦苦的艺术追求与奋斗中度过。当目标开始实现的时候，却无法承担这光荣的重任，无法走向更广阔的天地，无法在香港的舞台上放出光彩，迎接鲜花、喝彩、掌声。人生必须经历伤逝的旅程，在最可能达到成功之巅的时候，她们却失去了机会，她们会怎么想？

任何一个开拓者相对后继者而言，总是寂寞的。

我感到深深的同情和不平。

但，这名单是由邀请方面决定的，我无权更改。思之再三，只得心情沉重而又无可奈何地把名单送了上去。

不几天，赴港表演的名单正式公布了。老演员听后，脸色凝重，不声不响，气氛十分沉闷。然而不一会儿，她们的脸色就明朗起来，向中选的新演员们表示祝贺。

蒋雅萍说："新演员比我们年轻，长得又高又漂亮，让她们出去也能给队里争光。"

听了这话，想到老演员们为表演队立下的汗马功劳，想到她们将要因自然规律被淘汰，我心中感情起伏，不能自已。

"俏也不争春，只把春来报，待到山花烂漫时，她在丛中笑。"我想起了毛泽东的名篇《卜算子》。

呵呵，她在丛中笑！

30. 一波三折赴香港

接连几天，春雨连绵。

1985 年 3 月 6 日，由上海市服装协会副主任、上海市服装公司副经理张德敏率领的"上海市服装公司赴港时装表演队"一行 14 人，定于今日飞往广州。在广州排练一星期后，转道香港。

清晨，我4点多钟就起床准备出发。我们乘坐的航班7点一刻就要起飞，公司车队的同志，天不亮就驾车来接我。当我走进虹桥机场，一眼就看见公司经理王树塞。他昨天刚从美国回来，也不顾旅途劳累，这么早就赶来送行。王经理亲切地对我说："这是我们国家第一次到世界舞台上去表演中国民族服装，一定要争取演出成功呵！"

我理解王经理此时此刻的心情。这句话的分量，对我来说犹如千斤重担。我立刻表示："王经理，请你放心，我们有这样的决心，一定要为国争光。"

王经理满意地点点头。我望望身边这一群如花似玉的姑娘，我想：但愿一切顺利，但愿演出成功！

这一天，阳光拨开了笼罩数日的雨云，晴空如洗。表演队的另一路，也在这一天去厦门、泉州表演上海时装。

飞机从上海虹桥机场掠空而起。我从机舱的窗口往下看，云层的下方，是朦胧的大地。在那大片的土地上，孕育了多少伟人，孕育了多少美好的事业。现在，我将带着上海的嘱咐，带着公司领导的希望，让时装表演这项美好的事业，第一次踏上香港的时装舞台，展现我们多姿多彩、风格独特的民族服装。我心潮起伏，感到无比的骄傲和荣耀。

我还在忽忧忽喜地想着，不知不觉飞机已经开始下降了。坐在我身旁的小夏，望着窗外那依稀可见的一片建筑物，高兴地对我说："队长，好快哟，广州到了。"

这是她第一次坐飞机，新奇而又兴奋。我看着她那天真的神态，轻轻地说："是呀，广州到了，可是，等待我们的，不是轻松愉快的旅游，而是一场决战！"

飞机到达广州，我们住在白天鹅宾馆。当天下午，朱玲玲小姐和孙秀芸小姐，特地从香港赶来，设酒会欢迎我们。

香港慧妍雅集与香港中艺公司邀请我队赴港表演中国民族服装，是一项慈善活动，所筹的款项将用于支援孤儿院、养老院、文化团体等慈善事业。我们能参加这项活动，为慈善事业作贡献，感到非常荣幸。

为了使演出成功，朱玲玲小姐还邀请了香港著名时装表演导演、舞台设计师等，专程来广州为我们排练。因为香港还有十名模特参加演出，所以这次编排全由香港方面负责。

当天晚上，朱玲玲、孙秀芸小姐和我、陆倩、黄月萍就到28层楼一起研究这次表演方案和编排要求。3月7日晚12时半，她们已经全部编排妥当，复印件人手一份。过去，我们队的编排顺序，也是在实践中不断摸索积累起来的。从管理上讲，好多地方还不够完善。这次能参与香港导演编排的整个工作过程，对我来说，确是一次很好的学习机会。

第二天，我们就进入排练场。排练场设在白天鹅宾馆28层楼的总统套房客厅。朱玲玲小姐、罗润平先生、孙秀芸小姐安排的排练程序是：一、对模特编号。二、按模特号序出场排练。三、模特画出场表演路线画面，出场几场就画几张，全部记熟。四、导演提出造型方案……

对比之下，我们的编排方法与他们截然不同：我们是根据演员气质和表演风格，分配给适合她的表演服装，基本上是隔两组或三组出场一次。这样编排的优点是，能把设计师的作品性格表演得更为准确、生动。但它也不是没有缺点，如演员少了就周转不过来，往往使编排人员为解决周转抢装时间而绞尽脑汁。香港这种给模特编号，按号序排练的方法就很省事，特别在模特少的情况下能保证演出。后来，我们的编排就吸取了这一优点，根据情况，两者轮换使用。

排练是严格紧张的，生活却又十分丰富。吃，是应有尽有，几乎天天、顿顿都在轮换花样。有一天，中午在西餐厅，晚上却来到四川馆。

"听说你是四川人，今天我特地招待你吃四川味。"朱玲玲小姐坐在我身旁，微笑着柔声说。

我确实已有好多天没有吃上辣椒了，今天的鱼香肉丝特别对我的胃口。朱玲玲小姐见我喜欢吃这道菜，而姑娘们又不敢碰辣椒，索性把盆子搬到我的面前，边吃边对我说："我也很喜欢吃辣椒，四川菜味道呱呱叫！"

有一天晚上，朱玲玲小姐还特地安排大家去迪斯科舞厅跳舞。大家跳得十分欢快。强烈的情绪也感染了坐在一旁观看的张团长和李所长，他们也被姑娘们拖下了"海"，在迪斯科舞厅手脚乱舞，尽兴而归。

就在我们紧张排练的同时，我们的团长们却是愁云密布，心神不定。3月15日香港演出，3月12日我们就要过境了。去香港的火车票已经买好，可至今我们的签证还没有办好。朱玲玲小姐得知此事，极为不满地说："1月中旬我们的名单就定了，为什么至今还没有办好？"

我们工作没有做好，我也无话可说。

不知为什么，去香港演出之事早已定下来了，但到2月中旬才开始办手续，迟至2月25日正式公布名单，27日才把护照号码送北京。来来去去为我们护照奔波的陈祖隆同志，到北京才得知，英国大使馆还没有接到香港移民局的批准入境通知，按照常规，至少得三个星期才能批准。

怎么办？

朱玲玲小姐为此深夜赶回香港，争取通过新华社与香港移民局联系，请他们速将批准号码电传英国大使馆。眼看时间一天天过去，我的心已凉了一半。我真担心，要是去不成，怎么对得起香港朋友呀！

朱玲玲小姐也焦虑地对我说："我在香港已经召开了记者招待会，要是你们去不成，真叫我下不了台呀！"

正当大家忐忑不安的时候，突然遇到了美国刘氏有限公司总经理，洛杉矶——广州友好城市协会会长刘颂平先生，他是朱玲玲丈夫霍震霆先生的好朋友。他得知此事，热情地表示，一定去北京英国大使馆想想办法，争取尽一切可能办成此事。我们只好把希望寄托在他身上。

3月11日，签证依旧没有下落，沮丧笼罩着全队人员，再怎么努力，也没有一个人牵扯得动脸上笑的肌肉了。

上午10时，朱玲玲小姐从香港打来电话，兴高采烈地说："在新华分社的帮助下，香港移民局已查出我们的号码，并批准我们入境，已经电传北京英国大使馆。"

我们从消沉中活跃起来，连忙打电话给等在北京的陈祖隆。他到北京饭店找到刘颂平先生，一起去英国大使馆。由于大使夫人帮忙，英国使馆应允下午4时办签证。

中饭以后，大家的心都安定了。朱玲玲小姐也陪同理发师从香港赶来，为演员化妆造型，直到晚上，才结束了广州的排练和准备工作。同吴导演、罗先生、孙小姐、张小姐等乘晚班车返回香港。

一星期的紧张排练，加之又为签证的事着急担忧，大家都心力交瘁，精疲力竭，很想彻底休息一下，放松全身的肌肉与神经，以便明天整装待发，前往香港。

没有想到，晚上，陈祖隆又从北京打来电话，焦虑地告诉说："从下午等到晚上，还没有拿到签证，准备明天一早再和刘颂平先生一起去催办。"

一波未平，一波又起。我的心顿时又抽紧了。

姑娘们泄气地说："明天要走了，现在还没有拿到签证，十有八九去不成。"

那个夜晚，我一直提心吊胆，迷迷糊糊，难以安稳地沉入梦乡。东方刚刚蒙蒙亮，我就起身梳洗，依旧心神不定，神情恍恍惚惚，无数种猜测——悲观的、乐观的，一起在脑子里盘旋，分不出胜负。

3 月 12 日早晨，仍然没有消息。大家坐在早餐桌旁，昔日那种又说又笑的气氛已不复存在，餐厅一片静寂。早饭以后，都回到自己的房间，收拾东西，做好去香港或回上海的准备。

上午 10 时半，电话里终于传来了陈祖隆欣喜的声音："签证拿到了，我将乘中午 12 点的飞机赶到广州，把护照送来。"

"乌啦！"

大家脸上密布的愁云顿时随风而去。

3 点 45 分，白天鹅宾馆的专车终于把陈祖隆接来。望穿秋水的姑娘们，呼啦一下把他围住，左一声谢谢，右一声谢谢。他从早晨一直忙到现在，汗马功劳可谓大矣。一天没有吃东西，现在他才感到肚子饿了。我们立刻陪他去咖啡厅吃些点心，感激之情，溢于言表。

傍晚，我们过了海关。唉，真是一波三折呀！

31. 衣架救急

到香港九龙，已经是晚上 9 点半了。

灯光下，无数细细的雨丝仿佛白亮亮的粉末一般，洒落下来，缀在人们的头发上、衣服上，一股凉意夹杂在清新的空气里扑面而来。

陈仪凤小姐、李小姐、吕太太，她们热情地迎上前来，亲切问候，随即便出了灯光辉煌的九龙东站驱车前往下榻的九龙新世界大酒店。

新世界大酒店位于九龙市中心，我们住在 12 层。穿过被水晶吊灯照耀得如同白昼的大厅，我们自己拿着钥匙去开门。整个楼面静悄悄的，看不到一个服务员。住的是二人一间的标准客房。房间不大，设备很齐全，应有尽有，相当舒适。

13 日上午九时，我们乘车到了香港中艺公司。

二楼排练厅里，香港的模特已经到了。8 名女模特，2 名男模特。我注意地打量了一番，高度差不多，容貌形象相当一般，年龄较大，最大的有三十多岁，皮肤黑黝黝的，也许是地理环境的因素，显得有些老相。而我们的姑娘，年轻姣美、皮肤白皙，洋溢着青春的活力。在这一点上，我们占了一点优势。

尽管那些"老将"有丰富的舞台经验，但我们的模特，经过这段时间的系统训练，进步很快，只要临场发挥得好，想来能胜一筹。想到这里，我不免感到一些安慰。

在排练合成的现场，我看到香港模特确实训练有素，音乐节奏感强，造型灵活自如，台步优雅，导演让干什么就干什么，动作迅速，绝对服从指挥。而我们的模特，则拘谨腼腆、扭扭捏捏，反应不敏捷。行动之前往往很在乎四周的目光，犹犹豫豫。

以前，我们的模特不太重视试装，而香港同行则视为重要的一环。通过试装，可以审视穿着的总体效果，可以对所需要的生活道具、配件和装饰品，进行协调配套。

几天的排练，8 位模特的发挥也不平衡：大多数已经接近香港模特的表演水平，差距不大。唯有刘宝兰反应比较迟缓，显得很拘谨。姚佩芳的节奏也不稳定。于是，晚上回到住处，黄月萍辅导姚佩芳，我则在走廊上辅导刘宝兰。主要让小刘打消思想上的顾虑，消除紧张情绪，动作上轻松，再轻松。

香港的大酒店，非常讲究环境的安静。正当小刘训练渐入佳境的时候，一位服务员突然发现了我们。他怕我们影响其他旅客的休息，制止我们在走廊上训练，我们只好回到房里。等他走了以后，我们又悄悄地溜到走廊上，压低嗓音，继续练习。

终于，小刘思想放松，台步也就自如而潇洒起来，我一直悬着的心也回到了原位。

3月15日，细雨蒙蒙。这是我们赴香港正式演出的日期。

为了这一场演出，我们已经准备了几个月，今天，就要在世界时装舞台上亮相了。是成是败，我心里不免又增加了几分担忧和胆怯。

这是紧张的一天，也是难忘的一天。

今天的日程表早已排满，一环扣紧一环。5点半钟我们就起床了。7点钟到了香港最大的一家理发厅。美容理发师大都是英国人，他们把姑娘们长长的秀发编成各式各样的辫子，别具风采。

上午10时，我们来到香港丽晶大酒店二楼大厅，这是今晚我们正式演出的地方，大厅中间，已经搭出大型"只"字形舞台，台上铺着淡灰色地毯。舞台背景上竖立着三块白色的屏幕，上面镶嵌着慧妍雅集银灰色孔雀尾的会标。顶上是镜子，"只"字形舞台的中心，布置着各种色光，反射投影，效果很好。

舞台四周，安放着42张圆桌，既是餐桌，又是观众席。

后台是一间抢装的大房间，里面已经整整齐齐地吊挂着表演的民族服装和各种配件。姑娘们走进去一看，神情顿时紧张起来。原来，香港时装表演的后台更衣室与国际上一样，男女不分，混在一间房内。

这怎么抢装？

一道天大的难题摆在姑娘们的面前。对具有中国传统观念的姑娘们来说，这是绝对行不通的。

我们向孙小姐提出：最好中间挂一道布，男女隔开来。孙小姐在繁忙中一口回绝了姑娘们的要求：

"怕什么，到时谁有时间看你们呀！"

表演队的陆倩、黄月萍两位老师，看到姑娘们都噘着嘴不开心，怕影响演出情绪，就主动找香港模特商量：把男模特的衣架放在靠左边，香港女模特的衣架放在中间，我们的衣架放在最右边。这样一来，中间有了香港模特挡住，前面又增加了一排衣架，姑娘们就在靠墙的角落里抢装，谁也看不见，总算解决了这个难题。

下午4点钟，彩排开始了，场内已经坐了不少新闻记者。香港演员的表演当然老练沉着，我们的演员虽然初登香港舞台，也有一股"初生牛犊不怕虎"的精神，与香港演员的差距不太大。只是最后一场，导演要求模特全部拍手跳跃出场，大家都做得很好。唯有小吴情绪不佳，既没拍手，也没有跳。我正想走过去问她的时候，吴慧萍导演已经来到我面前，气愤地指着小吴说："她这样不听从指挥，想怎么就怎么，说明她的艺术生命已经结束！"

"小吴为什么跳不起来呢？"我把她拉到一边，悄悄地对她说："这是在香港演出，你可要争气，千万不能意气用事，坏了整体效果。"

"队长，这套蒙古族服装好重啊！皮靴这么大，一跳要掉下来的！"小吴眼泪汪汪地回答。

"克服困难，顾全大局，一定要完成导演的要求。"我加重语气说道。

她想了想，委屈地点点头。

彩排结束，团长张德敏接受了记者采访。艾辉民怕他有些情况不熟悉，一定要我在他身边负责补充。张团长把我介绍给记者，这一下，围拢过来的记者连珠炮似地发问，我谨慎地一一回答了。

晚上7时，香港慧妍雅集主办的"中国少数民族服装表演慈善餐舞会"在丽晶大酒店拉开帷幕。

开始是酒会。

出席的有香港工商界、娱乐界、影视界人士500余人。灯光通明的大厅里，衣香鬓影，觥筹交错，碎冰在杯中发出细细的声响。主持人朱玲玲小姐身穿黑色礼服，腰束金色的宽皮带，绿色的珠手包，一副贵妇人的气派。新闻记者的注意力都集中在她身上，抢拍镜头，为她摄影，真是忙得够呛。

香港华润公司张总经理、中艺公司总经理、东南亚最大的邵氏影业公司总经理邵逸夫先生，还有知名人士赵士曾、电影明星夏梦等都在座。

香港电视红星张玛莉，著名司仪刘家杰担任大会司仪。

晚上10点半，中国民族服装表演正式开始。

在优雅悠扬的民族音乐伴奏声中，我队8名模特身穿五彩缤纷的民族服装首先出场，场内空气顿时活跃起来。一个半小时里，她们与香港模特一起，踏着轻快的乐曲，穿梭在舞台上，表演了我国37种民族不同风貌的110套服饰：纳西族妇女的大襟衫，衣袖宽大，下身是筒裙，绣有日月星辰图案，名为"披星戴月"；哈尼族妇女的镶边无领长袖衫，开右襟，镶有银泡的圆帽；傈僳族妇女前后两片围裙上用彩线绣花，还点缀上贝壳、果核等装饰——用料有丝绸、毛皮、棉布……既具有浓郁的民族特色，多姿多彩，又经过服装设计大师的艺术加工，具有现代感。他们非常重视头饰、图案和色彩，看上去格外醒目。

我队的模特，年纪轻、体形好，漂亮，朝气蓬勃，富有青春魅力，步伐轻盈，仿佛"清水出芙蓉"，更兼神情带有几分娇羞，所以，一出场，总是引起观众席上一阵惊异的赞叹，爆发出热烈的掌声。

我特别注意刘宝兰的表演。啊！她今天真出色，活泼自然，与排练时判若两人。

演出接近尾声，模特们身穿各式民族服装，拍手跳跃出场。我看见小吴穿着那件重重的蒙古族服装，一边拍手，一边跳跃，显得那么柔美欢快。

表演结束，我队 8 名模特，身穿苗、羌、彝、布衣、哈尼、拉祜、黎、蒙古、侗族等 15 套民族服饰，出场展示，当场进行民族服装义卖，另有四件作为抽奖。所有的服装都价格昂贵。全部手工缝制的苗族服装价格最高，底价为 7000 元。买者十分踊跃，朱玲玲一家所买不止一件，当场义卖收入 8 万多元港币，捐献给慈善事业。

　　全部少数民族服饰，4 月 5 日至 8 日，在香港中艺有限公司新港分公司展览厅展出。

　　我们表演的民族服装，引起香港新闻界的极大兴趣。义演的次日，各大报纸纷纷以显著的地位和较长的篇幅进行报道。《大公报》的标题是："人美衫靓满台风采"。评价说："沪港的合作演出，令人分不清彼此，尤其是几位素质较高的上海姑娘，更自然地流露出中国少数民族的性格特色，令观众赞叹不已。"被采访的模特张毅敏则表示："香港模

1985 年 3 月 15 日，上海市服装公司时装表演队赴香港表演中国少数民族服装

霓裳繁花路

《文汇报》1985 年 3 月 16 日

慈善民族服裝展
上海姑娘再搶鏡

一個別開生面的「中國少數民族服裝表演慈善餐舞會」，昨晚在尖沙咀麗晶酒店舉行，籌款目標三十萬，善款將捐助本港照顧老人或兒童有關機構。

昨晚展出民族服裝，共一百一十套，分別由八位來自上海及四位本港模特兒穿着，特別是次慈善服裝展的「慧妍雅集」，特別安排其中十五套精選民族服裝即場拍賣。另在會場展出的二十五套服飾，均有標明售價錢。此外，大會又撥出四十件服裝，以即時付錢購下。以購買獎券抽簽形式送出。

來港演出昨晚慈善民族服裝展的八位上海模特兒，是「慧妍雅集」特別於去年十二月在上海進行挑選的模特兒學生。原有意邀請剛在廣州誕生的「羊城之星」謝若綺來港出席昨晚盛會，後因申請時間趕不及而作罷。

●上海的其中四位模特兒，穿着不同民族服裝演出。

《东方日报》1985 年 3 月 16 日

少數民族服裝
下月公開展出

【本報消息】慧妍雅集昨晚假麗晶酒店大禮堂舉行別開生面的時裝表演「中國少數民族服裝表演慈善餐舞會」，由八位上海模特兒及十位香港模特兒同台演出一百一十套中國少數民族服裝，既新鮮又充滿活力。

展出包括中國三十七個少數民族裝和節日盛裝，如蒙、回、藏、新疆維吾爾、苗、傣……等。這批服裝昨晚在餐會上義賣。全部服裝並精選十五套以暗投方式出售。這批服裝將於下月五日至八日在中藝（香港）有限公司新港分公司展廳展出。免費招待各界人士參觀。

《新晚报》1985 年 3 月 16 日

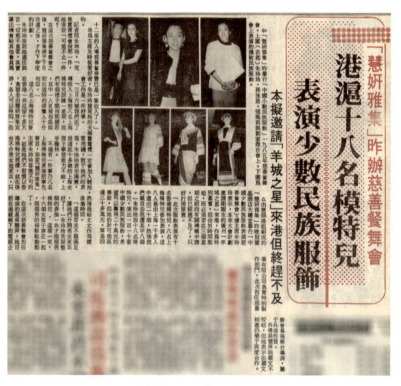

慧妍雅集昨舉辦少數民族服裝義演

上海模特兒表現不俗

有貌似鄔瑪君・最怕男女齊換衫

《成报》1985 年 3 月 16 日

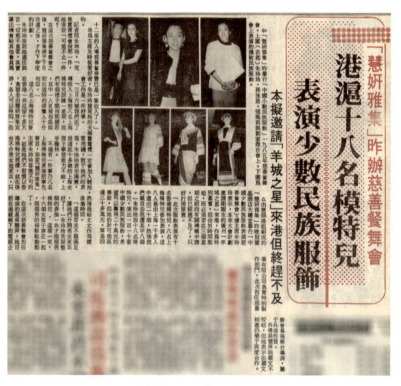

「慧妍雅集」昨辦慈善餐舞會

港滬十八名模特兒表演少數民族服飾

本擬邀請「羊城之星」來港但終趕不及

《快报》1985 年 3 月 16 日

采風台滿靚衫美人

記側演表善慈裝服族民數少

本報特稿　本報記者　吳少芳

八位天生麗質的上海時裝模特兒，昨日與本港十名模特兒攜手合作，表演一百多套中國少數民族服裝。人美衫靚，東方姿采，盡露無遺。

這項由慧妍雅集主辦的「中國少數民族服裝表演慈善籌款會」，吸引五百多位工商、娛樂界人士。滬、港的合作演出，令人分不清彼此，尤其數位質素較高的上海姑娘，更自然地流露出中國少數民族的性格特色，令觀眾讚賞不已。

為了是次活動，主席暨朱玲玲專程前赴上海兩次，除在上海市服裝公司時裝表演隊精選出八位隊員外，並參與排演與香港模特兒同台演出的上海模特兒。香港模特兒收穫豐富，親臨義演技巧。此外，還邀請兩名本港舞台表演設計師及模特兒前往上海作輔導。

上海模特兒藉着這次慈善活動，取得與本港模特兒首次合作機會，饒有意義。唯一一位重臨香江演出的上海模特兒同是次慈善演出總統籌，是次與香港模特兒表演的上海絲綢服裝同樣收穫豐富，尤其一出場武充滿魅力的眼神，更值得學習的獨特風格。她又說，「香港兩位導師到我們這裏教導步法、轉身、脫衣、拿帽……等技巧，對我們來說獲益不少。希望今後能有

玲（左三）合照　上海模特兒與慧妍雅集主席霍朱玲

更多機會交流，提高。」

剛於去年高中畢業，投身行業才三個月的上海新秀陳潔、張淳潔演出較為突出。陳潔對記者表示：「我很幸運，三個月前能在一千多名名單中被選在取錄的十五名之內，加入服裝表演隊，這次獲得來港演出機會，更是驚喜。」

展出的一百二十套少數民族服裝，包括中國三十七個少數民族的便裝料節日盛裝，如蒙、回、藏、新疆維吾爾、朝鮮、苗、傣……等都包含了本身民族的喜好和生活特色。吊料有絲綢、毛皮、布等，特貼是着重頭飾、豐富的圖案和色彩。這批服裝昨晚在聲寶會上義賣，全部服裝將於下月五日至八日在中藝（香港）有限公司新港分公司展覽展出。

選十五套以暗投方式出售。

（附圖是滬港兩地模特兒演出的服裝之一。）

《大公报》1985 年 3 月 16 日

昨舉行少數民族服裝表演籌歀

慧妍雅集下月改選
朱玲玲望能卸仔肩

昨晚「慧妍雅集」在 尖沙咀一酒店舉行慈善 籌款少數民族服裝表演，昨午綵排。表演晚會由劉家傑及張瑪莉擔任司儀。

劉家傑表示，今次做司儀純是義務性質，因為他最喜做慈善事，昨與正籌劃搞一間英專分校，因會辦英專專校工作甚忙。至於籌歀晚會方面，預計籌歀廿萬元。

據計朱玲玲表示，今次演出有八位。

此次上海模特兒今有關事程去到上海，以及指導她們的會專誠。遭批上海模特兒將在香港逗留一星期左右，其間由「慧妍雅集」照顧一切。

而有關明年四月份就是「慧妍雅集」的內部改選，今年也會一樣，連任兩屆主席的朱玲玲，希望今年由另一些會員擔任主席工作，而有關

該會的今年計劃，也會定。

在四月份改選之後才決定。

（廷）

劉家傑、張瑪莉為慧妍雅集籌歀表演做司儀。

《晶报》1985 年 3 月 16 日

特有很吸引人的独特风格，尤其是一出场就充满魅力的眼神，更值得学习。"刚于去年毕业，投身这一行业才 3 个月的陈洁，也表示了对自己幸运的欣喜。

香港电视台在彩排刚结束，5 点多钟就播放了电视新闻。《电视周报》则以头版整版篇幅，用彩色照片刊登了表演的民族服饰。

朱玲玲小姐对新闻界评价了上海模特："水准不俗，但与香港模特相比较，则略显经验未够。"

上海时装表演队在整个香港，成为家喻户晓的新闻人物。

经过无数人的辛勤汗水，无数人的艰苦努力，现在终于迈出了扎实有力的一步——开始跨出中国大陆，走向海外，走向世界。

32. 走马观花看香港

演出取得成功以后，香港知名人士纷纷邀请表演队做客。

香港上流社会在交际生活里，特别容易对瞬息万变的时装款式、服饰感兴趣。崇尚时款服饰也是香港上层人物生活中的一个重要方面。我们便利用在香港演出的机会，同上层人士交朋友，做工作，促进相互的了解和交往。

3 月 16 日，我们首先去了朱玲玲小姐家，她与丈夫霍震霆先生设家宴款待。

傍晚，我们的车子开到香港半山腰霍震霆先生和朱玲玲小姐的公馆时，一个绕着白头巾的老人，容光焕发（我不知道他是缅甸人还是印度人）彬彬有礼地给我们拉开了大门。空旷的停车场前面，有个不大不小的游泳池。在夕阳的照耀下，微风吹皱了一池清水。游泳池旁边，是一幢三层楼的别墅。朱玲玲小姐陪同我们走上楼梯，在楼梯的过道上，到处都陈列着各式各样的工艺精品。走进二楼客厅，墙的正中挂着一幅世界名画。在羊毛地毯上还铺着一张虎皮，四周陈列着紫红色织锦缎的沙发，豪华别致。朱玲玲小姐请了不少香港小姐和模特作陪。大家三三两两坐在一起交流漫谈，我们的姑娘们更是抓紧时间，纷纷同她们拍照留念，十分亲热友好。

我和李跃章所长要与朱玲玲小姐商谈一些事，她就把我们带到三楼书房。上楼一看，嘿！三楼的一角，陈列着各式各样的奖杯，金光闪闪，琳琅满目。这是霍英东先生热心支持足球、网球等体育事业而获得的。

1985 年 3 月 16 日，作者徐文渊（右）
与香港慧妍雅集会长朱玲玲小姐合影

1985 年 3 月 16 日，霍震霆先生（左 4）设家宴招待在香港表演中国少数民族服装的
时装模特队

霓裳繁花路

我们就餐的时候，全国政协委员、香港知名实业家霍英东先生在百忙中赶来，举杯祝贺演出成功，并盛赞改革开放政策。

3月17日下午，我们应邀前往邵氏影业公司总经理邵逸夫先生家做客。

香港的公路上，高速行驶的车子构成了涌淌的车河，煞是壮观。我们拐上了一条为邵氏影业公司专辟的道路，从笔直的公路斜伸出去，曲折而幽静。

邵逸夫先生的别墅依山坡而建，面对着永不疲倦的大海，外形别致而凝重。四周几乎荒无人烟，显得孤零零的，邵氏影业公司的摄影棚就在不远的地方。

沿着长长的甬道，我们的车绕过大花坛在他的别墅门前停了下来。我们被引进他的大客厅。邵逸夫先生身穿中式长袍，精神矍铄。一口上海话，使气氛一下子变得亲切而友好。他絮絮地谈起从前的大都会，上海的繁荣景象，言谈中流露出对现在大陆政策重重的顾虑。由于不了解情况，忧心忡忡。我们便不失时机地宣传来去自由以及改革开放的政策。欢迎他回大陆探亲访友，或者投资办文化教育事业。交谈沟通了感情，消除了隔阂，他表示适当的时候一定回大陆看看。

就在张德敏、李跃章、艾辉民、黄月萍和我一起同邵逸夫先生谈得正热烈的时候，姑娘们早已溜之大吉，参观游览了邵氏公馆。小夏参观后来到我的身旁，对我悄悄耳语道："队长，邵公馆后面有个好漂亮的游泳池，池底的花纹是由意大利著名画家设计的，整个游泳池就是一幅美丽的图画。回头我们去拍几张照，留个纪念好吗？"我点点头。

邵氏影业公司是东南亚最大的电影公司。邵逸夫先生也很关注国内的电影界，我问他："你看过中国电影吗？"

他说："看过几部，《大桥下面》《人到中年》拍得都很不错。"然后他派人拿来四部刚拍摄完成的影片，我们挑选了其中一部武打片《六弦魔琴》，就在他家小巧而舒适的电影院里观赏。

看完电影，我们来到后院、在蔚蓝色的游泳池旁，姑娘们纷纷选景留影。后院的栏杆外，便是静静的海面，一只只升起风帆的渔船，从一角缓缓行驶，像一幅幅移动的画，慢慢消失在海上。

举目四眺，渔火点点、星罗棋布。

自助餐开始了。在豪华的宴会大厅，枝形的吊灯投下明亮而柔和的光线。两张并排着的长长的餐桌上，铺着镂空的白色桌布，丰盛的菜肴像桌上大束的鲜花一样漂亮，几乎不忍下箸。

这天晚上作陪的有香港的模特，香港小姐和邵氏影业公司的一些编导。大家自由组合，随意交谈，气氛十分融洽。

在阵阵笑语中，以邵逸夫先生为中心，笑谈似水波一般一圈一圈地荡漾开来，整个大厅便成了一艘船儿，颠簸摇晃在满溢的快乐里。邵逸夫先生盛情邀请模特们合影。一张张年轻的绯红的脸颊，一双双兴奋明

1985 年 3 月 17 日，作者徐文渊、时装表演队队员们与邵氏影业总经理邵逸夫先生合影

亮的眼睛，她们充满魅力的笑靥和那一刻的欢乐一起，刹那间定格凝固下来，成为永久的纪念。

表演队走向世界舞台，我们盼望已久，岂能轻易放弃这难得的外出学习机会。特别是自己第一次来到香港，真想去看看香港模特学校。张德敏团长对我的要求极为支持，在活动日程已经安排得非常紧凑的情况下，他婉言谢绝了某些电视台电台和报社记者的采访，腾出时间让我们多学点时装表演业务，以适应国际时装表演潮流的需要。

善解人意的朱玲玲小姐，理解我的心情，也帮我们谢绝了一些宴请活动。在她的联系安排下，我们参观了莱莉雅集团香港有限公司、蓝晶化妆品公司，钟·丹妮华坚丝模特学校、香港艺姿模特中心等处，考察了解香港模特机构的组织情况、课程内容和培训方法。

专业时装模特在香港的历史，大约只有20多年，时装表演已从不为人知到人所共知。20多年中，曾经大放异彩红极一时的模特为数不少。佼佼者有20世纪70年代的柴文意、袁思敏、许爱莲等，还有1974年香港小姐张文瑛及1977年香港小姐朱玲玲等。有的借此成为影视界的红星。

钟·丹妮华坚丝（June Dally-Walkins）仪态学校暨模特学校，位于香港皇后大道中88号华光励精中心19楼，由曾享有最佳及最上镜模特荣誉的钟·丹妮华坚丝小姐创办，以独特的训练方式，使学生们获得不凡的成就——其中有工商事业成功者、影视红星、选美优胜者、世界名模等。

与钟·丹妮华坚丝仪态学校暨模特学校相类似的艺姿模特中心，内容更为完整。这所学校里有时装设计师及新作品陈列室、发型美容化妆室、时装表演训练室。纯白色的训练室中，有一个纯白色的"工"形舞台，专供训练模特之用。他们开设了初级模特训练班、高级模特训练班、小模特训练班、仪态班、男士仪态班及模特班等等。不仅训练模特，同时也训练社交场合中的仪表语言，以增强人的自信心，引导他们踏上成功之路。

开设的课程涉及一切与模特行业有关的知识，包括模特的台步基本功、造型、相互配合、音乐感、天桥上的风姿、各种场合的化妆技巧、皮肤护理、健美体操、头发护理及选择发型、摄影姿势、电视广告、时装潮流与服饰搭配、食物营养、仪态与语言训练，并请在职的模特讲述从业心得，学校的专家也对模特作出评价。从学校的天桥舞台以及举行的大型小型的时装表演会，学员们获得了时装表演的实际经验。与时装设计师的相处，不仅使她们首先得到最新款式的时装，也使她们逐步加深了对时装艺术的感性认识。

3月19日上午，我们来到蓝晶美容化妆公司，受到公司经理苏圻芬女士十分热情友好的接待，她还特地给我们上了半天美容课。

在一间正规的教室里，一人一张化妆桌。苏圻芬站在讲台上，给我们传授皮肤的知识，关键之处还在黑板上注明。由于每个人的皮肤水分蛋白质都不相同，必须采用不同的保养护理方法。动人的容颜从美好的肌肤开始，化妆只是表面的修饰。然后她讲述了国际上流行的化妆方法。为了帮助我们增加感性认识，她给每个人发一套化妆品，让自己化妆脸部的一半，她来化妆另一半，在镜子里进行比较。随后她进行分析，指出毛病所在，并进行修改。以前我们涂腮红是均匀涂抹的，现在则明白了，必须根据脸形涂在不同的位置。同时，我们也学会恰到好处地使用眼影。

在我们离开香港的前一天，苏圻芬女士特地派人来到新世界大酒店，赠送给每人一套高级化妆品。

3月20日，我们到香港华光地产公司总经理赵世曾家做客。

1985 年 3 月 20 日，作者徐文渊、时装表演队队员们与霍英东集团霍震霆先生、香港华光有限公司董事长赵世曾先生合影

　　第一眼望见赵世曾，他正在造型别致的游泳池旁与一个朋友交谈。想不到听到他的第一句话，竟是稔熟的上海话。原来他生在上海，6 岁之后才离开。彼此的距离一下子拉得很近。

　　当他领着我们参观了风格独特、豪华别致的公馆以后，我深深感到，真不愧是地产大王，我们一下子便领略了欧洲风格，拉美风格的几种迥然不同的客厅装饰和摆设。晚餐是在一间古色古香的中国传统风格的厅里进行的，红木家具，悠悠地燃着蜡烛。不用说，菜是非常丰盛、可口、精制的，服务也极其周到。

　　席间，赵世曾先生对中国改革开放的前景充满乐观。

　　他的言谈幽默而风趣，"上海姑娘的美丽使蓬荜增辉喽。"他笑吟吟地说。

晚宴临近尾声时，坐在我身旁的朱玲玲小姐悄悄地、柔声地对我说："我们一起来感谢主人的盛情款待好吗？"

"好！"我立即与她站起来，举起酒杯："感谢赵先生的盛情款待，欢迎你有空回大陆观光。"

赵先生频频点头。

又是一个热闹而快乐的夜晚。

第二天，他的秘书来到我们住的宾馆，向我们表达赵先生的一片心意，每人赠送港币 200 元。我们无论如何不肯收，他灵机一动说："那么，买件礼品留作纪念好吗？"

我们还是婉言谢绝了。

秘书走了。

不一会儿，他又回来了。赠送每人一瓶法国迪奥（Dior）公司出品的香水。却之不恭，我们终于接受了主人的好意。

此外，我们有幸在香港观看了一场经营性的时装表演。这里既不是平面舞台，更不是"工"形的舞台，这舞台在服装商店二楼的商场里。两边站着人，门栏出口处留出一条走廊，双双对对的模特就在中间窄窄的地方走来走去，转身展示。这种与观众擦身而过的表演，我们还从来没有尝试过，我感到很新鲜。但摩肩接踵的人把表演走道堵得死死的，真像两道柔柔实实的围墙，我个子又矮，哪里看得见？我灵机一动，搬了个凳子，站在上面，居高临下，想不到看得清清楚楚。在这种场合表演，香港模特仍旧那样认真对待每一件表演的服装，走路、转身、卸衣，一举手一投足，韵味十足。

香港之行，得益匪浅。

3 月 21 日下午，我们乘飞翼船路经澳门回国。

在澳门停留了一天，住在葡京酒店。楼下就是世界有名的、货真价实的大赌场。

在霍震霆先生的安排下，晚上参观赌场。参观之前，我们的张团长再三叮嘱，要集体行动，相互关照，只许看，不许玩。

晚饭之后，大家都抱着新奇而又胆怯的心理走进赌场。

里面一片喧哗，高大的赌场竟没有一扇窗，墙上也没有钟，置身其中，完全没有昼夜的感觉。赌场里有各种各样的赌法，冷眼旁观，总可以看见那些赌徒时而喜不自禁，时而惊愕无比，瞬息万变，仿佛惊涛骇浪。绿呢台面上，无数双手跃跃欲伸，白皙的，多皱的，神经质地扭缠着，等待着，忽而松懈下来，透出绝望，忽而兴高采烈地搂过筹码。一双双眼睛布满血丝，直勾勾的目光让人心寒。

霍震霆先生拿着筹码让我们玩。但谁也不敢贸然动手，他索性自己玩起来。只见他把筹码塞进吃角子老虎机，摇了几下，哗啦哗啦滚出来一大堆，围观的姑娘们直嚷，赢了，赢了。霍震霆先生高兴地点点头，却一个也没有拿，继续带着我们走马观花。

3月23日，我们乘车由中山返回广州。白天鹅宾馆总经理专门设宴为我们洗尘，祝贺赴港演出成功。

两天后，我们回到了黄浦江畔。

第八章

谁持彩练当空舞。

——毛泽东

几乎所有模特的生活都有一个相似的节奏：试装、排练、走台、彩排、理发、化妆、装台、整理服装、演出、鲜花和掌声，然后是精疲力竭。

评判一个时装模特有三个主要方面：体形的黄金分割线、内在的素质与对时装的理解能力、技巧的纯熟。

海明威曾经说："冰山露出水面的每一部分，八分之七是藏在水面之下的。"他叙述的是作家观察理解的东西与写作出来的东西的关系。冰山为人们所见的雄伟壮观、多丽多姿是以水面之下的更为丰富浑厚的部分为基础的。对一个模特来说也是如此。她在人们目光凝聚的狭小的舞台上缓缓地走动、造型、亮相，她以她的神采展现给人们充满想象力的宽广的世界，她们在这个有限的世界里认识了自己，也发现了别人，表现现实，也追溯历史，立足东方，更走向世界。过去、现在、未来，所有的探索追求在这短短的瞬间体现……

模特不是终身职业，几乎从一开始就注定了只是人生中最为美妙然而也很短暂的青春季节的选择。但是，仅有天赋的美妙的身材与良好的感觉是远远不够的，要成为舞台上熠熠闪烁的，挟一身风采韵致的优秀模特，还有一段艰巨的路程必须走过。

她必须汲取丰富的知识，探索各种相关的艺术，培养对于文学、音乐、服饰、美术、雕塑、舞蹈等敏锐的感觉……只有不断地提高素养，才能在时装表演的舞台上立于不败之地。

我们的模特都有各自的生活历程，有不同的性格、气质，不同的表演风格；有成功的时刻，也有失败的黯淡的记忆。因此，她们以她们的人生，抒写了各自的色彩纷呈的故事。在这里，我撷取的只是几朵浪花。

33. 史凤梅

生肖：狗

星座：水瓶座

身高：1.67 米

三围：82、60、88

最喜欢的颜色：绿色和黑色

青年和少年那些无忧无虑的日子，史凤梅都是在普通得不能再普通的环境里度过的。她的家和无数上海屋檐下的人家一样，没有任何显赫的背景。

在我们这个喧嚣的都市里，有繁忙的商业区，有绿荫幽雅的街道，有许多异国风味浓郁的建筑，也有许多不被人们注意的角落。一幢挨一幢的里弄公房，常常是灰色的。屋顶，把天空切割成大大小小的不规则的几何图形。偶尔也有灰白的鸽子掠过，一面"咕咕咕"低声呼叫，一面在黄昏的天空里盘旋，扑扑啦啦飞向熟悉的温暖的巢。这时候弄堂里热闹起来，孩子们的嬉闹，大人们高声地谈论着一日见闻，锅碗瓢盆交响曲此起彼伏奏响……史凤梅就生活在这类公房的一个角落里。

幸运的是，狭窄的空间从没有遏制史凤梅海阔天空的热情与想象。她心中拥有一片远比现实广大的天空，在那里驰骋自己的理想和对未来的憧憬。

她上中学的时候，渐渐体圆腰细，长长的腿，弹性极佳。因此，她最强烈的向往是做一名体操运动员。

一转眼，在向往依然只是向往的时候，她高中毕业了。

此刻，另外一种凌云壮志奔涌在她年轻而富有活力的血液里。她全心全意地相信，世界是美好的，青年是早上八九点钟的太阳，创造世界的重担就落在她的同辈人的肩上。

农村，是广阔天地、大有作为。

不过，当时也只能有这一种选择。

作为全校的青年代表，在慷慨激昂的表决心之后，在震天的锣鼓欢送下，她到了安徽省一个畜牧场。

生活的开始，像一首豪迈的诗。

但深入下去，不可避免的失望接踵而来。现实与理想毕竟相差得太远太远。

机械化的设施扔在一边，慢慢地生锈，这里的人相信的依然是双手。两眼朝土背朝天，辛勤地耕种。她向往的那些美好的东西，被嘲笑着，沾染上庸俗的尘土。理想成了泡影。

严峻的书本都没有说清楚过的现实，使她举步艰难了。面对冷峻的现实，复杂的现实，令人迷惑的现实，她失败过，但她必须挣扎着爬起来。

她咬紧牙，去学习种田挑担。肩膀磨肿了，渗血了，她终于能够挑起一百多斤的担子在田埂上奔跑。

此时，她的目光开始困惑，心中充满矛盾。

夜，四野被沉沉的黑幕围裹着，高远深邃的天空不言不语。经过白天艰苦劳作之后，她才感受到一份安宁，一份超脱，一份诗情画意。有时候她会愣愣地注视那些生命短暂，但无忧无虑、自由自在的萤火虫。光明在哪里呢？应该怎么办？

床头上的灯光微弱地亮着，即使失却了原来的目标，她仍旧清醒，仍旧认真地寻找。许多的书陪着她度过了那些岁月。她热烈而真诚地拥抱着文学。这一块芳草地使她活得虽然困顿，但却充实。

她迅速地成熟了。到现在她坚持认为，没有社会大学里痛苦的经历，她或许无法感悟种种美好的东西。

1979 年，史凤梅的母亲退休了。她回到了从小生长的城市，重新做一个上海人——一个上海工农雨衣厂的服装工人。

就在那个闷热难耐的 1980 年的盛夏，我和德高望重的陆经理，从缝纫车间那一大片黑压压的人群中间，欣喜地发现了她。

她成了一个富有魅力的时装模特。

史凤梅是第一代时装模特中的佼佼者。她亭亭玉立，体圆腰细，是表演队的"标准衣架"。无论什么衣服，只要穿在她身上，立刻就能显示出服装造型的特色，表演队来了新的服装，总是让她先试穿。有些服装，别的模特穿上，感觉很一般，连服装设计师都很失望。可是，换了史凤梅试穿，服装个性立刻就显示出来，特别出效果。

她的表演，别具特色，端庄而不呆滞、高雅而不冷漠。一举手一投足，都极有分寸感。她身着旗袍，浅浅微笑，缓步走出时，俨然大家闺秀；而当她穿着轻柔的时装，轻快穿行在舞台上，却又是一位活泼潇洒的现代青年。

1983 年，她随表演队进京演出，轰动京城。北京大小报纸纷纷撰文报道，其中"史凤梅"三个字是必提的。热情的北京人，盛赞史凤梅的表演充满魅力，风度高雅，表演与服装浑然一体，是模特中的"最佳演员"。

史凤梅对待时装模特表演艺术严肃认真。对形体、步伐、造型，到得台上，哪里该收，哪里该放，她都能细心揣摩，刻苦学习，常常有自己独特的见解。比如音乐的节奏，她认为不仅是走在脚上，而且应该在腰部体现，集中在腰、胯、臀之间。掌握了这一要领，台步就有飘逸感。

一个造型，一个姿势，往往要在台下经过数小时的苦苦探索，而在演出时，这一姿势只占微不足道的几秒钟，并且看上去像即兴之作。值得吗？但她总是那样一丝不苟地琢磨、磨炼，刻意追求这一个个一瞬而过的动作。

表演之前，史凤梅化完妆，总是独自一个人默默地坐着，静静地培养情绪，全然不理会周围姑娘们的叽叽喳喳。表演一开始，即使自己还没有上场，她便把一切都置之度外，全神贯注在自己将要担任的"角色"中。

曾经有领导让她把这种独特的功夫教给别人，她为难了。没有内在的素养和激情，就无法表现作品的生命力。是人赋予时装以生命的。经历了许多甜酸苦辣，经历了无数苦难的体验，才能够具有这独特的功力，离开了这些，又怎么教呢？

表演礼服也是她擅长的节目之一。她说，关键的关键就在于掌握音乐。

表演时，她让自己全身心地沉浸在音乐里，心灵变得清净澄澈。她特别喜欢那种悲怆凄恻的音乐。《梁祝》的主旋律一响，整个人就像醉了一样……

她演出从来不轻松，总觉得脚下很重很重。演完以后，便精疲力尽。她用的是内力，投入全部身心。缺乏内力，心猿意马，表演便会空洞苍白。

史凤梅形成了令人无法忘怀的表演风格：曼妙多姿，庄重典雅，稳重大方，舒卷自如。

她具有独立表演的气质风度。

那些由她一个人单独表演的服装常常是旗袍。

音乐动人地荡漾起来，聚光灯集中地包围了她，她款款走来，微含笑意，端庄里透着妩媚，仪态翩翩。夺人的气质，夺人的华丽，夺人的高贵。东方韵味从她婀娜的身姿上散发出来，举手投足以及顾盼之间，动作之美，表演之媚，真像一首抒情的诗……

她一出场，全场观众总是被镇住，一片寂静。

然后，静寂中有人轻轻地拍起手掌。紧接着，全场掌声响成一片。

中国纺织品进出口公司见多识广的林惠芬，曾经称赞说："史凤梅的表演啊，骨子里头都有戏。"

史凤梅和郑家伟，是第一对在表演队这块土壤上相识、相恋，然后步入婚姻的美满殿堂的。

郑家伟在男模特里是一个秀才。这也许来源于他的家庭熏陶。儒雅的气质、从容不迫的气度，待人处事非常诚挚。

不知道什么时候，她那双盈盈如秋水般的眸子，总是在注意那个修长而满身浓浓书卷气的身影。也不知道什么时候，他那双黑而深湛的眼睛里，浮现出温馨的暖意和一个沉静的倩影。

说不清。

也许故事的缘起是几张护创膏。建队初期，姑娘们为了练台步，穿着全高跟鞋一遍又一遍地走，为了使台步能挥洒自如，就像穿上的是红舞鞋，充满了不知疲倦的魔力。细嫩的肌肤打起了血泡，疼痛难忍。

是郑家伟买来了护创膏，保护起姑娘们的皮肤。

徐萍感冒了，一贯好胜的她，不愿意耽误训练。她知道每个人的肩上都有沉甸甸的责任。

一双细心而热情的手，捧来了感冒药——他，又是郑家伟。

许许多多的细节，一件件易被忽略的小事，却从未逃过史凤梅的眼睛。她记住了他这一份对人的真诚。

戏剧性的场面，终于开始了：

一天，模特们在酱油店楼上训练。空暇里，别人谈论的大多是服装设计与裁剪。史凤梅和郑家伟谈论的却是书。

他们惊异地发现，彼此的爱好竟然那么相似。

他和她都喜欢文艺、政治方面的书，尤其是传记类的。他们一起谈过不少书，比如《第三帝国的兴亡》，车尔尼雪夫斯基的《怎么办？》。

徜徉在书的海洋里，他们很少感到疲倦，生活变得充满色彩。他们发现了更多的共同点，两颗心走近了。

一个有志气的青年，毕竟不能只关注眼前的一点私利。生命就应像火山的一次喷发。没有努力，没有更高更远的憧憬，生命的洪流，也会像岩浆一样，很快凝固，丧失掉奔腾的活力。

在北京演出时，史凤梅病倒了，从地下室搬到后台旁边的一间房子。是郑家伟用他的细心照料，使她的病体渐渐康复，也为她的心灵注入了一份浓浓的爱。

由于演出繁忙，一拖再拖，直到 1984 年 5 月，他俩才结成了"秦晋之好"。

直到现在，史凤梅说起她的丈夫依旧充满殉道士般的激情。他不在意经济、不在意周围"扒分"的浪潮，不在意家庭的开销，他满腔热情关心的依旧是政治，是那些庸人们不再投以崇高的目光的东西，是国家和民族的兴盛。有时，他会忧心忡忡，长久地叹息，辗转不眠，有时又会慷慨激昂……这个国家可以自己强盛起来，他坚信。国家政策的制定，当然不是他这样的百姓可以左右的，但他从未放弃过他的关注，他的热忱。

每个人都有自己的特殊使命和有限的位置。如果自己的理想是真诚的而不是虚伪的，是深刻而不是肤浅的，就应该坚定不移地走自己的路。

日复一日，我们已经太习惯于一个生活的现成模式。即使吃苦受累，也只是包裹在一种无须选择也不可能选择的秩序之中。灵魂藏在尘封的惰性的后面，随着惯性沉沉浮浮，而太多太多的诱惑也不免使人眩惑，怀疑地看看自己走过的道路。

许多的东西，许多的人，这几年都改变了。

郑家伟却没有改变他的初衷，没有改变对人生、对生活、对工作的热爱。他很喜欢目前的工作，而且，干得很卖力。

今年夏天，出奇的热，出奇的漫长。一个上午，我见到了因照料生病的女儿而待在家里的史凤梅。

坐在她家客厅的沙发上，一杯雪碧在手，听她侃侃而谈。

离开时装表演队几年了，史凤梅略显丰满。大红的汗衫，一条家常的布裙，装束朴素，不施脂粉。浓浓的短发，一双圆圆的眼睛，还是如一泓碧水。

我们的话题转到她的职业选择。

史凤梅有思想有头脑，与表演队其他模特相比，显得成熟、老练、有深度，对于自己今后的道路，她深思熟虑，成竹在胸。

当时，因为她处事果断、干练，对服装表演的程序、管理也十分熟练，所以，表演队讨论人员去留时，决定请她留下，帮助工作。这对史凤梅来说，不啻为一个福音。这样，她不仅可以留在心爱的表演队，与事业共在，而且，可以走向职业的更高层次。

然而，史凤梅却拒绝了这个令模特人人羡慕的提议，退了队。群情哗然。

"你疯了？为什么要离开表演队？离开这么好的工作？"朋友们问她。

她微笑地说："人一辈子只能从事一种职业是悲哀的，我希望为自己开创一种新的生活。改行可以帮助我发现自己的潜在能力。世界这么大，我会重新找到属于我自己的位置。"

——你的体形有些松了。

——其实，我还是经常练功的。让自己精神一些。

——还看书吗？

——工作和家务都很忙，一般看杂志，学英语。

——业余生活里你喜欢什么娱乐？

——平时我喜欢跳舞。

——你喜欢绿色和黑色，与你的性格有关吗？

——是的，很相似。我性格里有热情与严肃两个方面。

——你觉得做模特对你的人生影响如何？

——以前我的衣着从来是蓝、黑，到表演队以后，穿得也很随便。但在舞台上，介绍给观众的是很美丽的时装。在社会上影响很大。比如在北京演出，刚开始，真有那些时装不可能穿在人身上的感觉，当时社会上很少见。现在台下观众的服装姹紫嫣红，差别越来越小了。

——做时装模特，对你的社交有什么影响？

——因为演出，因为记者采访，我结交了不少爱好相似的朋友。做过模特，对色彩的搭配，美容化妆、服饰配套都懂了一些，对个人的仪表修养也有一些自己的看法。应一些记者朋友之邀，经常把这些看法，写给《现代家庭》《新民晚报》《文化生活》。有时候，客户看了我的名片，也会问："你就是那个史凤梅吗？我看过你的表演。"

1986 年，日本 NHK 电视台拍摄《上海的早晨》，全面透视上海市民的生活，我是节目主持人。后来，导演打电话告诉我说，收视率达三分之二，许多观众要求重播。这在日本是很少见的。法国《妇女杂志》

的伊莉莎白采访后称我是："疯了的演员。"

谈到这里，史凤梅的小女儿蹦蹦跳跳地进来，一张顽皮的小脸，神采飞扬，从床上到镜前，一分钟也不肯安静下来。

对于女儿，史凤梅心中两难：她怀抱雄心，要按部就班奔自己的目标，每天的时间按分秒计算。丈夫在公司办公室工作，是个大忙人，时间也紧张。而女儿，正是需要他们照顾的时候。别人的孩子学钢琴，学下棋，学书法，而他们的女儿却依然只好玩娃娃和看小人书。经过一番痛苦的权衡后，史凤梅对丈夫说："关键是我们自己。我们不能为孩子而放弃自己，不能自我淘汰。父母本身强，孩子才不会弱！"

史凤梅温柔的目光，怜爱地注视着女儿，笑笑说："你看她像个小男孩。有时候她会提裙子，对着大镜子走上几步，然后对我说：妈妈，这就是时装表演吧？没有人教过她，也不知道她从哪里学来的。电视里一有时装表演的镜头，她也会拖着我去看。"

我说："这大概是遗传因子的关系吧。"

34. 徐萍

生肖：鼠

星座：金牛座

身高：1.68 米

三围：86、64、90

最喜欢的颜色：黑色

徐萍，长得亭亭玉立，长长的颈子，宽宽的肩。一双黑眼睛，像浸在水晶杯里的黑葡萄，清幽明亮。

徐萍是一个活泼开朗的女孩，能歌善舞，爱玩、爱凑热闹、爱交际，热情如烈火。她在哪里，脆生生的笑就像流水一般泻出来，周围的人都会感染到她的那份快乐。

徐萍中学毕业后分配到上海远东钮扣厂工作。进入时装表演队也颇费周折。开始，我和陆经理去远东厂挑演员，厂里介绍说，刚进来的艺徒有个叫徐萍的，长得又高又漂亮，可惜当时她不在工厂，没有见到。接着公司召开第一次时装模特座谈会，当她突然出现在我办公室的门口时，她那潇洒大方的风度，一下征服了我。

可是，后来她的父母竭力反对，怕她在台上出风头，怕她成为供人欣赏的花瓶，空虚地度过青春。而她却认为七十二行，行行出状元。时装表演队是一门全新的表演艺术，同样也是高尚的职业。结果，父女俩在饭桌上吵翻了。

徐萍认定了这条路，毅然参加了时装表演队。

她和其他模特一起，练形体，走台步，上音乐课、绘画课、化妆课，学习服装裁剪和设计，此外，她还利用业余时间去学习各种舞蹈，以不断丰富自己的文化艺术修养，使表演日臻完美。

她艺术领悟力强，接受能力快，各种款式的服装，她都能准确地领会设计师的作品立意。加上自己丰富的想象力，能把服装的特点淋漓尽致地传达给观众。她表演的"蛇衣""印度服""网球服"等，都光彩夺目，很有个性。著名时装设计师叶德乾曾称赞道："小徐每次表演，都能把我所要表现的作品内涵，完美地表现出来了。"

在北京演出期间，热情的首都观众为她的表演所折服，称赞她是"五朵金花"中的"性格演员"。

那次演出轰动京城，十几家报刊都发表了照片、新闻、通讯，电视台几次播放时装表演的实况。徐萍一封书信寄到上海，大大的信封里塞着厚厚的剪报。很快，她父亲的信也飞到北京。这是一封充满父爱和自责的信。信中说："过去你热爱时装表演事业，我反对你，责怪你，认为你给家里'丢脸'。连日来，我从报上看到你们在北京引起的轰动，新闻界的高度评价，越看越感到不安。我现在要对你说，我支持你，我为你们开创的事业感到骄傲。"

理解之后，深厚的父女之情更加弥足珍贵。

现在徐萍是一个真正的自由人了。

她辞了职，离开了时装表演队。演过电视剧，到南方城市厦门培训过模特。现在她的走向也是从事时装经营。

从来没有什么时候像现在这样，让她更清楚地发现了自己，发现了哪些是优点同时也可能成为缺点的种种方面。在生活的潮汐中，她很想做一个潇洒的弄潮儿——那样富有生活的力度美，那样的不平凡，那样的快乐。

生活里的交通规则太多，甲乙丙丁，一二三四，ABCD……成文的规律，不成文的规定，条条款款，不可胜数。总有人告诉你，应该这样，应该那样。你于是不知道是在为自己活着还是为别人活着。一直到岁月流失，所有的规则终于如同皱纹一样，缓慢而坚定地攀缘上光洁无比的额头。你身不由己地在惯性的轨道中运行，看见早上升起的太阳时，满目俱是一成不变的黯淡。偌大的棋盘中，你只是一枚无关紧要的任人移动的棋子。

激情和创造力被遗失了。那么，生活得长久一些又和短促有什么区别？

徐萍并不想循规蹈矩、委委曲曲地过上一辈子。生活即体验，她愿意去试一试。

试一试不同的生活，在充分发现自己的同时，也享受生活所有的美好。为此变得总是忙忙碌碌。她也总是那样的自信。

现在，她的双腿还没有倦游的迹象，还没有在一泓宁馨温暖的港湾里，泊下她不住飘泊的船。

徐萍在学习唱歌。她的老师是音乐学院的青年作曲家黎中信，他是著名的小提琴协奏曲《梁山伯与祝英台》作曲者的得意门生。老师很满意她的嗓音条件，说是很独特，唱邓丽君的歌效果特别好。她练习通俗唱法，相当用功。有老板表示要为她投资录磁带。

她喜欢卡拉OK。日语卡拉OK意为个人乐队，早在十多年前就在日本兴起了。在中国，在上海风行开来，也就是近几年的事。现在正处在蓬勃期，大有走向多元化和家庭化的趋势。

有时候，徐萍和朋友们一起去卡拉OK度过一个美妙的夜晚。幽雅的环境，闪烁着五彩的灯光，别有风格的情调，听别人感觉良好的浅唱低吟，引吭高歌，自己也拿着话筒，对着这个城市歌迷家族的一部分，对着熟悉、不熟悉的朋友欣赏的目光，唱歌的感觉棒极了。一曲即终，总有热烈的掌声。辉煌尽管仅仅一瞬，但总也是辉煌。虽然徐萍已经在舞台上面对过更多的观众。

徐萍由此体验到了绝对的松弛和沉醉，看到自己的灵魂从躯壳里放出来，无拘无束地舞蹈。

我写第八章《谁持彩练当空舞》的时候，徐萍正好来到我家，她像一只"黑蝴蝶"。穿着一套造型别致的黑色时装、黑色的网眼袜、黑色的高跟鞋、黑色的耳环，还有黑色的挎包。当她出现在我家门口的时候，一下子使我回想到十年前她参加时装表演队，站在我办公室门口的情景。那时她才19岁，也和现在的神态一样。岁月的风霜雨露，使她显得成熟、老练多了。但她仍旧是那样年轻、漂亮，风姿绰约，反而更加气度不凡。

我给她冲了一杯咖啡，坐在沙发上，我们开始了交谈。

——你最近在忙什么？

——拍电视。史蜀君导演的片子，一定要让我去演一个角色，忙了好多天。

——从小你就想过做一个演员吗？

——想过。我做过许多明星梦。现在我还保存着几本相册，那都是在爱做梦的年龄里留下来的。回过头看看，也很有意思。那时候，我满心渴望成为一个熠熠生辉的明星。收集了不少电影明星的照片，每一张照片旁，都贴着自己的一张照片。从学校到工厂，我一直很喜欢文娱，从未放弃过。进了表演队之后，戏剧学校老师劝我考表演系，但是父母不同意。

——在时装表演舞台上的感觉，与摄像镜头前的感觉有什么不同吗？

——差别很大。时装表演和电影完全不同，表演时装必须根据不同时装变换角色。不同服装有不同的感觉，每一次出场都在扮演不同的角色。有时候一下子很难抓住设计师的思想，生怕短短的几步里无法将作品内涵传达得准确充分。而且你的脑子里要有东西，不是做一下就行的。

——几年来，你涉足影视领域，都演过什么角色？

——我演的第一部电影是《黑蜻蜓》，表演队里不少人都参加了：这是您知道的。以后我演的大多是电视剧。《沧海一粟》里的模特陈晓君，《女模特之死》，《月朦胧鸟朦胧》里陆超的情人阿秋，在《故乡情》里我扮演一个台湾华侨女青年。我演的角色，大部分是模特。

——既然做过不少影视梦，又频频在影视里亮相，以后还准备在这方面发展吗？

——我想，比较切合实际的发展方向是从事时装销售：这在现在和将来都有前途。我对时装有多方面的了解，学过时装设计和制作，也在舞台上表演了许多年，很了解造型的效果，也熟悉各种料子。我有不少朋友已经在从事这项工作，想来可以打开局面。更重要的是我喜欢干这一行。

——在时装表演舞台上，你有什么特殊感觉呢？

——一下子很难把这种感觉说清楚。一上台，我常常觉得自己是一个骄傲的公主，充满信心。有人说我傲气，我喜欢让人羡慕。

——你觉得，做一个模特什么最重要？

——当然，首先是外形：头型、脸型、体形、身段、四肢、三围。但更重要的是内在修养：艺术细胞。能体会丰富的服装艺术内涵，能揣摩在各个时代时装的神韵风姿、乐感，等等。旗袍、礼服、运动服，表演时感觉各有不同。而眼神运用的好坏，也直接关系到能否把服装特色表演得恰到好处，能否更好地与观众交流。这些只有多看书，多体会了。

——你现在还跳舞吗？又学了哪些新舞呢？

——您知道，我在时装表演队时就跟戏剧学院的任小莲老师学过芭蕾组合等舞蹈，后来，我又学过西班牙舞、墨西哥帽子舞、标准交际舞、敦煌反弹琵琶伎乐天……受益匪浅。

——你过去表演过不少时装，你最喜欢而体会最深的是哪几套？

——我认为，我表演开放性的服装效果比较好。最喜欢的还是"蛇衣"：两条曲线漂亮极了，富有动感；表演的造型动作也是我自己设计的。每次表演，我都沉浸在角色里，感觉好极了。

——模特生涯对你结交朋友有什么影响？

——在没有做模特之前，我结交的朋友面很狭窄，以后接触面就比较广泛了。我的朋友很多，大部分是两个方面：影视界的朋友，因为拍电影电视，结下了情谊；另一些是做生意的，搞服装和面料的都有，有的是生意做得很大的老板。由于时装模特是公众的偶像，有些观众很喜欢和我们交朋友。这些朋友十分欣赏我的性格，再加上他们大都是经营时装的，如有机会与我们这些时装模特合作，广告效果自然大大增强。

——这一段经历，对你的人生道路有哪些影响？

——太大了。从1980年进时装表演队，到离开，"八年抗战"呢！不然，我现在还在数钮扣呢。天天对着大大小小的包装盒。我参加影视界演的也主要是模特，这辈子看来都要和模特打交道了。

——你怎么会喜欢黑色？

——说不清。我的性格是活跃开朗的，但我的衣橱里大多是黑色调的衣服，也许是一种平衡吧。有人叫我黑牡丹。

——唉，小徐，什么时候吃你的喜糖呢？

她摇了摇头说：不谈了，不谈了。还是一个人自由自在。过了一会儿，她又贴近我的耳朵悄悄地说：有一个朋友，已经等了我三年了。

我睁大眼睛盯着她：你为什么让人家等了这么久？你也该发发慈悲了。

——我主要是现在不想结婚，想搞点事业，拍一两部像样的电视剧再考虑。

呵！徐萍还是徐萍，在时装表演舞台上是那样的辉煌，走向新的领域，又开始在电视屏幕上执着新的追求。

我们正谈得起劲的时候，我家一台落地扇，忽然一下子翻转过来，对着天花板徐徐吹拂。小徐指着发生质量事故的电风扇突然"哎呀"一声，笑得直不起腰来。鬈曲的长发，瀑布般地盖了下来，说："望星空。"

她的性格依旧，自信与傲岸依旧，洒脱与无所羁绊依旧。但成熟多了，言词敏捷，条理清晰。生活给予她的，确实并不菲薄。

35. 张毅敏

身高：1.68 米

三围：82、65、89

被北京人民亲昵地称为"小妞"的张毅敏，是"五朵金花"里最漂亮、最文静的一朵，被誉为"东方美女"。

张毅敏是 1974 年的高中毕业生。在长江衬衫厂当了 6 年缝纫工，技术相当熟练。她平时穿着的衣服，大多数是她自己设计、裁制的。

张毅敏的性格腼腆，不爱多说话，怕见生人。她又是一个水一般的女子——水一般的柔弱，水一般的纯情，水一般的对人的体贴。穿上传统服饰，就是一派古典美人的气质，把人带入诗情画意之中。

在进入时装表演队之前，张毅敏的业余时间，总是躲在家里看小说、做衣服。

进了时装表演队，开始她很不习惯这种蹦蹦跳跳、众目睽睽之下的生活。她的音乐节奏感不太好，接受艺术技巧始终比别人"慢半拍"。她戏谑地称自己是"聪明面孔笨肚肠"。因此在学习基本功方面，她格外刻苦，付出比别人更多的心血和汗水。

小张的父母对她的管束甚严，晚上一般不让出门。进表演队后，每次演出时间稍晚，她爸爸总是亲自来接她。

在这种环境氛围里长大，小张的传统意识便比别人浓些。衣领低，就自己用别针别住。露肩的衣服从来不敢穿。

有一次，她表演的长旗袍开衩较高，她偷偷地把上边缝起来一节，被我发现了，让她把线拆掉。我告诉她：设计师的作品不能随便更改，要保持作品的完整性。

她细声细语地对我说："这件衣服的开衩太高，都到大腿了，并不好看。"她把旗袍翻开给我看，又说："你看，我只缝了这么一点点，根本不影响作品的效果，缝上后反而更好看。"

我反复说服，她依旧固执己见，振振有词。我只好让她穿上给我看看。没想到，拆掉线后，因为开衩提高，模特一迈步，旗袍就飘起来，在腹部形成皱褶，优美的曲线显不出来，大为逊色。缝起来再一试，造型果真更加优雅。

她的建议是合理的，我终于采纳了。

1983年在北京演出，张毅敏表演一套"小妞服"。这是一套湖绿色的丝绸唐装，大门襟，荡条镶边，盘花钮，服装本身很有特色。

决定让小张单独表演这套服装后，邬臻清老师特别给小张配上一条绸手帕，梳一条小辫子，头上插一朵小红花，民族风味更浓郁了。

邬老师教她古典民间台步和小妞擦汗的动作。谁知动作还没有领会，身上倒真的出汗了。小张在生活中是一位极细心的姑娘，艺术悟性却一直不够灵敏。她边练边埋怨自己笨手笨脚。但她没有气馁，练习的次数比别人更多，更认真。功夫不负有心人，她终于掌握了"小妞"服装的表演技巧，演得惟妙惟肖，很有那么一股味道。

看过她表演的北京观众说："唐伯虎点秋香，这种服装真够味！"

北京东方歌舞团看中了张毅敏的明眸皓齿，柔美的体态，雅澹幽美的气质，派专人来上海，找到我家里，要调张毅敏去报幕。

经过几年磨炼，张毅敏的表演已自成风格，像出水芙蓉，那么清新、典雅，有独特的韵致，已成为表演队的台柱子，我怎么肯放？

我说："张毅敏的普通话讲得不好，报幕肯定不行。"

歌舞团的同志立刻说："不要紧，我们可以派专人教她，三个月就能学会。"

我辩不过巧舌如簧的他们，撒谎说张毅敏已经 28 岁，她的男朋友不一定同意。但他们还是不到黄河不死心，我没有办法，只好推托："调小张去北京，离开家，我得听听小张的意见再说。"

"我们已经跟小张谈过了。"

我顿时一惊："她去不去？"

"她说要考虑考虑，所以想请你帮忙做做工作。"

我心里暗暗地松了一口气。

上班以后，我刚要去找小张，她倒先来到我的办公室里，郑重其事地说："队长，我仔细地想过了，考虑再三，还是不去东方歌舞团，就留在表演队里。"

我高兴极了，情不自禁地搂住她。

张毅敏和男朋友李安国，感情的萌发是在工厂里念夜校的时候，因为个子都高，"鹤立鸡群"，不约而同地坐在了同一张课桌上。在这张课桌上坐久了，两颗心碰撞了。他们在学习知识的同时，又划起爱情的小船在柔情蜜意的湖泊里荡漾。

张毅敏进表演队以后，积极向我们介绍李安国的才华。当时表演队也正在物色人才，就把小李从服装研究所服务部揽了过来，负责音乐的选编。

张毅敏悄悄地告诉我：她爱小李那种对工作的钻研劲儿。有一次，他自己研制一个录音机的转换控制器，成功的时候已经是晚上十点多钟。他不顾一切，找到她，兴奋地谈着……热爱工作的人才热爱生活。小张认准小李是个有事业心的男子汉。

队里的姑娘们不明白，那么漂亮、温顺、体贴入微的张毅敏，为什么能够忍受李安国的坏脾气？她们总是愤愤不平。

外出演出，舞台、音乐、灯光总是先行出发，打前站。待张毅敏随大队人马一到，第一要做的准是去看李安国，连片刻耽误也不肯。

有一次，我正和李安国研究音乐选编，小张进来了，满脸的柔情与关切。小李一抬头，一句和颜悦色的话也没有，劈头就说："帮我把衣服洗了！"

小张也不计较，立刻应了一声："好。"端起脏衣服和盆子就出去了。

还有一次在外地演出，休息期间，李安国和几个人打扑克牌，正玩得起劲，一旁听音乐的张毅敏音量开得响了一些，李安国的兴致被搅了，扭过头大吼："开小点！"一点面子也不给。

张毅敏一下子愣住了。众人面前下不了台，就跟他顶撞起来。李安国的指责连珠炮般迎面袭来，张毅敏显然不是对手，便只剩下了哭泣，也说不出话。从前积攒的委屈，一下子涌上心头，伤心极了。

姑娘们纷纷出来打抱不平，同情地劝慰张毅敏，抨击李安国的大男子主义，让他道歉。李安国看看早成泪人的张毅敏，内心里也不免自责。

等我听到这场大战的前因后果，暗忖是不是去调停一下时，却看见他们又双双挨着肩，在大街上游逛，非常亲密。

张毅敏轻声地絮絮叨叨地倾诉着什么，就像一只寻着了归巢的鸟儿一般，安详和满足。

暴风雨来得快，去得也快，才一转眼，就晴空万里了。

他们在爱河里跋涉了几个春秋，花前月下，软语呢哝，共同丈量过一条又一条马路，终于领取了结婚证书。

但是，却没有一块方寸之地让他们筑巢，只好两人依旧分别住在父母身边。

他们学会了耐心地等待，等待上帝给他们一个快乐的安宁的窝，让他们不再流浪，不再分别。等待有一天拥有一个温馨的两人世界。

他们耐心地等待了数年，1986年，他们终于有了爱的小巢。

现在，张毅敏在日本留学，李安国在香港。

36. 刘春妹

生肖：猪

星座：水瓶座

身高：1.70 米

三围：80、59、86

最喜欢的颜色：黑色、白色、灰色

刘春妹现在还清晰地记着那一天的情景：

1977年中学毕业，她就进了上海五洲服装厂，是一个车工。那一天，她的心情挺愉快，聚精会神地干活。面前的机器在她灵活的操纵下，服服帖帖。车间里来了几位陌生人，细细地四处观察、打量。她想，大概又是来了参观的，并没有在意。广播喇叭开始响起来，请这个到厂办公室，请那个出去一下。平静的车间激起了层层波浪。最后，喇叭里叫到——刘春妹。

她站在厂部办公室门口，心慌意乱，手脚也不知往哪里搁，尴尬极了。她仓促地看了面前的几个人一眼，低下了头，目光空空地注视着脚尖。

"量量你的身高、胸围、腰围好吗？"我说。

她抬起头问："干什么？"

我回答："借你的体形，量量尺寸。我们想设计几套漂亮的样品。"

服装研究所刚刚成立，听说要挑选一批营业员，大概就是为此要做一些漂亮的服装吧？她这么想。

　　出乎意料的是，过了几天，党支部书记面带喜色地走过来："春妹，你跳龙门了！"她这才知道，已经被时装表演队选中了。

　　时装模特究竟是怎么回事儿？她还不清楚，但肯定很有意思。一种崭新的似乎充满激情与冒险的生活之路，忽然从她脚下延伸出去。她兴高采烈，那天回家，步履特别轻松，有劲儿。

　　踏上了这条路以后，就很难再回头：她惊喜地发现了一个新的、充满活力的美的天地。但和同伴们一样，跋涉得好辛苦。

　　时装表演队是业余训练半天。这半天离开车间，活儿是一点不能少干。她的工作指标是480分，流水线，耽误不得。表演队没有一个固定的地方，像游牧民族，逐水草而居，总是迁徙和流浪。刘春妹在紧张地完成工作之后，奔向训练场地，就像一支离弦的箭。

　　这样的生活，持续了两年多。直到时装表演队成为专业，她才正式脱产，可以毫无后顾之忧，一心一意扑在时装表演上。

　　刘春妹天生丽质，算是当时表演队的高个子。她体态轻盈，肌肤雪白，秀气的脸上嵌着一双很有神采的眼睛，性格直率、坦诚。

　　开朗、活跃的刘春妹，对文艺可一窍不通，命运偏偏让她走上了时装表演之路。为了练出模特步伐的潇洒优雅，她比任何姑娘都学得艰苦。

　　时装表演队请法国老师和香港老师来教步伐，春妹虽然很用心地揣摩，但领会总是比别人慢点。于是，她常常在训练结束之后，独自一个人溜到旁边"精加工"。

　　有一天，我看见她在角落里练习，时而停下来琢磨，便静静地观察着。仿佛有第六感官，她一下子发现了我，飞快地跑过来，摇着我的肩膀说："唉呀，队长，时装表演的步子怎么这么难练呀？"

我握住她那汗涔涔的手说："做什么事情都不容易，春妹，要有信心。"

春妹就是这样地反复练，偷偷练，经常练，终于掌握了腰、臀、腿的基本功，并形成了自己的淡雅甜美、轻快朴实的风格，被观众誉为"美丽的本色演员"。

有一次，在友谊剧场对外宾演出。春妹表演了一件紫红色提花丝绸紧身喇叭袖礼服。表演之后，有外宾说："这在我们国家是'二锅头'。"意思是二婚的人穿的。春妹大窘，非常难为情，无论如何也不愿意再穿着出场演出了。邬老师说："有什么关系呢？你又不是第二次结婚，你连第一次还没有呢！"为了整台服装的效果，她磨蹭了一会儿，还是出场了。

春妹喜欢漂亮的衣服，但是轮到分配表演服装，她有时候会觉得拿到的都是太普通的样式，所以就嘟着嘴，好半天不高兴。有一次，她捧着一堆衣服来到我面前，重重地一放，满脸不开心，一言不发。

看着她满脸的孩子气，我笑了。正好，丝绸公司送来一件长袖礼服，配上白上衣，蓝花枝的长裙摆，相当精致和漂亮，就给了她。她脸上板滞的表情一下子生动起来，眉毛、眼睛、嘴角都显出笑意，有些不相信的样子："真的给我吗？"

我含笑地点点头。

她高兴地蹦起来，捧上所有的衣服就朝外奔，银铃般的笑声响了一路。

春妹是爱笑的女孩，没有一丝一毫的做作矜持，想到什么，就说什么。她走到哪里，咯咯的笑声就飞到哪里。有时候不开心，泪水哗哗地就流淌下来，从不掩饰。但这种脾气来似急雨去似风，很快就若无其事，快快乐乐。

化妆之后的春妹，与日常生活里一脸清纯的学生样完全不同。尤其是一双眼睛，化妆之后格外妩媚，"花花"的，与平常简直判若两人。

春妹爱笑是出了名的。即使有人劝她别笑了，她也忍不住。

在舞台上，她也不分场合，嘴角忍不住总荡漾着笑意，有时候还说话，做小动作，吃零食，为此不知挨了多少批评。

她不以为然，那么多的观众，隔得很远，做小动作，有什么关系，未免大惊小怪了！

有一次，她生病，没有出场，就乖乖地坐在台下，做一个认认真真的观众。这才发现台上模特的一举一动，观众都尽收眼底，压根别想瞒天过海。以后，她再也不做小动作了。

艺术的追求，到底是第一位的。

在我写书的过程中，凡是在上海的第一代时装模特我全找到了，唯独没有找到春妹。有的说她在深圳，有的说她在厦门。究竟她在何处？我一定要找到这位"五朵金花"中最清秀甜美的一朵。

我翻出老的通讯录，找到春妹的妈妈家。她爸爸一见我就高兴地说："你在《解放日报》连载发表的《时装模特队》，我们天天看。春妹还说：'看见老队长写的文章，好像又回到了当年表演队的生活，很亲切。'"

"春妹呢？她在哪里？"

"她现在在家里，生了一个女孩，搬到新工房，在虹桥路。"

我向她父亲告别后，按照地址，找到春妹家。我正走上楼梯，忽然听到楼上铁门哐当声响，一个苗条的女人走了过来。

我一看，正是她，立即呼唤："春妹。"

春妹一怔："队长，你怎么找来了？"

"我找得好苦呀！总算找到你了。"

刘春妹有一个充满温暖的家，一个活泼可爱的女儿，一个体贴而有能耐的丈夫。

沈海和春妹一起分进五州厂，在同一个车间。他精通服装技艺，为人稳重可靠，有一个宽容敦厚的好脾性。与有时不免脾性急躁的春妹正好互补，日子过得很美满。

春妹支持沈海选择了一条充满风险的路，现在沈海辞了职，承包了一家工厂。

见到春妹，我惊讶于她体态依旧苗条轻盈，肩膀和腰部的弧线依旧美好。言谈爽朗，笑语清脆，一点未变。一见面她就兴奋地告诉我："10月7日长宁区妇联组织的家庭时装表演会，我和沈海，带上三岁的女儿沈洁，全家都参加了。我们穿上自己设计的新款时装，还编导了一组独特的场面。表演效果很好，还获得三等奖呢！"

岁月还是给予了她成熟和自信。1986年夏天她离开表演队，1987年调到中国纺织大学，单枪匹马建起了一个时装模特队。因为生孩子，离开了一阵。现在在学校经营部里，挂着一个闲职。下面是我和春妹的一段对话，读者可以看到这位老模特的心情和近况。

——你在表演队期间，觉得自己最成功的一次演出是什么时候？

——是在外贸会堂的那一次。我一出场，便有人喝彩、鼓掌。大家说我的步伐轻快，表情很甜，效果很好。还有，就是国际俱乐部流行色的表演。第一次上"工"字形舞台。当然，后来有人有不同的看法，但我觉得自己是在进行有个性的探索。丝绸公司有同志评价我活泼时步伐很好，就是不讲我庄重时如何。

——你在舞台上的感觉如何？与你在生活中的气质有不同吗？

——我是人们说的那种"本色演员"，在台上表演的气质与生活中相似，所以总有人说我的表情很甜。如果是喜欢的衣服，我会发挥得格外轻松圆熟，对时装款式特色作最清晰、最明朗的诠释。例如，有一次和史凤梅一起表演塔夫绸时装。我是红衣服，白帽子，帽子上还插着漂亮的羽毛。史凤梅是白衣服，撑一把红伞。表演的时候，我的感觉特别好。碰上不喜欢的衣服，三圈两圈就走过去了。

——做过模特，对你的生活有影响吗？

——一旦人们对时装表演事业有了真正的理解，作为一个模特，身价身份就已经提高了。这段生活对我的穿着、仪态风度也有很大的影响。我不会随随便便地走出门，一般出门就精心装束。在配色上，有时也出格的。有一次穿着红衬衫配一条绿裙子去上班，同事们很惊讶地说，你的配色真大胆，但是很漂亮。刚到大学里，我穿一套衣服，就被大家评述一番。

——那么，对你的社交有影响吗？

——没有。我还是我，想到什么说什么。有时候想想也傻，但改不了。

——离开表演队之后的这一段生活，感觉怎么样？

——回想起来独自一个人筹建一个时装表演队，单枪匹马，要训练模特，要同台演出，有许多痛苦、艰辛的记忆。但是现在，我反而被抛在一边，像一个局外人，不闻不问。经营部也没有什么事干。

——对未来，有什么打算吗？

——我很想读书，搞时装设计，反正我在纺织大学里。只是孩子太小，精力不够。很希望发生什么事，或者有更适合的地方可以去。

——如果有机会选择职业，你的选择趋向是什么？

——过去的生活无法淡忘，如果命运能让我选择，最好是与时装、时装表演有关的。

——你喜欢什么样的生活方式?

——我喜欢比较热闹的生活方式。

——你喜欢什么颜色?

——黑色、灰色、白色,大红大绿的衣服很少,我觉得这三种颜色很高雅。

——你喜欢的影星是谁?

——周润发、林青霞、秦汉。周润发的风度气质特别好。秦汉很稳重,现在演的中年男子很有深度。我也喜欢林青霞的纯味儿。我不喜欢古装的武打片。现代的警匪片有的还是喜欢的。看电影的时候常常流泪。

——一般看些什么书?

——琼瑶和岑凯伦的书。

——音乐方面的爱好呢?

——我不喜欢歌曲。我喜欢下雨天。关上窗子,让雨轻轻地抽打着窗玻璃,把音乐放得很轻:这情调特别好。我听音乐一般是钢琴曲,古典的、田园风格的。我还喜欢一个人看录像。

37. 柴瑾

生肖:虎

星座:金牛座

身高:1.70 米

三围:81、61、88

柴瑾是我们表演队的最小的小妹妹。

她虽然瘦弱，但有长长的腿和标准的体形，楚楚动人。但是有个大弱点——平脚。记不清多少次，柴瑾在马路上被具有慧眼的老师跟踪，撺掇她报考各种文艺团体，如芭蕾舞团、越剧团，最后都因为平脚，没有什么结果。

高中毕业，她考进了上海衬衫二厂。才一个月，连活儿还没有干熟练，就被招进了时装表演队。

所以，她说她是一个幸运儿，成为中国第一代的时装演员，真荣耀。

不过在当时，父母并没有如她一样感到幸运和自豪。他们忧心忡忡，一起投下了阻止的目光。他们一直想培养她成为一个会计。中学时，她就同时在"中华职业补习学校"学习有关课程。但没有等毕业，就进了上海服装公司。

"不要去！"沉默的父亲意见明确。他是某公司副经理，共产党员。时装表演队不就是西方的模特吗？在他眼里，那跟裸体也差不多。让大家看来看去，没什么意思，也不光彩。

当财务干部的母亲，也同意父亲的意见，她非常疼爱唯一的小女儿。他们的期望是女儿老老实实做人，规规矩矩生活，以后有一个温暖快乐的家庭。时装表演谁知道是怎么回事儿，前程又会怎样？

家里为此召开了三次前所未有的激烈的会议。

但她还是去了。她渴望一种更有想象力、更需要激情和勇气的艺术生涯。

柴瑾有一张甜甜的瓜子脸，高高的鼻梁，眉清目秀中透着一股"洋味儿"。她聪明伶俐，领悟力强，进步很快。平时说话总是那样轻轻柔柔的，特别害羞，还带着一股幽幽的、娇娇的味儿，姑娘们说她很"嗲"，非常喜欢她。

柴瑾的体形非常标准，步伐弹性好，对任何服装都有一种天生的、敏锐的悟性。所以，无论穿什么衣服，都能表演得不温不火，恰到好处。

她的表演风格是潇洒自如；灵活多变的步伐，还透出一种中西合璧的韵致。

她特别擅长表演礼服。表演"变色礼服"时更是特别善于抓住灯光由暗转明、造型变换的刹那：在这关键时刻，总能博得观众雷鸣般的掌声。

她细心地揣摩体会，每表演一次"变色礼服"，都有新的姿态、新的神韵，每一次都获得成功，使这件衣服久演不衰，为表演队赢得很大荣誉。

在日本，柴瑾和姚佩芳配合表演：第一套是中国民族服装，一出台观众就喝彩，她们的自信心骤增。第二套是风衣。她们身着白色风衣，脚着漆黑的皮靴，腰束宽皮带，配上小巧的金色耳环、小草帽、黑色的皮裤，婀娜之中又带上几分潇洒、英俊。步伐如风卷云，飘然来至台前，摘下帽子，浓密的乌发闪出绸缎般的光泽。此刻，男性的洒脱不羁，女性的清秀妩媚，在转眼之间变幻，看上去神采飞扬。场里口哨声、击掌声响成一片，欢乐的声浪，席卷大厅。

第二天，柴瑾与姚佩芳粲然的笑容，便留在日本的报纸上。

柴瑾从小喜欢画画，从孩提的时候起，一张白纸，几支彩笔，就可以让她安安静静地坐上半天。她的脑袋里充满的想象，都蹦着跳着，从她笔下现形，虽然显得很稚气。

说来也怪，家里没有一个人有这方面的艺术细胞，更谈不上从小的艺术熏陶，但她居然迷恋上了画画，迷得如痴如醉。一静下来，面对画稿，外界的喧响，便悄然退居到非常远的地方，独个儿沉醉在那个奇妙的艺术殿堂里。

没有正规训练的条件，父亲给她买了两本人体结构方面的书，她欣喜若狂。

后来进了表演队，看见漂亮的服装都画下来：一个瞬间的灵感妙想，一件连衣裙飘飘冉冉的一瞬，往往都会被她的画笔抓住。再加上各种构想中的时装效果图草稿，使家里的纸、日记本、通讯录以及父亲的大本子，都留下了闪烁着灵感的痕迹。

在她的包里，唯独必不可少的，就是画画的纸和笔。无论何时何地，一想到，就拿出来勾勒几笔。

她有一个令人神往的愿望：自己搞一台时装表演。但是想要付诸实现，何其艰难。

她做过一些自己设计的表演服装，但成本太高了，显然不是她的收入所能承担的。做了几件之后，只好忍痛放弃。

她不愿意一无所成，让青春流逝，什么也抓不住，所以去报名念书。成都路的时装设计技校、纺织大学的服装系，都是她渴望踏入的地方。但她的工作注定是流动性的，演出很多，无法自由掌握时间，终于未能遂愿。

她喜欢绍兴戏，经常在家里有板有眼地唱上一段：这大概是母亲的遗传。初中时，她去考过越剧团，如果不是平脚，或许她能在舞台上甩那长长的水袖，让观众一掬感动的眼泪。

她有一个秘密的爱好，就是去照相馆，穿上越剧戏装拍照。她乐此不疲。家里的相册上，便留下了一张张扮相潇洒的剧照。

她喜欢音乐，流行音乐、摇滚乐、国外现代音乐……有时候不免埋怨父亲，为什么从小不提供深造的机会，因此喜欢便只是喜欢，无法自己去创造一个音乐世界。

不过，她还是尝试过的：买了一架电子琴，从最简单的音阶开始练习。但时间总是飞快地流逝，她想要做、想要学的事情太多太多，搞音乐终究只是萦绕不已的梦想，无力实现。

柴瑾和邬老师一起，去培训过模特。要备课，要示范：这对她是一个新的舞台。她没有胆怯地退下阵来，结果成功了。

她收到过许多崇拜者和朋友的信，其中也有些是男孩子的求爱信。有些则表示不希望她做模特，而是成为他的有身份的、体面的妻子。后来在日本、意大利演出，每次回到旅馆，都会收到朋友的长途电话和送来的大束鲜花，那便是她最满足和最得意的时刻。

柴瑾现在在美国。

在这之前，她在泰国待过一年多，在一家美国老板在泰国开设的进出口贸易公司工作。在目前经济发展相当快的泰国，她这个办公室的文员，从事的贸易竟也涉及许多方面。后来她又应泰国移民局的邀请，在移民局暂办移民。

1990 年 3 月，她去了美国洛杉矶，一边在大学里学习语言一边工作。现在她是国际日报（International Daily News）的业务代表，工商记者。记者有较多的灵活性，她希望因此结交一些朋友，进一步了解真正的美国。个人问题暂时不想考虑：第一是没有想清楚，第二是没有时间。

在国外生活，她非常适应，工作也很高兴，学校也很快乐。

从不断的飞鸿里，她告诉我：这两年走过不少地方，生活已经展开了从前无法幻想的前景。有一次在飞机上碰到朱玲玲小姐，问到你和同伴们，她发现魂牵梦绕、割舍不去的依旧是模特事业。她想在国外做一个模特，兴致勃勃地想自己搞一个表演队或模特学校。

但愿有一天，她的梦想成真。阳光雨露，洒向每一个人。要想把握命运的契机，有所成就，便需要意志、才华和勇气。

38. 蒋雅萍

生肖：羊

星座：双鱼座

身高：1.67 米

三围：86、67、93

最喜欢的颜色：绿色

是在成为时装模特之后，蒋雅萍才开始了解并热爱这个职业。

她的天性中，似乎很少有与文艺表演沾上边的。在被挑选进时装表演队之前，她从未想过有一天会走上舞台。在聚光灯的辉映下，在众目睽睽之下，走路、造型、转身、举手投足……命运真是奇妙的玩意儿。

她生长的环境是非常普通的，家境也很一般，小时候就显得格外文静、内向，甚至有些胆小。

长大了，她还是不喜欢热热闹闹地交际。在人多热闹的地方，她总浑身不自在。她只喜欢静：静静地一个人待着，凭自己那双非常灵巧的手，做那些自己喜欢的事情。她说："静静地，独自一个人待着，心就像平静的大海，像旷远的草原，任思想、任想象、任各种各样的情绪在其中游弋，驰骋，自己也就感到愉快、幸福。"

她是 1972 年的中学毕业生，去安徽农场，一待就是 8 年。

也许，人生总不如想象中辉煌。

这 8 年，活得乏力，活得苍白，活得无奈，活得茫然。唯一温暖的是一份真挚的、互相理解与体贴的爱情。她因此总拥有一片希望的田野。

蒋雅萍是时装表演队的"皇后"。她长得端庄秀丽，身材高挑又略显丰满，大大的眼睛，高高的鼻梁，优美的唇线。整个脸部线条柔和，而她的微笑，她的眼神，她的语气，更是无一不柔。

"蒋雅萍天生的一副贵妇相。"人们常常这么评论。

的确不错，蒋雅萍的气质雍容华贵。当她穿着婚礼服、舞会礼服、日常礼服在天桥上缓步走来，那雍容娴雅的气度，常使观众赞叹不已。

其实，蒋雅萍对时装表演没有多大的兴趣，私心爱好的是编编结结、缝缝裁裁或躲在一边静静地看书，对于抛头露面、在众人面前亮相，本能地有一种抗拒心理。实在是我被她端庄的形象和温柔性格所吸引，不由分说点了她的名。她本来柔顺，也就糊里糊涂入了圈子。

然而，不管什么场合，蒋雅萍的兴奋度都不高，伙伴们嘻嘻哈哈地试衣服、试鞋子、化妆，她却静静地在服装间结绒线，宛如局外人。这种超脱的心境，虽然免去了许多烦恼，却使得她业务上的提高，常常比别人慢半拍。

好在她认真。走步是模特的基本功，她却走不好，一紧张就顺手顺脚起来（左手跟左脚，右手跟右脚一起动，谓之"顺"），自己也常常觉得好笑，为了克服这个毛病，她抓住一切机会练习，对着镜子，一趟一趟地走。直到步随心移为止。后来，这位队里"老大姐"的台步，便真正拥有一股"皇后"的雍容华贵味道。

蒋雅萍是一个细心的姑娘，又特别勤快。空闲下来，要么看书，要么织毛衣。她负责保管表演队的服装，从来不出差错。如果有人要借衣服拍照片什么的，对不起，一定得拿出队长的批条，绝不循私情。有的姑娘便私下嘀咕，说她脾气怪。她并不在乎，我行我素。碰上谁损坏服装配件，她照样会拉下面孔，毫不留情地批评。有一次，我听见她在对姑娘们说："你们看，小张穿袜子多仔细，一双袜子总也穿不坏，小徐就毛手毛脚，粗粗糙糙，一点不细心，经常换袜子。大家都要向小张学习。"

　　　　　　　　　　　　　　　　　　　　霓裳繁花路

蒋雅萍总是把表演队当成自己的家，认真负责，处处勤劳节约。姑娘们演出抢装中，因为时间紧，怕误场。常常钮扣脱落、拉链拉坏。每次演出之前，她都要细心地检查一遍。她的手工活很好，什么东西坏了，能很快修复，而且不留痕迹。徐萍演的蛇衣，上面缀的亮片常常脱落，她总是一次又一次细心地按原样补上去。有一次，刘春妹穿上旗袍就要出场，拉链忽然卡住了。急得她直叫"糟了，怎么办？"蒋雅萍走过来，细心地慢慢地移动拉链，一边说："春妹，你总是这样急。拉链本身又没有什么毛病，火烧火燎的，当然容易出问题。"

蒋雅萍保管服装，总是分清类别，理得整整齐齐，连服装的配件如腰带、头带、袖套等等，一概准备齐全，从不因为她的疏忽而耽误排练、演出。

现在，蒋雅萍是中日合资世界服装有限公司的公关小姐。

弹簧玻璃门里，是一个小小的办公处。电铃、两部交换电话机、台历、厚厚的留言簿，构成了一种特殊的氛围。她端坐在高高的办公台后，眼观六路，耳听八方，脸上含着庄重亲切的微笑，从容不迫、优雅得体地迎来送往，处理一切。有时，几批人同时进出，电话又"叮铃铃"响个不停，她也是这样不慌不忙，轻言细语。微笑间往往把一切都处理妥帖。

在她的桌上，常常摊开一本日语书，她已经读完了三年夜大学，平时用得上的口语，只有那么重复的几句，她心中便常常有种不满足感，很想以后看看原版书，搞些翻译。她可不想当个家庭妇女。

蒋雅萍说她的个性喜欢平平淡淡，现在也没有什么惊人的鸿鹄之志，只是想，不管做什么事，都得做好，不能拆烂污。

这个想法，似乎简单，要做到又谈何容易。

她也承受了许多磨难，也曾经苦不堪言，但她回过头看看那些走过的岁月的时候，总是那样淡泊。把一切苦难都看得云淡风轻。她从不抱怨命运埋葬了那些蓬蓬勃勃的青春岁月，也很少对社会的不公平大发牢骚，她只是默默地承受肩上的责任。从农村到工厂，又进入表演队，再到现在的工作环境，生活的跨度不可谓不大，但她说："好好坏坏，都经历了。平平淡淡，我这一生大概始终如此。"

　　人很怪，尽管曾经有过那么多的苦楚，回头望一眼，却总能发现点美丽的地方。农村的生活是艰辛的，没有几个钱，干活儿总是累得疲惫不堪，但是那时候人很单纯，充满热情，完全想象不到城市里有人会为了结婚、为了贴不贴饭钱吵得面红耳赤。那么紧张的婆媳关系，那种赤裸裸的自私，真叫人莫名其妙。现在自己也在城市里，也有了一个家，无法理解，也得理解。生活中摆脱不掉那些琐琐碎碎的事。无数人这样活着。

　　城市是喧嚣的，建筑的水泥森林，摩肩接踵的人流，日益狭窄的空间，慢慢消失的一片片绿荫。城市是没有地平线的，视线的尽头总是有什么阻隔。有时候，蒋雅萍便会想到农村生活时一望无际的田野，三月时路旁那一大片一大片黄灿灿的油菜花，皎洁的星空……还有，自然是绿了。

　　蒋雅萍在所有的颜色中最喜欢绿色。在农村，她住着一间破旧的草屋，一切都简陋不堪，但是一抬眼，从仅有的一扇小窗子望出去，满目都是令人愉悦的绿色。那种浓浓流淌的绿色，沁人心脾。

　　"现在是很难看到那样的绿色了。"——她叹息。

　　雅萍是个最喜欢走的人。刚刚踏上社会的时候，兜里没有几个钱，但蒋雅萍总是利用这种机会，四处走走，即使走不很远。安徽、芜湖、南京……别人去过的地方，她去过了；别人没有去过的地方，她的足迹也踏到了。不一定是名胜古迹，在大自然怀抱里，她感到了息息相通，心醉神迷。

　　进了时装表演队，去过许多大城市，走过的地方更多了。现在的工作，常常是坐在那里，但心中还有一种抑制不住的渴望：走！外面的世界很精彩。有时候，她想成为旅行社的导游，在山山水水之间流连忘返……目光一旦投注到现实生活，那种迷离的渴望和神往，便迅速地在她眼睛中黯淡下来：我这个人与世无争，没有出息，我肯定没有勇气去旅行社毛遂自荐，所以，只是想想罢了。

蒋雅萍是个典型的贤妻良母。她深深眷恋自己那个温暖的家。以前，一下班，便往家里跑，总惦念着丈夫和孩子。家的分量在她心中是很重很重的。现在，孩子渐渐长大了。她和丈夫操持家务又非常迅速、利落，空闲的星期天，一家人总是外出去玩。现在她跳交际舞相当娴熟优雅，会带人。她会与丈夫与朋友或公司里的同事一起娱乐。

她还有许多空闲的时间，除了想把工作做好，也总想做出点什么。

我曾经问过她："你是中国第一代的时装模特，人家宣传你，你自己怎么看？"

她淡淡地笑着说："也许很矛盾。既不希望被完全遗忘，又不愿意被再提起。现在的模特越来越漂亮，人高，肩膀宽，文化素质艺术素养也好。对这种情况，我心里感到很欣慰。至于我们，已经过去了，还提它干什么？"

她离开表演队，局外人都为她惋惜，然而，不管别人怎么说，蒋雅萍都安之若素。"千里搭凉棚，没有不散的筵席。"对于这一点，她十分明白，时装表演需要美妙的青春，苗条的身材，俊俏的容貌，而一个人的青春年华毕竟是短暂的，还不如趁早退步抽身，另作他求——为人处世，她是聪明的。

一位记者采访她时，她说了一番心里话：

"有所得必有所失，有所失才有所得。我离开表演队是失，但我得到了女儿，照顾了丈夫，并且进入了一个新的职业氛围。虽然用别人的话来说，我不过是坐门房，但因为坐门房给我的安定，我才读了四年夜校，学外语。如今，我的女儿已经 6 岁，可以放手，我的苦读也略有收获，获得大专文凭。生活美满，工作愉快，并且自信已有一个良好的事业基础，可以一无牵挂地图求发展，参与竞争。”

"所以，得和失只不过相对而言，无所谓失也就无所谓得。我觉得，同我的所失相比，我的收获更大。另外我非常喜欢中国的一句老话：'知足常乐'。"

如今，蒋雅萍一如既往，无论工作、生活，都充满着宁静与充实。美丽的眼睛依然无比温柔祥和。

39. 裘莉萍

生肖：羊

星座：双子座

身高：1.65 米

三围：82、60、90

最喜欢的颜色：深蓝

相形之下，裘莉萍走上时装表演舞台，非常轻松自如。

在那之前，裘莉萍就已积蓄了相当丰富的舞台经验，面对无数双眼睛的时候，从不腼腆，从不怯场。

这得益于家庭的熏陶。

裘莉萍的父亲喜欢滑稽戏。有同事来的时候，会表演一番。不过，他对孩子很严肃。裘莉萍的母亲是个文艺活动积极分子，乐观开朗。

这种家庭氛围很早就影响了裴莉萍的爱好。从小学开始，她就在各种各样的小分队里，占据一个重要的位置，唱歌跳舞都显出很高的天赋。

1972 年中学毕业后进工厂，她也是厂里的文艺骨干。挑选时装模特的时候，她并不在厂，后来是厂长推荐，到家里去把她叫来的。她记得她去公司办公室是在一个下午。当天就去了工人文化宫排练。同去的还有其他人，后来在学化妆的时候被淘汰了。

父母从一开始就非常支持裴莉萍进时装表演队。他们细心地将报上有关的消息剪贴成本，在家里也常常对她的表演以及艺术方面的问题，进行热烈讨论。

裴莉萍在舞台上非常镇定自如。她常常将其他模特的纰漏弥补得天衣无缝，也不知有多少次化险为夷，不明真相的观众反而以为是精心设计的小插曲，报以热烈的掌声。因为个子矮些，她常常与李瑞芝配合。李瑞芝容易"上场昏"，往往到了台上，便把排练好的顺序忘了，自己随意发挥。碰到这种情况，别的模特总是恼怒地指责小李，但裴莉萍反应敏捷，总能及时相应改变，与李瑞芝尽量保持协调一致。她是天生的模特，表演队的"电脑"。无论什么人的表演，只要她看过，便有了"记录"，因此谁临时生病或有急事，她都能顶下来。尤其是她那些漂亮的亮相。潇洒舒展，堪称"绝活"。当时表演队里有句话："亮相姿态学小裴，走路学习史凤梅。"

还记得那一年从中州路幼儿园搬出来，还没有进眉州路仓库，表演队像一条风雨飘摇中的小船，不得不精减一些人。裴莉萍就是其中的一个。

在那之前的一段时间的表演中，任务非常繁重。台上的裴莉萍，漂亮、自信、生机勃勃、仪态翩翩；但一到台下，精神松弛下来，总是呕吐，脸色苍白，非常虚弱。我总是疑惑地盯住她的眼睛："到底是怎么回事儿？你怀孕了！"

她赶忙矢口否认，可我心中总有疑团。有一天，在演出之前，裴莉萍厂里的医生来了，我在后台门口把她拦住，问："裴莉萍到底什么病？"回答很干脆："肠胃炎。"我这才放心。

后来我才知道，小裴为了尽可能多登台，同厂里医生订了"攻守同盟"。可见她对时装模特和表演队的感情胜过一切，怀孕五个月还不声张，照样穿着高跟鞋走天桥。这是很苦很累的事情。

不过，怀孕总是不能长久隐瞒的。当时表演队还没有专业化，不能给她产病假，只好让她回到原先的工厂。

欢送会在借来的服装电大的教室里举行，裴莉萍哭成了一个泪人儿。她实在太热爱时装表演，不愿意从此离开舞台。往常"俏丽若三春之桃，清素若九秋之菊"的风度，全抛到天边去了，裴莉萍自始至终，泣不成声。其他的模特企图劝解，宽慰的话没有说上几句：自己反而也鼻子酸酸的，几乎要掉下泪来。

那一天，裴莉萍的眼泪绵绵长长，湿透了自己的手帕，又湿透了同伴的两条。女人大概真是水做的罢。以后许多年，她再也没有流过那么多的眼泪，就仿佛生命的一部分从此消失了。

1983年，我们从北京演出归来，裴莉萍打电话给我：孩子已经生下了，她依旧非常关注时装表演事业。当时邀请时装表演队演出的特别多，模特的调度日益紧张，捉襟见肘，我便让蒋雅萍、张毅敏代表我去探望裴莉萍，"侦察"一下她的体形。她们归来时一脸的欣喜，说裴莉萍恢复得好极了！我约她来玩，那天，她穿一条牛仔裤，果然体形没有什么变化，反而平添了另一种风韵。我便让她归队了。她一下子双目闪亮，开心地笑起来，清清脆脆的笑声在空气里进溅开来，满脸是兴奋的红晕。

现在裴莉萍和蒋雅萍一样，在中日合资世界服装有限公司，是业务员。工作很紧张，晚上7点钟才到家。

　　　　　　　　　　　　　　　　　　　　　霓裳繁花路

和过去一样，她非常关心时装表演，很喜欢有演出机会，现在裘莉萍常常回想模特的生活。虽然那时总"打游击"，但她不怕吃苦，只要活得充实，如果电视里播放时装表演镜头，家里人会赶忙叫她来看。

朋友们总是说："到底做过模特，走路的气质与众不同，总有种特别的韵味。""职业性"大概已经渗透到血液里了。她很希望能再聚在一起，走上时装表演舞台。

做过模特，对裘莉萍的社交没有什么影响，但她感到很自豪。

南市区曾经组织过文艺比赛，将舞蹈、唱歌时装表演等项目杂在一起，设一个大奖。其中有四个时装表演队参赛。裘莉萍在原工作的衬衫七厂拉起一个业余时装表演队，她是教练。原来在初赛中就要被淘汰的这支队伍，因为服装好，组委会让他们出让服装，让其他队表演，但领导不允。裘莉萍匆匆地训练了3天，并亲自上台演出：这奋力的一搏，竟然压倒其他各个文艺项目，博得第一名。

对于音乐，裘莉萍偏爱明快的节奏。过去在舞台上表演，碰到这种乐曲，总是感觉良好，充满自信心。

在生活里，裘莉萍乐观而豁达，嘻嘻哈哈的。

"碰到不开心的事，碰到挫折怎么办？"

她说："当时也许不开心，但是想一想愉快的时候，一切也就解脱了。有什么不会过去呢？"

她从不让烦恼郁积在心里——人们怎么可以时时刻刻生活在沮丧彷徨的阴影里呢？

在世界服装有限公司的橱窗里，那些雅致和谐的人体模特服饰配套、放样品，就是裘莉萍负责安排的。她喜欢参考一些国外的时装杂志，并凭借以前做模特的经验、感觉，对颜色、皮鞋、皮带等进行精心配套。许多人看了，都误认为出自日本人之手。

平时她的装束很普通，但很讲究。她很明白，任何衣饰都得与个人的气质相符，令人眼花缭乱的服饰里适合自己的只是其中一部分。于是，她常常为朋友们纤秾得体的装扮出谋划策，包括化妆。她原来用心地听过正规的化妆课程，自己平时除涂口红外很少化妆，但喜欢指点别人。有的新婚夫妇，经她一指点，方寸之地，魅力就会奇妙地呈现出来。

　　裘莉萍喜欢除黑色外的深色衣服，尤其是深蓝色。款式比较大方、正宗，质料比较好，做工精细，不过分流行，也不会被淘汰。她觉得这种装束最适合自己的气质，又什么时候都可以穿。

　　裘莉萍喜欢比较热热闹闹地过一辈子。现在，如果公司里有活动，如卡拉 OK，她都会欣然前往。不过她丈夫却不很喜欢，所以，她只是和朋友、公司同事一起参加。

　　在家里，她是位能干的主妇，买、洗、烧、裁缝，样样来得。儿子6 岁，正是操心的时候，一天下来，忙完一切，她斜靠床上，微微回想往事：那如涛的掌声，那后台抢装的紧张，那芬芳四溢的鲜花，那台上旋转的身步……回忆这一切，真是一种幸福。

40. 李瑞芝

星座：金牛座

身高：1.67 米

三围：82、67、91

最喜欢的颜色：白色和黑色

　　李瑞芝天性活泼，从小喜欢唱歌跳舞。学生时代，她就是学校文艺小分队队员。进了勤工服装厂后，她又被市工人文化宫话剧团看中，成为业余话剧演员。

她是因为一口流利的普通话和灵活敏捷的反应，走进时装表演队的。

表演队集中了一批漂亮的女孩子，个个如花似玉，光彩照人。尤其是几乎人人都有一双妩媚动人的大眼睛，于是私下里，李瑞芝不禁为自己的单眼皮报怨叹息了。虽然她有一张瓜子型的清秀的脸蛋，但单眼皮总显得有些逊色，眼睛是心灵的窗户呢。

新演员训练告一段落，李瑞芝来到我的办公室，欲言又止。

我反复追问："到底你有什么事呢？"

"队长，时装模特的形象是第一位的，对吗？"

"不，体形是第一位的。"我纠正道。

"那形象也很重要啊！"

"当然，"我笑了，"你今天到底要跟我讲什么呢？"

她一边笑，一边把头一歪，略带点羞涩地说："我想请几天假。"

"干什么？"

她用手指指眼睛："喏。"

接着，她轻声告诉我，她已经联系好了，要去开双眼皮，让眼睛大一些，形象也好一些。

我犹豫了一会儿，重新审视了她的脸形。录取她的时候，觉得她很漂亮、匀称，还有股灵气。现在仔细一端详，如果眼睛再大一些，就锦上添花了。于是，我批准她一个星期的假期。

整容以后，小李出现在表演队。她站在我的面前，微笑不语。

我只觉眼前一亮！呵，"士别三日，当刮目相看"。此时此刻的小李，一双大眼睛水汪汪的，把整张脸整个人都衬得光彩照人。我不得不对现代医学的魔力五体投地。虽然只是多了一层眼皮，李瑞芝却像换了一个人似的。

姑娘们对小李的整容夸奖不已，小李信心倍增，又一刀把拖到臀部的长辫子剪成披肩短发，逆风飞舞，一派现代气息。

李瑞芝成为我们队的首席报幕员，是经过一番周折的。当时，队里那些活泼爱唱的姑娘，都喜欢手拿麦克风，袅袅婷婷率先登上舞台，在聚光灯的照耀下，向观众一展风采，介绍表演服装。为了达到这个目的，有的姑娘蓄意对我讲一番话后问我："队长，你觉得我的普通话讲得怎么样？"希望得到我的认可。尽管她们的声音是娇娇的柔柔的，但不免总是露出浓浓的上海尾音。有这么多竞争者怎么办？我就索性来一次普通话比赛，看谁讲得最好，就择优录取。

一天，在锦江小礼堂，我邀请全队同志，当观众、当评判。小张、小徐、小史……姑娘们一个个登台朗诵早已熟背的台词、诗歌。比赛结果，李瑞芝终于以她那优美动听的声音、标准的语言而压倒群芳，成为我们队的首席报幕员。

小李天性中有一股倔强劲儿，凡是能够做到的事情，她总是力争。

有一次，为外宾演出，我们的报幕词需要用英文报出，得找一个翻译。小李得知后，恳求把这个任务交给她。

我考虑再三，半信半疑地问她："你行吗？"

她说："让我试试看，我想我能行。"

她领受任务后，立刻把报幕词送到上海外国语学院一个老师家里，请他翻译，又把读音录下来，反复地练习。李瑞芝的父亲是一个外科主任医师，从小逼着她学英语，但要做到发音准确，抑扬顿挫，可不是件容易的事儿。她天天跟着录音机学，又经常请老师指正，终于，一口流利的英文报幕词，从她口中流泻出来。美妙动听的语音，得到了外贸专业人员的好评。

李瑞芝是一个多才多艺的姑娘，除了演出，有时担任报幕，还是队里的"医生"，但她太大大咧咧了，什么都满不在乎。在舞台上，一场演下来，与她合作的模特总是叽叽咕咕地埋怨她，责怪她不按排练好的路线走，弄得别人措手不及，不知如何是好。每当姑娘们责怪她的时候，她总是一声不吭，眼睛盯着对方，直到人家息怒为止。

她还喜欢在台上自由发挥。有一次表演西装裙套，绝大多数模特都知道西装主要应该突出造型的庄重、挺括、气派。谁知李瑞芝却采用表演便装、休闲装的潇洒随意的手法，把西装脱下来往腰上一系，跳跃式地走进后台。我的天！这套端庄娴雅的西装套裙，被她这么一来，风格全部丧失殆尽！

外贸公司的同志非常恼火，我也深感她缺乏对服装内涵的理解，在表演中主观意识超过了突出时装本身的前提。对一个时装模特来说，这是不能允许的。我决心狠狠惩戒她，取消了她的登台演出资格，"发配"去管理服装配件用品。过了一段时间，我见她继续坚持练功，对于"在舞台上模特必须以内在气质突出时装造型艺术"这一基本点，也有了理解，才又恢复了她的演出资格。

李瑞芝不但好动，而且好吃零食。每次到别的城市演出，她都买上一背包的各种小零食：话梅、蜜枣、桃脯、杏干、牛肉干、猪肉脯、瓜子，不管演出多么晚，她都要清点一番，然后各样尝一遍，这才心满意足地休息。有时已是深夜12点，她还在一字摆开的各种零食口袋前摸摸索索，惹得同伴们又好气又好笑地抗议。

李瑞芝特别爱好唱歌，是我们表演队的"布谷鸟"。走到哪里，哪里都能听到她悦耳的歌声，表演队每次参加联欢会，她的歌就成了我们队唯一有吸引力的好节目，为表演队争得不少荣光。

唱歌，几乎成了她的第二生命，使她如痴如狂。她天生一副好嗓子，歌声婉转动听。为了争取成为一名"够格"的歌手，她把业余时间几乎都花在学习发音上，无论刮风下雨，寒来暑往，从不间断地去上课，不停地琢磨练音，年复一年，她的嗓音确实更加圆润淳厚了。每次见面她都要为我献上一首最新流行歌曲。我已经听得很有味儿了，但她总是不满地说："唱得不好，不好，我一定要把这首歌练好。"她就是具有这种"顽强拼搏"的精神，不达目的，誓不罢休。

记得今年3月中旬，我去电话约她来谈谈过去表演队的情况。一见面，她就双手搭在我的肩上，欣喜若狂地对我说："队长，我告诉你一个好消息，从低音到高音的一个转弯发音我已经掌握了。"

这突如其来的好消息一下使我迷惑不解："什么叫'转弯发音'？"我问。

"噢，过去我唱歌，由低音到高音是一下冲上去的，别人听了不舒服，我自己唱不好也感到很苦恼。现在，我已经掌握了由低音到高音的控制技巧。"她怕我不能领会，就立刻试给我听，过去的唱法，现在的唱法，对比着试了几遍。然后问我："你感觉怎么样？"

我凝视着她，不停地点头。我确实感到她现在的声音比过去的更加自然、柔顺而婉转动听。

"我太高兴了！这下我就可以参加资格考试了，哈哈！"她银铃般的笑声在我的房间里荡漾。

苦苦追求，寻觅了多年的东西，一旦得到，谁不高兴！小李的快乐，我完全理解。为了攻克这一难关，她不知熬过了多少个春秋，不知为它付出了多少精力，时间和汗水。看着她那灿若春花的笑脸，我由衷地为她高兴。

功夫不负有心人。现在，李瑞芝已经取得正式歌手合格证，并成为群众喜爱的歌手。

李瑞芝是一个很有性格的姑娘。在事业上、生活上充满了梦幻和理想。她认准的目标，从不轻易改变，不轻易回头。在对象的选择上，她淡薄钱财，她心中的"白马王子"一定要情投意合，英俊魁梧。为此，她不知谢绝了多少求爱的小伙子。她决心等待、等待、等待上帝赐给她一个"如意郎君"。终于在她30岁那年，在舞台上与吴根生相识、相恋。一米八的小吴，长得英俊潇洒，也是歌坛上小有名气的男高音，爱情不需要语言，共同的兴趣爱好，使这两颗苦苦追求的心一碰就撞击出炽烈的感情火花。小李心花怒放，心满意足，不久就与小吴结为秦晋之好。

李瑞芝和吴根生相识在舞台上，共同的兴趣爱好使他们的心紧紧相连。《明天更美好》这首歌是他们爱情的象征。那是在一次演出之前，小李要唱这首歌，老师一听，感到京腔太浓，味道不对，并指派男高音吴根生帮助辅导。小吴听后，指出她的问题是感觉没有抓准，还缺少激情，于是就一遍一遍地示范，小李也一遍一遍地练唱，小吴教得不厌其烦，小李也学得不顾劳累。终于抓住感觉，演唱充满了激情，赢得了满堂掌声。

《明天更美好》这首歌，现在已成为他们家庭的保留节目，在深圳，小李经常以吴太太的身份随同丈夫出席各种宴会、舞会，并经常在"卡拉OK"高歌一曲："轻轻敲醒沉睡的心灵，慢慢张开你的眼睛，看看忙碌的世界是否依然孤独地转个不停……"他们的二重唱是那样的和谐，他们嗓音甜亮，配合默契，加上娴熟的技巧，充满了抒情的调子，总是带给人们美的享受。

41. 男模特们

一说到时装模特，人们想到的大多是女性，她们的故事就像她们表演的服装一样多姿多彩。但是，在为中国模特奠基的"基石"里，侯林宝、彭国华、何家良、管胜雄、盛犇、韩政毅等第一代男模特，一样付出了辛勤的汗水，一样走过了崎岖坎坷的路。

不能，也不该忘记他们。

侯林宝，1.84 米的魁梧身材，技术上的一把好手。那年我和陆经理见到他，觉得美中不足的是脖子短了一些，腿也不是太长，所以只挂了个号，预备以后全系统平衡下来再说。过了一天，当他听说我们在人民服装一厂挑选模特时，便骑着自行车，穿越许多大街小巷，赶来找我们，激情而又恳切地要求：再测量一下！我这样的身材，这样的个子，还不能当模特吗?

他留下了。

侯林宝当时已 29 岁，姑娘们总是亲昵地喊他侯大哥。他也确实有一种长兄的风范，处处照顾那些不免柔弱的女孩们。每次她们喊侯大哥的时候，也往往是他"受苦受累"的前奏。

队里规定，每场演出结束，每个人必须整理、熨平自己表演的衣服，这时候，侯大哥便"供不应求"了。甜甜地央求几声，皱巴巴的衣服就全归侯林宝熨了。虽然汗水直淌，熨斗越来越沉甸甸，侯林宝却毫无怨言，很少推卸。

现在他在日本。张毅敏也在日本。异国他乡，姑娘碰到难缠之事，第一个想到可以依赖、可以求援的还是这位"侯大哥"。而他总是挺身而出，赶去为张毅敏解决那些无谓的纠缠，使她得以安宁地生活。

何家良，我是从他父亲口中先认识他的。他父亲何迪，是上海第十四服装厂的技师，在西服制作上造诣深厚。何家良从中学开始跟父亲学艺，打下了扎实的基础，谙熟服装裁剪制作技术。

1982 年 6 月，父亲退休了。在顶替父亲之前，何家良去澳门探亲三个月。澳门地方不大，但人们的穿着却姹紫嫣红，一个人有一个人的风格。国际流行趋势在这块土壤上又有地方特色。目睹的这一切给了何家良很深的刺激。作为一个中国大陆人，走出家园，走出以往的偏狭的视野，客观地全面地看看，大陆单调的衣饰太落后了。中国人完全应该打扮得如大自然一样丰富多彩。

一种责任感、使命感油然而生。

回来后，他顶替父亲进了十四服装厂的裁剪间。就在那里，我发现了他。一米八，相貌堂堂，就是瘦了点。表演队里的同伴也说："你太瘦了。"于是，他买了两个大哑铃，每日进行健身运动，一段时间下来，肩膀宽了，肌肉也发达了。男子汉的力度，男子汉的英武，在他身上体现出来了。

　　现在，何家良在服装公司经营部综合业务科工作，搞边境贸易。从接待客户到安排生产，再到发货运输，他都独当一面，干得非常出色。他的愿望就是充分发挥自己的能力。

　　提起表演队，他总是滔滔不绝。他很难忘记表演队在艰难中团结一致的奋斗历程。

　　第一眼看见彭国华，也是在裁剪车间里。一张白白净净的脸，像个书生。没想到他的性格那么腼腆，动不动就脸红，表演对他来说真是赶鸭子上架。他的步履很大，步幅超过了他的身材允许的范围，不协调也不美观，以致很长一段时间里，我一直在他上场前叮咛："别忘了，步子小一点。"在台下他也努力地纠正。终于，他的步履潇洒起来。

男模特们，个个在服装工艺技术上都拿得起来，原本就是厂里的技术骨干。有一次，上海戏剧学院潘家瑜老师来求援，他们的演出缺少马克思、恩格斯的五套服装。时间紧，而且没有具体设计图，只有几张照片。上海戏剧学院的老师，在表演队成长的过程中给予了悉心的帮助，我们不能推托，但又无法让哪一家工厂承担设计制作任务。想来想去，我便派了侯林宝、何家良、史凤梅、蒋雅萍组成了一个从设计、裁剪、制作，到手工的支援小组，前去救场。他们不负众望，经过五六天紧张工作，终于精心制作出五套表演服，赢得了上海戏剧学院老师的称赞。

男模特们因为是男子汉，便义不容辞地承担了表演队一应苦活累活。每次演出，拆台、装台、运输等等，处处少不了他们。可以说，每一次成功的演出，他们不但以英俊潇洒的风姿，在台上亮相转身，创造美，把最新款式的男式大衣、西装、卡曲、茄克衫、T恤衫、衬衫等展现给观众，而且也是名副其实的幕后英雄。

……

类似的故事很多。

他们从未轰动世界，他们的名字也未必熠熠闪光，他们只是默默地努力地工作、表演，认真地生活。朴实的人生同样是精彩的、充实的，人们不会忘记他们对精湛技艺孜孜不倦的追寻，不会忘记他们为第一支时装表演队贡献的光和热。

这个世界，就是由这些极普通的人组成的，然而在这些真诚地活着的人身上，焕发着一种绝不平凡的精神光彩。世界因而充实，因而美丽。

局外人看来，时装模特的世界是精彩的，被五色光圈围绕着，众人瞩目。其实模特的生活里同样充满酸甜苦辣。有时候，承受着比一般人更重的压力。

在我已经离开表演队之后的 1989 年夏天，刚从北京出差回来不久，一天，寿复孝突然来电话告诉我：一个女模特心情忧郁，住进了医院，她一直在问，徐队长在哪里？她好想念你呀！

我大吃一惊。她是个漂亮而柔弱的女孩，遇上符合她的气质的服装，便发挥得相当出色。

我赶到医院去看她，她流着眼泪握住我的手，说不出一句话，我的喉头也哽咽了。

她的病因的形成非常复杂，但机遇很少偏爱她恐怕也是原因之一。如果有什么需要平衡，那她一定是平衡的砝码。她苦练过模特表演，也取得过辉煌的成就。但是，她还是遭到一次又一次的失败。

于是，那一颗原本就是脆弱的、需要爱护的心灵便崩溃了。

离开医院的时候，我的心碎了。

现在，这个姑娘已经痊愈，恢复了原来的美丽和温柔。然而，我心里老是在想：什么时候，才能够让每个领导人都明白：许多人的心是脆弱的，尤其是女人，不能轻率地伤害她们。

时装模特的世界，有荒漠，有绿洲，也有一些阳光照不到的地方。

第九章

......

可是星斗却忘了，没有永恒的黑色，它们哪来的光泽悠悠。

——〔马里〕马马杜·戈洛戈

42. 二度进京

鲁迅先生曾说："什么是路？就是从没有路的地方践踏出来的，从只有荆棘的地方开辟出来的。"

又说："世上本无所谓路，走的人多了，也就成了路。"

郭沫若东渡日本与郁达夫告别时谈到鲁迅先生关于"路"的名言，对人生颇有感慨地说："自己的路还是要自己去走。"

时装表演这条路，从荆棘遍地到平直宽广的坦途，我们走得何其艰难呀！在那些阴云密布、不为人们理解的日子里，我们始终坚信，快乐就在于为攀登高峰而不懈努力的过程中，我们一定能走向世界。

我们从未退缩，我们从未放弃努力，我们从未放弃希望。

……

路，终于走出来了。

从北京中南海，走向广州、深圳、厦门、长沙等十多个城市。从香港演出归来，澳门、日本等地区和国家的邀请也纷至沓来。中国时装模特富有民族特色的时装表演，已经在世界时装舞台上博得喝彩！

各地的时装表演队如雨后春笋般地蓬勃发展起来。北京、天津、大连、昆明、四川、浙江等省市纷纷建立，就是在上海，转瞬之间，也出现了专业的、业余的四十多个时装表演队。

我们不再是孤独的跋踄者了，我们身边是一片莽莽苍苍的森林，这种情形令人喜悦而又不安。

记得 1983 年 6 月，我们赴京演出回到上海不久，我就接到上海第一丝绸印染厂厂长石中善的电话：他们正在准备搞时装表演，希望得到我的支持，借用一些配套用品。我二话没说，立即给予支持，借给他们所需要的一切配套用品。

上海丝绸印染一厂的时装表演队，领导重视，实力相当雄厚，背后又有丝绸进出口公司、流行色协会的支持、资助。很快便脱颖而出。后来在新加坡、日本等处，都有水准较高的成功演出，异常活跃。

我们面临激烈的竞争和挑战。

1985年，当时装表演事业正在全国范围蓬勃发展走向兴旺的时刻，我们时装表演队却开始停滞不前了。散漫和涣散笼罩了全队。

公司筹建"上海时装表演公司"的事宜，因为经费等问题得不到解决，就此搁置下来，再也无人过问。拖在那里，造成表演队内部思想混乱、纪律松懈。美工庄金如已经辞职，裘莉萍因工资发不出只好回厂，老演员刘春妹已经递上了辞职报告，徐萍则想调到深圳体育中心任教并演出……人心思走，几个月来，几乎陷于瘫痪和停滞。

就在这时，中国服装工业总公司决定在北京举办"全国十六省市服装鞋帽展销会"。时间是1985年9月30日至10月15日。时装表演场地定在北京新闻电影厂剧场。

为了争取这次难得的演出机会，我几上北京，得到中国服装工业总公司领导的大力支持，决定拨出15000元经费，作为赴京费用。这对于陷入困境的我们来说，真是雪中送炭。但当时有六个省市表演队要求赴京演出，总公司闫琍同志对我说，副总经理朱秉臣考虑，如果只给上海队，不给别的队，总公司是摆不平的。为此，让我们写个报告，借口是"协助总公司筹建时装表演队"，好批，但我们公司领导不同意在报告上提这样一个理由，怎么办，我只得绞尽脑汁想出一个两全其美的理由上报。此次赴京演出颇费周折，折腾了两个多月才得到解决。

1985 年 9 月 30 日至 10 月 15 日，北京新闻电影厂剧场，上海市服装公司时装
表演队在全国十六省市服装鞋帽展销会期间表演时装

我们再次上京。

此次北京演出，我的心情是复杂的。许多过去的情景涌上心头。两年前，在农业展览馆寒碜的剧场里，我们第一次面对首都人民，第一次为广大的观众所知。正是那一次的成功，正是中央领导和首都观众的肯定，我们才走向了广阔的原野。

这一次，我们可不是"独家经营"了，我们要同浙江、天津等兄弟省市的表演队同台演出，我们将要在同一舞台上见高低。能否超越其他表演队呢？这是关系到我们表演队以后的前途和声誉的大事，绝不能掉以轻心。

为了发挥我队的优势，我向总公司建议：采用"工"字形的舞台。总公司欣然同意，并把搭台任务交我队完成。

北京，人生地不熟。要搭出一个"工"字形舞台，要多少木料，多少人工，谈何容易！但这又是不能推卸的任务，想方设法也得去完成。于是，我唯一可以引为后盾的就是我儿子刘军。当时，他已经在中央电视台制作部美工科工作。当他听我叙说此次来京演出的重任，立刻倾注了满腔热情，尽管当时他正忙于一部电视剧的舞台设计，但他还是挤出时间，一早跑到台里，和石科长商量此事，在中央电视台的大力支持下，"工"字形舞台的设计施工，就由美工科承办。

三天以后，当我和模特们走进剧场的时候，一个大型的"工"字形舞台已经完美地矗立在剧场的中心。想到石科长和几位美工同志亲自动手，搬运木料，日以继夜，装台制作的情景；想到他们理解我们的困境，处处为我们精打细算、勤俭节约，整个费用只花去800元的时候，一种感激之情不觉油然而生。

这次由刘军负责设计的舞台美术，简洁而清雅。白色的屏幕上，呈现出蓝灰色的海面，浩瀚无际，微波粼粼，在灯光的映衬下，显得那样宁静而安谧。在背景的衬托下，随着模特们色彩纷呈的服饰，整个舞台像一幅幅流动的画，带给人们一种和谐的美。

我们一到北京，就听说步鑫生时装表演队在民族宫表演浙江丝绸工学院毕业生设计的作品，款式新颖而高雅，颇有韵味。我预感到，激烈的竞争已经拉开了帷幕。

我立刻组织我队"时装表演艺术研究小组"全体成员专程赶去观摩，心里略略有了底。

步鑫生队在新闻电影厂剧场与我们同台演出的时候，加强了灯光、音响效果，如牛仔衣裤出场，运用暗场、闪光；而风雨衣出场，则用暗场、响雷、慢音乐。后来，观众反映，看不清服装。实践证明，用戏剧表演手法来突出服装效果，适得其反。

那一天，我们表演的主题是"时代的旋律"，由三部分组成：浦江的彩霞（销售时装）、奔腾的节奏（上海服装公司推出的 1986 年新潮时装）、未来的蓝图（超现实的时装）。由于我们表演队充分发挥了自己的优势，每个模特都充分展示了自己的表演风格和个性特点，博得观众热烈的掌声。

参加展销表演的天津队，年轻而谦虚好学，表演形式是歌舞结合，以交际舞出场，中场唱歌，以舞蹈结尾，服装表演非常生活化，编排组合也十分和谐，给人一种自然而轻松的感觉。

我们重返北京舞台，显示了与两年前完全不同的艺术风格。那一次，我们享誉北京的是纯纯的民族风味，而这一次，所有的配套和表演手法，都显得新潮而大胆。

牛仔服出场的时候，迎面扑来的是一种视觉上的爆炸和冲撞。那种强有力的步伐和"迪斯科"的节奏，带着浓浓的西部牛仔的野性。

模特们的装饰和各种配件，更是别出心裁，标新立异，有的梳着当时很罕见的蓬松爆炸型的发型，触目惊心，每一根头发丝都透出精彩来；有的头发上插着长长的绒线针，垂挂着长长的塑料花丝；有的额上缠着长长的五光十色的束发带，还不停地在手中旋转着，真是光彩夺目，光怪陆离。

…………

自然，有人大摇其头，连连叹息。

负责这次展销会的张庆安处长就痛心疾首。他已经看了一遍又一遍，有一天，他又来了，特地把我从台上叫下去陪他看。一边看一边不住地批评我丢掉了民族特色："这样也就失去了生命力，你明白吗？"

模特们何曾知道，当他们在台上表演得那么洋洋得意、神采飞扬的时候，我正在张处长身旁如坐针毡，浑身不好过。

曾经大力支持、热情扶植时装表演事业的老局长史敏之也真诚地对我说："你们这次搞得太洋了。1983年那台表演，服装、形式、舞台、音乐都有浓厚的民族味，至今还留下深刻的印象。民族的东西可不能丢呀。"

但是，当我把这些宝贵的意见，传达给艺术研究小组成员时，这些年轻人，却持完全相反的态度，而且很强硬。

"我们第二次进北京，就是要追求一种完全不同的艺术风格。和第一次一样，还有什么意思？"

我觉得自己陷进了夹缝之中，充满困惑，到底应该追求什么？先锋的艺术风格，究竟该占有怎样的地位？……我没有得出明确的结论，似乎也很难一眼望到深处。

我只好充当一个调和的角色，劝他们折中一下，取消头上插的绒线针，束发带也减少几条，表演时也不要过分夸张，掌握一点分寸。

我们没有像第一次那样轰动。

或许，当一项艺术为人们熟悉以后，剥去种种神秘的外衣，也就失去了原先的轰动效应。一切都纳入正常的运行轨道，也就带有更多的理性。对艺术而言，这未必不是一件好事。

这一年，我们在北京舞台上亮相还有几次。给我印象最深刻的是1985年11月21日晚上为"亚洲太平洋地区国际博览会开幕式"表演的那一场。

那天，出席观看的有26个国家的外宾，演出设在北京饭店二楼宴会厅。

那一次，我们与北京市某时装表演队相遇了，没有想到，一俟相遇，空气中便弥漫了浓浓的火药味儿，竞争空前激烈。

"亚洲太平洋地区国际博览会开幕式"安排时装表演为一小时，两个队各演30分钟，可是，先出场的北京某表演队却足足在台上待了40

分钟。加上后台抢装地方十分狭小，待他们把衣服猛抢出来，我们搬进去的时候，也不知是谁恶作剧，拿走了我们一只皮鞋、一顶草帽和一件衣服，后台顿时混乱起来。这也影响到上场演出的时间。因为接下来是酒会，待我们出场表演的时候，外宾退场的不少，看的人寥寥无几。我们队的模特面对这样前所未有的"凄惨"景象，就像霜打的树叶一样，蔫了。

从来没有出过这样的洋相！从来没有丢过这样的面子！从来没有受过这样的冷落！姑娘们一个个再也憋不住了，急急忙忙脱下表演的服装，换上自己的衣服就往外走。

我们正在整理清点服装的时候，于宗尧总经理来了，他要模特们全部去参加酒会，可是一个人影也没有，姑娘们到哪里去了？老寿、老朱在北京饭店内寻找了一圈，回来说："一个也没有找到。"我已经有一种不祥的预感，我让他们把衣服装上车把失去的衣服找回来，便独自一人走出北京饭店。

夜，静悄悄的，冷冷的秋风一阵阵吹拂在我的脸上，凉凉的，砭人肌骨，我不禁打了一个寒战。空旷的园地停放着一辆挨一辆的轿车，路灯暗幽幽的光亮洒在地上。在朦朦胧胧的一片灰暗中，远处突然传来了隐隐约约的哭泣声。我循着哭声走去，姑娘们全都坐在大客车内，哭成了泪人儿，她们的哭声在宁静的夜空中，好悲切、好凄凉！

此时此刻，我的眼泪也夺眶而出，过了好一会儿，我才强忍着内心的沮丧和气恼，平静下来，劝姑娘们不要再哭了，去参加酒会，于经理他们等着呢。

在沉重的气氛中，我的安慰、我的劝说姑娘们哪里听得进去。黄琦气急败坏地边哭边说："再好的宴会我也不要吃。"车厢里充满了无声的愤怒。

总经理于宗尧和北京市服装研究所所长陈富美也找来了，就在于经理反复劝姑娘们不要再哭的时候，陈富美悄悄地对我说："于经理本来今晚有事，他就是怕出事情，才特地来参加今晚的开幕式。"

听了陈富美的话，我看看不断对姑娘们做工作的于经理，想到他对我们这次的演出考虑得如此周到，不免涌起一阵感激之情。

于经理和陈富美，仍旧没有平息姑娘们的情绪。她们带着悲怆、带着愤恨、带着饥饿感回到住地。

男演员们回来了，给姑娘们带回许多菜，可是，没有一个人动一筷。

43. "86之春"

春天的脚步，轻轻地渐渐清晰起来。诗人在这个季节里，有过无数对着梦境微笑的抒发。无数称颂春天的文字，美妙地飘浮在空中，一切都开始苏醒。

人们热爱色彩的天性，在这个时候完全不可扼制。他们的追求充满个性意味。

这是1986年春天。

上海市服装公司为了引领时装新潮流，使上海服装走向世界，决定与《解放日报》、"上海市场"、上海电视台"经济之窗"、《生活周刊》"生活沙龙"联合举办"86之春上海服装设计发布会"。

展出地点是新落成的上海丽园鞋厂大楼，设有展示厅、展销厅、展演厅，规模空前盛大。

时间是1月1日至15日。

这是我们公司首次举行的时装发布会。为了使这次发布会获得圆满成功。全行业一百多位设计师推出了近500种新作品。其中，既有代表

"86之春"演出单

我国和本市参加国际时装设计获奖作品，又有表现 1986 年时装新潮趋势的佳作；风格多样，前所未有。

我们表演队从中选出 150 多件四季服装精品展演。

几年来，时装表演的编排一直遵循旧类集中表演的原则，如男女衬衫、连衣裙、茄克衫、睡衣衫裤、时装、礼服、传统服装、羽绒服装、男女大衣、丝绸服装……每个类别表演几组，给人的印象较深，效果也不错。

"86之春"洋溢着个性与创新的浓郁氛围，我的心也动荡起来，跃跃欲试。连续了五年的编排方法，为什么不做一种改变呢？

一个大胆的构想在我脑际萌发，我要打破以往的编排方法。我设想根据面料质地，由薄到厚，从飘逸的夏季，走过潇洒的秋天到达寒冷的冬季，这样编排效果怎么样呢？艺术研究小组也同意试试看。

霓裳繁花路

于是，艺术研究小组的陆倩、黄月萍、侯林宝、彭国华根据我的构思，一起进行了认真的编排。

为了广泛征求意见，我特地组织了一次彩排，把公司王经理、金书记等领导和一些著名设计师全请来了。

对模特们，我事先也作了反复动员，要他们根据服装内涵，充分发挥自己的风格和特长，让人耳目一新。在彩排的时候，模特们一组接一组，使出看家本领，衔接自然、配合默契，但不知怎么回事，总觉得松散。

彩排结束以后，大家提出了两点看法：一、重点不突出。二、有些零乱。

艺术研究小组进行了热烈的讨论，各抒己见，结论是这样的：编排效果不佳，很难获得成功。

我的尝试失败了。

失败是成功之母，我由此悟到任何艺术表演都有其内在的规律，创新也必须尊重这种规律，光凭热情和勇气是不够的。这一次失败带给我的不是灰色，而是清醒的、理性的反思。

必须推倒重来!

要重新编排，还要把舞美和灯光拉到丽园鞋厂去装台，时间相当紧迫了。

正当我们忙得不可开交的节骨眼上，上海市服饰协会副秘书长任林昌偏偏找上门来，要请模特拍照，把这次所有表演的服装，全都摄影后汇编成册。

这个季节，屋外不时有凛冽的寒风呼啸，树叶飘坠下去，留下光秃秃的枝干硬硬地戳向天空，新的芽苞孕育着，但还没有冒出来。

表演厅在大楼的顶屋，寒意顽强地从各个缝隙钻进来。又没有取暖设备，穿着夏装拍照，模特们一想便已脊梁骨发冷，凉意一刹那布满全身。她们一个个噘着嘴，坐在那儿不愿换衣服。

任林昌焦急地让我给模特做工作。

我心里也在嘀咕，本来工作就多，服装还要重新编排，台也未装好，这时候节外生枝，分明是火上加油，怎么调排得过来！

上面一道又一道的"命令"传下来，"服装一定要今天拍完"。

离开幕式只有两天了，再不拍也真挤不出空儿了。我再三阐明情况，模特们也只好委屈求全了。

展演厅一角的墙上，挂起了一道白布，正当模特们穿梭在这白色的背景前一组接一组拍照的时候，公司的经理们一起步入大厅，检查工作。

二楼的样品展示厅，早已一切就绪，各种风格的时装争妍斗艳；三楼展销厅也窗明几净，货架上排列得整整齐齐。领导们一踏进我们的展演厅，立刻眉头蹙紧，一脸的不悦。

厅里杂乱无章，十几只平台横七竖八，舞台上的字贴了一半，剥落的碎纸片撒满一地，墙上扯着白布，西北风呼呼地响，透着逼人的凉意。

经理们脸色阴沉地逡巡一番，一言不发地走了。

很快，我便被召到四楼会议室，领导们围桌而坐，室内空气沉重而令人不安。

一阵沉默。

王经理终于不苟言笑地开了口："表演队的工作为什么至今还没有搞好？"

我赶紧表示："待服饰协会拍完照片，我们就抓紧搞，表演队一向是连夜奋战，明天一定能搞好，请王经理放心。"

王经理紧皱的眉头并没有舒展开来："这是公司首次发布会，各项工作都应该对三万多职工负责！"

王经理的话沉重地锤击着我的神经。这一阵，尤其是香港演出归来，因为工作的不顺利，许多构想也不能实现，我纠缠在重重矛盾之中，情绪悒郁，从前那种对工作的激情和创造力，确实减退了，工作没有抓紧，造成现在的被动局面。

这是不可原谅的。亡羊补牢，犹未晚也。

我们连夜开始装台，编排，一直搞到深夜12点。

第二天下午，是全国人民关注的世界女排赛，大家的心早就痒痒的，巴不得早一点坐在电视机前。

早上开动员会，我刚刚把要求说完，大家就七嘴八舌地嚷嚷开了："保证完成任务！""早一点放假吧！"

刚到中午，我一看，果然活儿干得又快又漂亮，一切基本就绪，我们就决定放假了。

大家归心似箭，转眼间一个也不剩，我也被一个同志拉去看电视了。

傍晚，我自己也仿佛经历了一场鏖战，疲惫而兴奋地回家。一进门，家人就对我说："单位里来人找过你。"

我愣怔了一下，又有什么事呢？

第二天，也就是1月1日的开幕式，我很早就去了。当我走进展览大厅的时候，熟悉的同志就围上来："你好大的胆子，昨天王经理又来检查，看见你们全走了，非常恼火，派人去抓你们呢。别人给抓住了，你跑到哪里去了？"

正说着，王经理和金书记都来了，一见我就说："你昨天到哪里去了？"我连忙自我批评："王经理，金书记，我应该检讨，不过，我们的工作确实都完成了。"

开幕式马上就要开始了，王经理环视一下井井有条的四周，板着的脸松动起来："现在也没有时间和你多说，能有自我批评就好了。"

后来我才知道，那天下午王经理自己也坐在电视机旁，观看那一场牵动亿万人民心灵的排球赛。

44. 路漫漫其修远兮

中国的时装表演事业经过艰苦的耕耘，硕果累累的收获季节到来了。

1987 年 9 月 15 日夜，世界时装之都巴黎。

第二届国际时装节在这金秋之际展开。

特罗卡德罗公园，与塞纳河畔的埃菲尔铁塔遥遥相对，长 260 米、宽 15 米的 V 字形表演舞台，高架在喷水池中央。十名身着红黑镶色礼服，十名身着红白便装的来自中国上海时装模特，风姿绰约、款款行进在舞台上，刹那间，夜空里竞相绽放五彩缤纷的礼花，天幕上出现了五星红旗、巍巍万里长城的壮观图景，随着中国模特在天桥上飘逸的台步，银幕上映出了丝绸之路、麦浪碧波的图案，CHINA 格外醒目。主席台的贵宾以及三十万观众沸腾了，掌声雷动。18 个国家 900 多个模特集体谢幕后，中国模特赢得了单独再出场谢幕的殊荣。焰火、激光、彩灯、乐曲、喷泉交织在一起，宛如人间仙境。

意大利拿坡里海滩，数不清的人簇拥着高高的露天舞台，彩色的、旋转的、明亮的灯光聚在这里，海上仿佛升起一座璀璨的仙宫。来自 26 个国家的 51 名时装模特，正在这里举办的"1988 年今日新模特国际大奖赛"中紧张角逐。

在肃静的会场上，主持人宣布结果了。

"第一名，彭莉，12 号，来自中国。"欢呼声掌声骤然间海潮般翻涌、跌宕，她却愣在那里，不敢相信自己的耳朵。直到主持人牵着她的手走到舞台中央，她才确信，自己真的成为世界第一名。

19 岁的彭莉，黑眼睛，黑头发，黑眉毛，黑色超短晚礼服衬托出她美妙的胴体，显得黑的愈黑，白的愈白。此刻，她脸上漾着纯真甜美的微笑、端庄、华贵。东方少女的青春魅力和才华，终于压倒一切佳丽，独占鳌头，成为中国第一个在国际大赛中夺魁的时装模特。

类似的情形俯拾即是。

饮誉世界舞台的中国时装模特越来越多，石凯在巴黎……时装表演以及时装模特逐渐成为公众熟悉而关注的中心，电视里转播的模特大赛，更是万人空巷。

就在中国时装表演从国内走向世界并声誉鹊起的时候，我带着许多不平、遗憾、委屈、忍痛离开了时装表演队。

痛苦一经叩门，便久久不能退隐。

好心的同志、熟稔的朋友们听到这个消息后非常震惊，他们相继找到我，十分婉惜地说："你为什么要离开表演队？"

"好不容易辛辛苦苦地闯出来，你根本就不应该离开自己的事业。"

"成功了，胜利了，你怕负责任了，是吗？"

朋友们的批评、指责不是没有道理。因为他们不只是历史的见证人，也都是这项事业的参与者、支持者、创建者。记得在那些艰难的岁月里，那些热情鼓励和支持的目光、那些伸来援助的双手：正是那种在逆境中同舟共济的精神，才支撑着我一直没有倒下。

可是，朋友们又何尝知道，当我们的事业成功了，并获得社会承认的时候，当这个职业开始成为时髦话题的时候，生活平静的表面下，却开始暗流滚滚，而且来势越来越猛，使我这个当队长的防不胜防。

1984 年夏天，上海一家外贸公司邀请我们表演队首次赴港表演丝绸服装。因为我们是第一次走出大陆，踏上世界时装表演舞台，有关方面都十分重视。我也一直忙忙碌碌，挑选模特、组织训练，苦苦准备了两个多月。

可是，我无论如何没有想到情况急转直下。在人们四处活动、游说，以便把自己挤上名单的时候，当时就有人提醒我：你也应该去为自己说两句，第一次一定要争取去。我这个人向来不愿意为个人的事去向领导开口。我总这么想，这是组织上考虑的事，而且我也觉得事情明摆着，工作需要是第一位的——天经地义。

万万没有想到，最后宣布去香港的名单，竟然把我排除在外了。

仿佛晴天霹雳劈头盖脑迎面而来，我感到一种灭顶的窒息，每一根神经都绞痛地扭在一起。我冲出了办公室，恍恍惚惚地回到家里，倒在床上，激怒的情绪转变为深深的委屈和悲哀，不禁大哭起来，泪水湿透了枕巾。

我一直觉得，让人承受许多磨难之后，命运老人总会给人们一个公道，没有想到，他竟然会老眼昏花到如此冷酷无情的程度。

一起同甘苦、共患难的全队同志愤怒了，他们背着我去到上海市纪律检查委员会告状，一条一条地讲述理由，揭露某些人的不正之风，请领导收回成命。

可是，一切都木已成舟，无法挽回。

1984年8月，公司时装表演队启程赴港表演，我这个队长"悠闲"地坐在家中，满腹苦涩。

一种被"抛弃"的感觉席卷而来。尽管当时公司上下有许多人为我鸣不平，尽管人们纷纷向我投来同情的眼光，尽管有不少同志、朋友们前来看望我，抚慰我这颗受伤的心。但是，那痛苦与耻辱仍旧盘旋在我的心头，挥之不去。

　　　　　　　　　　　　　　　　　　　　霓裳繁花路

在那些艰苦创业的日子里，我很少去想荣誉。这使我得以坦坦荡荡地面对各种指责，什么"时装表演是精神污染的产物"，什么"奇装异服加美女"……面对这一切，我都能够鼓起勇气，悄悄治好它们带给我的心灵上的创伤，擦干眼泪，一如既往，去投入新的奋斗。

但是，这一次，沉重的压力仿佛一颗核弹，强大的摧毁力，使我的心碎成了千千万万片，在每一片碎片中，都有一个声音在呼唤："到底我做错了什么？"

那时，我的控制力已经削弱到了极限，我感到了一种从未有过的脆弱。

我想不通，也无法想通。

我找到了公司党委书记、经理，一定要探个究竟：我有什么问题？犯了什么错误？为什么不能去香港？

回答是一致的：我们上报的名单确实有你，后来被改变了。

一股难言的隐痛，我想不明白：为什么命运总是把残酷的打击，降临在那些辛勤努力工作的人身上？

原来我还认为这是手工业局领导的决定。事隔不久，在一次外事活动中，我碰到了手工业局外事处处长吕维华，我按捺不住，追问："吕处长，为什么第一次去香港，不让我这个队长去？"

回答出人意外："小徐，别提了，第一次我们都没有经验，没有把好关，现在我们懂了，今后命运由我们自己来掌握。"

事隔7个月之后，1985年3月，我们表演队又应邀去香港，第一次表演中国民族服装。我虽然去了，但是，心已经凉透了，倦意深重，疲惫已极，很难再回转过来。

香港回来之后，一连串的事情又在我周围发生，只有身临其境的人，才能感受到当时那股无形的压力与寒流。

1986 年 2 月初，澳门旅游娱乐有限公司主办"幻彩娱乐贺新春"，我队应邀在除夕灯火晚会上表演中国少数民族服装和传统服装。名单已定，我正忙于配备民族服装的装饰品，领导找我谈话了："这次去澳门演出，由公司领导带队，我们打算把男演员拉一个下来让你去。"

　　天！一个时装表演队的队长，竟要演员让名额给我，这真是天大的笑话！

　　"不！男演员本来就少，民族服饰配件又多，演员少了抢装来不及，为了保证演出质量，我不去。"我说。

　　接下来是去日本，领导又找我谈话了，理由是："让大家出去看看，开开眼界，你以后有的是机会"。

　　事情已经超越了出国的本来意义，我曾经追求的目的是想学习国外时装表演的管理经验和培训方法，来加强自身队伍的建设和发展。这一目的是达不到了，我越来越清楚了自身的处境。而且我也弄不明白，出国难道是一种福利待遇？

　　工作也开始不顺利起来。

　　我的一些艺术构想无法实现，甚至我要召集时装表演艺术研究小组开会，也会遇到重重阻碍，最后夭折。我越来越疑惑：我和我的同伴们在暴风雨中、在泥泞路上、在荆棘丛中艰难跋涉，一步一个脚印走到了今天，事情开始顺利了，为什么偏偏在这个时候，我这个队长反而会碰到这么沉重的压力？为什么有些人的手会伸得老长老长；那些靠小报告、奉承拍马、挑拨离间过日子的，那些阳奉阴违、口蜜腹剑的人，却能踏在同伴们的头上一步一步往上爬？好人就注定摆脱不了受苦受压的宿命吗？

　　我从书本中找答案，我认识了一个道理：是与非，悲与喜，忧与乐，和谐与别扭，轻松与沉重，纯洁与卑劣，自私与正直，文明与粗野……

生活中千百种矛盾，都在这熙熙攘攘的人生里，或明或暗，或隐或现地进行着各种各样的斗争。

时装表演事业既然踏上成功之路，按照不可抗拒的客观规律，它自然会成为那些不劳而获者追逐名利的"战场"。

在我选择这个事业的时候，根本就没有预料到有这么多的赞美和荣誉。我也从未想过借此来谋取私利、名誉和其他什么东西。我非常感激地记住了艰难中一双双援助的手。然而，在这条路越走越宽的时候，在事业成功的时候，我却感到了日益被裹挟到一种名利的争斗当中，难以摆脱。我很不愿意卷入这样的是非之中，更不愿意陷入这种卑鄙的旋涡中去。我的个性不适合这种卑劣的角逐。

果子成熟的香味，总是会诱惑一些人来采摘——即使是那些当初曾经想把树连根刨掉的人。

既然有这么多的那么粗、那么长的手，伸向时装表演这株开始开花结果、更将茁壮成长的小树，我这个小小的队长，还能起什么作用呢？

昔日鲁仲连功成身退，那一种淡泊名利、超脱和潇洒的态度，是我相当欣赏的。再说，这条路已经平坦了，前进的道路上撒满了鲜花和掌声，再留下来也没有什么意思了。

是我离去的时候了。

决定离开的时候，我的心充满依恋。毕竟，眼前这株小树，从播种到幼苗出土，到开花，到结果，我和同伴们为它浇过不少汗水。它的身上渗透着我们的汗水和心血。几年来，我天天守着它，护着它，抱着它。心，一分一秒也没有离开过它。如今……夫复何言。

于是，我找到公司王经理、金书记，一次又一次地要求离开这个岗位。公司领导的心情我完全理解，他们再三挽留我，但是，我无法再说服自己。后来，他们终于成全了我。直到今天，我仍然非常感谢公司领导对我的照顾和理解。

那是 1986 年夏天，我进入到一个新的领域。

我走以后，不过一年多的时间，老队员们也不知道为什么，一个个都先后离开了他们所钟爱的事业，离开了他们耗尽了心血的舞台——而且，都带着一颗凉透的心……

45. 春蚕到死丝方尽

几年过去了，中国第一支时装表演队早已改朝换代，时装模特们风骚一段岁月之后，也接二连三地更替换新。现在，中国的时装表演，已经长成一棵大树了。

然而，在当年的辛勤播种者中，有的已经不能再亲眼看着它茁壮成长了。

我们不能也不该忘记他们。

岁月可以作证，苍茫的大地也可以作证，他们曾经为这棵幼苗的出土与茁壮成长，付出了多少心血和汗水！

今天，当我回首往事的时候，那些感人的情景一幕又一幕在脑海中涌现，撞击着我的心田，呼唤我拿起自己的笔……

首先要写的是当年上海市服装公司的副经理陆平。

这位为时装表演队立下汗马功劳的慈祥老人，虽然亲眼看到了他亲手种植、栽培的幼苗已经遍地开花，结出了丰硕的果实，可他并没有品尝过果子的甘美，自始至终，只是悄悄地躲在幕后，为时装表演队默默地耕耘，任劳任怨，直到与世长辞。

记得 1980 年 8 月，组建时装表演队的方案刚刚写好，抬起头来，陆经理就站在我的跟前，他把方案拿走了。第二天一上班，他就来到我办公室，把方案递给我说："你看看，哪些地方还需要补充？"我接过方案翻开一看，他作了细细的修改，到处勾勾画画，布满了他那潇洒的字迹，方案更切实际，也更完整可行了。

在制定中国第一代时装模特体形标准的时候，大家极其重视。陆经理对《中国服装号型标准》进行反复研究之后，凭借当年学绘画打下的扎实功底，以及对人体结构、观念的深刻了解，提出了男女时装模特的形体标准。他首先征求我的意见。看了以后，我踌躇了：标准太高，行业里找得到吗？陆经理认为：作为时装模特，体形标准应该要求高些，身高一定要高。由于缺少这方面的经验，为慎重起见，特为此召开了一次专家座谈会，在广泛听取意见的基础上，制定出了时装模特的体形标准。

1980年盛夏，热浪滚滚，走在路上，就好像行走在蒸笼里。陆经理带着我下厂挑演员。我们下了公共汽车，朝上海第一衬衫厂走去。刚走了几步，陆经理突然感到一阵晕眩，霎时间，脸色苍白，身体有些站立不稳。我慌忙挽住他问："陆经理，你怎么了？我送你去医院吧！"他缓缓地舒了一口气，轻轻地说："不，不要紧，过一会就好了。"我扶他靠边站好，从路旁商店里借来一个凳子，让他休息一下。待他缓解过来，我坚持送他回家，他却硬要去工厂，语气坚定，无法说服。我只好与他"约法三章"："到了工厂，你休息，我去车间选。有了适合的对象，再带来给你看。好吗？"他点点头。

就这样，我们进了第一衬衫厂，讲明来意。厂长介绍了一些情况之后，陆经理突然精神抖擞起来，说："走，到车间去！"脸上的病容一扫而光。我一愣，知道陆经理的脾气，事业和工作是他的精神支柱，再想阻挡他，也无济于事。我们终于在这个厂挑选到一个漂亮的女演员——李美珍，身高一米七。

记得首场时装表演的服装，他不仅亲自组织，还亲自设计。白天和我一起外出搞面料，晚上回去，设计画稿，又亲自下厂指导制作。他设计的"拎包茄克衫""网球服"等，不仅赢得观众的好评，也备受经销商的青睐，取得很好的经济效益。

每次编排、装台、演出，他不仅亲自上阵，指挥编排服装款式、色彩，还亲自和我们一起当搬运工，装卸服装道具。我想到他患有高血压、心脏病，不让他搬，但怎么也犟不过他。事必躬亲，勤勤恳恳，始终和普通的工作人员在一起，这就是陆经理的风格。

陆经理是学美术出身，平时的衣着相当讲究。他的愿望就是看到生活中人们的衣着丰富多彩，他置身时装表演事业，也是为实现这个愿望，为改变生活中人们单调的穿着，丰富生活的色彩起一点推动作用。

当时装表演队从中南海走向祖国大江南北的时候，当全国各地已经掀起"流行色""时装热"的时候，当电话、信件、邀请书像雪片般飞来的时候，我曾多次对陆经理说："陆经理，现在，你应该带我们队出去走走，看看外面的世界，看看我们的事业如何受到人们的赞美和热爱。"

陆经理总是含着超脱的微笑，与世无争地摆摆手，摇摇头说："不用了，有人带你们就行了！"

每当我听到他这句话，内心里总要泛起一阵酸楚，同时，对他更加尊重，信服。陆经理从创业到事业兴旺发展，为时装表演队付出的心血最多，但是，成功和荣誉相继来到的时候，果实在枝头上沉甸甸地垂挂着的时候，他却从来没有以功臣自居。相反在这棵树的生长过程中，曾经用风刀霜剑摧残它的人，却面无愧色地去伸手攫取果实。

什么是高尚？什么是卑鄙？我从这位老共产党员的身上，既得到了深刻的教育，又得到了衡量的尺度。

离开表演队之后，我搬家了，一些朋友来祝贺乔迁。我在车站上接

　　　　　　　　　　　　　　　　　　　　　　　霓裳繁花路

到陆经理，他面带愠色地说："你在这种时候为什么要离开表演队？你付出那么多的努力，怎么能放弃？"陆经理从来不去争的，只是个人的利益；却生怕别人受委屈。

他总是这样全力奉献，与世无争。他心中装满了整个事业，唯独没有他自己。他离去了，他当然不是一个震惊世界的伟人，但他的高风亮节，却永远活在我们第一代时装模特的心中。

时装表演队的领导者、支持者，原服装公司副经理李至文，尚未见到时装表演事业的辉煌成功，就猝然离去。英年早殒，同志们无不悼惜。

我始终忘不了我去向他求援的那一次谈心。

那是1982年8月的一个晚上，天气很热，我来到他家，倾叙我的苦闷：虽然已批准成立专业时装表演队，但我们一直没有演出任务，整天枯坐在条件极差的眉州路仓库，不动弹已汗流浃背。队员们的思想越来越散了，怎么办？

他考虑片刻说："这样下去当然是个问题。你们队的关键是要打开局面，站稳脚跟，求得事业的发展。"

"那只有求上面开恩，准许我们多演出，扩大影响，才能打开局面呀！"我说。

李至文穿件白色短袖汗衫，凝视着呼呼转动的电风扇，静默地思考什么。蓦地，他站起身来说："哎，下旬我要到北京开会，我去向部里领导游说游说，争取他们的重视和支持。表演队要是能争取上北京演出，那不就打开局面了。"他情绪有些激动，边说边不停地做手势，好像已经找到开启阿里巴巴宝库的金钥匙。

我被他的情绪所感染，也兴奋地说："李经理，你一定要为我们争取上北京呀！"

9月初，李经理从北京开会回来，立即和陆经理一起来到表演队，信心十足地对我们说:"这次到北京,已把你们的情况向部里领导作了汇报。明年 5 月,轻工部要在北京举办'五省市服装鞋帽展销会',我们争取上北京演出。现在,你就把内外销两盘录像带送去北京,请部里领导先审查审查。"

我惊喜万状,兴奋地握住他的手,不停地说:"谢谢,谢谢。"

9 月 14 日,我和寿复孝把录像带送到北京,部里领导看后极为重视,给了我们很大的鼓舞。

1983 年 5 月,我们终于如愿以偿,在上海市服装公司赴京展销团团长李至文副经理的带领下,我们时装表演队首次赴京参加"五省市服装鞋帽展销会"演出,第一次登上了首都舞台。

在北京演出期间,我看见李经理总是那样忙忙碌碌、风风火火地在展销会与表演队之间奔走不息。今天陪同几位领导来观看,明天他又邀请来另一批客人,边看边向他们作介绍。

有一天,他来到剧场,喜形于色地对我轻轻耳语道:"我们正在为你们力争进中南海演出!"

我一听,不禁大喜过望,瞪着他看了许久:"真的? 李经理,你真是我们的大恩人!"

不久,正式的消息传来了:国务院邀请"上海市服装公司时装表演队"进中南海演出。

全队同志热血沸腾,一阵欢呼:我们盼星星、盼月亮一样,终于盼到了今天,向中央首长汇报演出。

记得在展销会结束的那天晚上,李经理终因劳累过度而心脏病急性发作,住进了医院。隔了一天,我去医院看望他,他躺在床上,脸色苍白,心力交瘁,急急地对我说:"你们表演队这次够辛苦的,好多人都病了,让大家好好休息两天。"停了一会,他又说:"你们队这下可是轰动北京城了，轻工部在总结大会上要表扬你们啦，你们总算有了出头之日。"

饮水思源，我们所有成功的背后，都有李经理这样的好同志在悉心关注。他为我们的事业倾注了满腔热情和心血。可以说，是李经理的远见与努力，为时装表演队抓住了成功的契机。我们的路是从北京开步，再走向更广阔的外部世界的。

李至文同志去世不久，我去北京，中国服装工业总公司副总经理朱秉臣无限惋惜地对我说："李经理的去世，对你们公司将是一个重大损失。"

我点点头，但心里在说："对我们时装表演队同样也是一个重大损失。"

被时装表演队誉为"老黄忠"的寿复孝同志走了，他走得这么快，这么匆忙，这么突然。噩耗传来，我简直不敢相信自己的耳朵。

1990年9月9日晚上9时，我们还通了一次电话，他告诉我，他身体很不舒服。我知道他刚巡回演出归来，可能太劳累，便劝他去医院检查检查，好好休息几天。我们还谈到改编电视剧的事情。没想到，那就是我们最后的一次交谈。

第二天9点钟不到，我家电话铃声响了，话筒里传来小汪悲切的声音："徐老师，我告诉你一件事，你千万不要难过呀！"

不祥的预感，一下把我的心抽紧了，我急忙问："什么事呀？你快说。"

"老寿走了。"

"什么？"

"老寿昨晚突然去世了。"

"不可能，你消息从哪里来的？"

"真的，我不骗你。他家里打来电话，公司已经派人去了……"

我一下怔住了，过了好一会儿，才恢复过来，眼泪夺眶而出。老寿为时装表演事业兢兢业业地工作，他的赤胆忠心，一幕幕地浮现在我的眼前：

我初次认识老寿，是1981年2月初在友谊电影院首场演出装台时，当我从8楼走下楼梯去搬运道具的时候，看见一个男同志肩上扛着一个很沉重的箱子，吃力地一步一阶往上走。我急忙下去帮忙，他却说："你抬不动，还是让我扛上去，你让开。"

老寿当时50岁，是上海衬衫四厂的电工。他对工作不怕苦、不怕累的实干精神，使我十分感动。表演队正需要这样的人才。可是厂里怎么也不肯放。最后，只得由政治部主任张德敏出面，同厂里打交道，才把老寿调来了。

他一来，就抓紧向上海戏剧学院的老师学习舞台灯光。由于他勤奋刻苦，努力学习，很快就成了我们队第一个"半路出家"的"灯光设计师"。

几年来，寿复孝同志为表演队"立足国内，走向世界"这一目标，不辞劳苦地奔波，一点一点地争取。1982年9月14日，我和老寿带着时装表演录像带去部里送审。轻工部服装处张韵清、朱秉臣两位处长看后认为，用时装表演这种形式宣传服装很新鲜，颇有吸引力。美中不足的是缺少解说，要是能用旁白介绍服装的面料性能、款式特点效果就会更好些。张处长要我晚上放映时作些解说。

我心里惴惴不安，过去，一直忙于行政事务，对设计师的作品，缺少深入细致的分析研究，心中没底，真怕介绍不全面，辞不达意，所以十分胆怯。

老寿见我顾虑重重，竭力鼓励我说："不要紧张，你能讲。只要做好准备，一定能讲好。你常对我们说，我们的事业，要争取领导支持，才能打开局面。现在，就是争取的最好机会。"

在老寿的帮助下，我镇静下来，对着荧屏上的画面，一组又一组地写解说词。晚上放映，通过解说，确实增加了宣传效果。

1985年6月，我队应长沙市国际经济开发公司等单位的邀请，前往演出。演出地点是在青少年宫的体育馆大厅。大厅的天花板离地面有十多米高。灯，怎么装？装在哪里？这可急坏了舞台组长老寿。干任何事情，只要他肯接手，没有办不成功的。他浑身上下仿佛有一股使不完的力气。他想方设法装上了吊灯竿。有了灯脚架，还必须把灯装上去，一只梯子不够高，就把两只梯子接起来，一看，真高，谁也不敢往上爬，更不要说在顶上装灯了。此刻，老寿不顾自己患有心脏病、恐高症，像个杂技演员似的，在十来米高的高空，上上下下，搞了一个多小时，终于把十多只顶灯、面光灯装好，才解决了这一大难关。

老寿不仅负责舞台工作，还是表演队的"外交大臣"。通过他的外交手段，常常为表演队争取到合适的权益和机遇。帮助过表演队的人，有时候想做一些服装，工厂以优惠的待遇加工了，但我们又不好意思向人家收费用，常常就是我和老寿给垫了。包括一些必需的应酬、交际费用，也常由他个人掏出来。但他从未计较过什么。

"春蚕到死丝方尽，蜡炬成灰泪始干。"

不该只是在缅怀的时候，才对人进行应有的评价。多一些肯定，多一些重视，没有那些横生的枝枝杈杈浪费人的精力、打击人的情绪，或许，他们不会走得这么匆忙。活得也会更舒畅一些。

无论如何，我想，他们的生命已经在事业上得到了延续，这足可以告慰他们在天之灵了。

"死亡为他有限的尘世生命落了幕，同时又掀起另一幕，使他的光芒耀眼的一面永垂不朽。"（聂鲁达《诗的事业》）

我们不会忘却他们。

书，总算写完了。我长吁了一口气。

黄昏，和风徐徐，在我家附近的田野上，我慢慢地走着。

我最喜欢的，就是在都市稀有的这片田野上，在黄昏，慢慢地散步。

这本书里的许多章节，许多的感情表达，就是在散步的时候酝酿成熟的。

此刻，创业的艰难，失败的痛苦，成功的欢愉，那些在我的书里无法全部表述出来的岁月，通通如过眼云烟一般，无影无踪了。我感到的是宁静与安谧。我呼吸着泥土亲切的气息，注视着远处的天际。

圆圆的夕阳，渐渐西沉，仿佛就挂在华丽漂亮的华亭宾馆旁边的天幕上。周围彩霞密布，把蔚蓝色天空的西边一角，涂上了瑰丽的色泽，美丽得令人无法不敛神注目。

慢慢地，夕阳的光芒收敛了。天色黯淡下来，苍茫的暮色，缓慢而从容地在田野上散布开来，慢慢笼罩了一切。华亭宾馆透明的观光电梯上上下下，闪着绿色的、黄色的、红色的暗幽幽的光流。

目睹夕阳坠落的全过程是美妙而感伤的，夕阳的美是悲壮的美。我最喜欢这么静静地凝视着日与夜交会的神秘的一瞬。我不记得自己目睹过多少次的日落，却永远忘不了这一次：我和我的朋友在家乡四川嘉陵江畔，江面张开平静而坦荡的胸怀，在变幻莫测的绚丽的彩霞簇拥下，一轮圆圆的灿烂的夕阳慢慢地落进江里，无数的光点在水面上跳跃、晃动。目睹这一情景，一种微妙而奇特的感觉，浸透全身……我的朋友也

　　　　　　　　　　　　　　　霓裳繁花路

无限感慨地说："在夕阳的魅力面前，语言显得是那样的苍白。"

在我的办公桌上，抄着我很喜欢的《三国演义》这部杰作的"开场白"：

滚滚长江东逝水，浪花淘尽英雄。是非成败转头空。青山依旧在，几度夕阳红。白发渔樵江渚上，看惯秋月春风。一壶浊酒喜相逢。古今多少事，都付笑谈中。

将来，这片城市的田野终将消失。一幢幢高楼大厦，将在这里矗起，与附近的万体馆、游泳馆一起，组成宏大的体育场馆群落。

那时候，不知我又将搬到哪个角落。

但是，我还是会想起这片田野，想起这片田野上我留下的脚印，想起这片田野上我构思的篇章，想起所有那些黄昏的散步。

（全文完）

1990 年 10 月 27 日夜初稿于上海

1991 年 1 月 18 日午后修改于上海

1991 年 3 月 12 日夜定稿于北京

原后记

　　去年 3 月，上海《解放日报》摘要连载了我的长篇报告文学《时装模特队》，在圈内圈外引起了较大反响。无论是有关的老一代领导，还是中国第一代时装模特儿以及曾经参与和支持过创建中国第一支时装表演队的老领导、老朋友、老同志，都一致认为文中描写的人和事，都是真实的，表达的感情是纯朴、真挚的。不少同志和朋友都鼓励我抓紧把书补充修改后出版。

　　这些年来，不少报纸、杂志的记者都来找我想采访这一段历史。每提起这一段岁月，我心里就有一种说不出的滋味。但是，这段终生难忘的经历又一直缠绕着我的心。一想起它，总觉得心头热烘烘的。不把它写出来，总感到有件心事未了。

　　我曾经有幸受命组建中国第一支时装模特儿队，并担任了 6 年的队长。6 年创业生涯中遇到的艰难和困苦，矛盾和挣扎，痛苦和欢乐以及汗水和泪水，阵阵萦绕在我的脑际，历久难忘。1980 年至 1986 年，这 6 年对别人来说，也许无足轻重，然而对我来说，却是那样的"惊心动魄"。

　　每当我翻开记载着 6 年经历的 25 本笔记和日记，看到那密密麻麻的字迹，我总会情不自禁地想到为支撑中国时装表演事业而艰苦奋斗、顽强拼搏的每一个人。正因为这一群创业者在我心中占有十分重要的位置，所以，我才有足够的勇气去掀动这些回忆，重新把自己全身心地沉浸到这6年往事的回忆中。

可是，当真开始坐下来以后，我却感觉到手中的笔有千斤重。我真怕它无法正确表达胸中如潮汹涌的感情；我怕它不能真实地勾画出创业者的群像；我怕它写不好中国第一支时装表演队的艰难而辉煌的历程。

如今，中国时装模特儿的足迹已遍及全国，走向世界，时装模特儿已经成为最富有吸引力的职业之一；此时此地，使命感、责任感以及同志们、朋友们的热情鼓励，都强烈刺激了我的创作欲望。非得自不量力，来挥动我这支秃笔不可。1990年8月，我到北京出差，朱秉臣副总经理也鼓励我，好好写一下这段历史，我妹妹徐文湘见我凝目而视，若有所思，她也说："我看，你又在想你的'路'了，就下决心写吧。赶快写出来，你就轻松了。否则，你的心始终是沉甸甸的。"

同时，我们已看到新闻界在不断"曝光"，这段历史中也出现了某些违背事实的记录。

8年前，有些从未参与、甚至未必知道中国第一支时装表演队的人，居然也在那里"非常感慨地追忆"8年前（指1980年）自己第一次招聘模特儿的情况，对真正的创始人却只字不提。此类事虽然自古有之，但是，在直接创业者还活着的今天，居然明目张胆地伪造历史，实在令人震惊和气愤。

继续沉默下去吗？继续让这种不真实的东西在社会上流传吗？不！

轮到我们这些知情者发言了，轮到我们来原原本本讲一讲了。

为了维护这段历史的真实性，为了对一群创业者负责，尽管手中的笔是那样笨拙，我也觉得应该去完成这一使命——这是义不容辞的。

去年8月，我从北京回来，便强迫自己安静下来，决心把"中国第一支时装模特儿队之路"写出来，公之于众，了却多年来的一桩夙愿。

经过一年多的努力，这本书终于完成了。必须告诉读者的是：这本书所叙述的都是真人、真名、真事、真情。用的也是真名、真姓、当时的真职务。尽管6年经历的事情实在太多太多，不可能一一详记，然而，我已经尽了最大的努力，把应该记下的通通记下。如果还有遗漏不该遗漏的人和事，那么只能请有关朋友、同志原谅。至于对所有记录的人和事的评价，那只是我个人的看法，有所偏颇，也完全由我本人负责。

　　组建新中国第一支时装模特儿队这项美好的事业，牵动着许许多多人的心：各级领导、表演队全体同志、文艺界、新闻界的老师和朋友，我们服装行业的厂长、设计师、工艺师、工程师、经济师、服装技术人员以及外协作有关单位的人员等等，他们都为这项事业的生存和发展，做了许多工作，耗费了大量心血，恕我不能一一记载，但我对他们每一个人，都怀着深深的感激之情。

　　在我写作的过程中，得到了胡铁生、刘汝升、王树塞、张成林、顾行伟、周贵积、张德敏、张步、康志华、赵衡等领导的关心和支持。第一支时装模特儿队的老战友史凤梅、徐萍、刘春妹、蒋雅萍、裘莉萍、李瑞芝、何家良、彭国华、邬臻清、黄月萍、陆倩、朱明华、寿复孝、郑家伟等同志，为我提供了不少素材，在美国的柴瑾、在日本的侯林宝都写信来介绍他们过去和现在的情况。

　　最后，我特别要提到许寅同志、俞哲同志和《解放日报》小说连载组的有关同志以及钟红明同志。他们不仅给了我巨大的鼓励和支持，还费了不少时间和精力，帮助我整理修改，使此书得以和广大读者见面。在此，一并致以真诚的谢意。

徐文渊

1991 年 10 月 14 日写于北京

附一
上海市服装公司时装表演队
1980年8月至1986年4月记事概略

1979年3月，上海人民大舞台，皮尔·卡丹时装队举行时装表演（约60分钟）。

7月19日，日本时装协会在上海长江剧场举行时装表演。

1980年7月19日，美国豪士顿时装队在上海友谊电影院举行时装表演（约35分钟）。

8月1日—20日，在上海锦江饭店俱乐部，中国纺织品进出口总公司举行1980年中国出口服装洽谈会。洽谈会期间先后于8月1日和20日，举办了两场出口时装表演会，按出口服装、畅销服装、创新服装3个部分展示约200个品种/件（套）服装。（摘自《世界经济导报》1980年8月15日）

8月，上海市服装公司（以下简称公司）经理张成林设想由公司自己组织时装表演队，得到主管服装技术的副经理陆平积极响应。二人商量之后，从技术科抽调徐文渊负责策划组建时装表演队事宜。徐文渊草拟了《建立服装造型设计表演队的计划和方案》，同月，张成林在公司党委会上提出组建议案得到通过，上报手工业管理局。组建报告得到上海市手工业管理局（以下简称市手工业局）副局长刘汝升的批准和支持，批示"建立一支庄重大方、优美健康的时装表演队"，并将模特的称谓改为时装演员。公司研究决定此项工作直属经理室领导，由公司副经理陆平主管，抽调服装研究所副所长赵衡、技术科副科长康志华和技术科徐文渊负责组建公司所属的业余性质的时装表演队。

9月，陆平副经理与徐文渊一同下厂挑选演员，历时1个多月，在公司所属的53家服装工厂的3万多工人中挑选出20名表演队员，女队员12名：史凤梅、徐萍、张毅敏、蒋雅萍、裘莉萍、刘春妹、柳正英、于新鸣、万红、李美珍、姜敏华、潘浩，男队员8名：郑家伟、侯林宝、何鉴德、王人伟、盛犇、管胜雄、韩正毅、凌林。10月14日，张成林、陆平等在经理室与演员们见面交流，鼓励大家做好这项新的工作。同月，张成林组织公司所属企业（工厂）召开会议，决定表演所需服装由研究所、技校和技术力量最强的三十七家工厂承担设计制作。设计师顾培洲、叶德乾、倪慧珍、徐根德、金泰钧、陈丁元、钱雪娣、张蔚康等设计画稿500多张，公司内的专家、名师组成评委会，遴选出186件（套）。演员的训练及舞台灯光、音响等求助于上海戏剧学院，时任舞美系主任的周本义教授鼎力相助，并请形体教师任小莲，化妆教师应玉兰，灯光教师金长烈，音响教师李树源、潘家瑜等，对队员及演出进行训练和指导，就布景、灯光等进行设计和制作。16日，张成林、陆平等在富民路服装陈列室与上海戏剧学院的老师们见面，感谢各位专家大力支持。

11月19日，下午1时，在市工人文化宫，张成林、陆平、赵衡、康志华和上戏任小莲及20名男女队员齐聚市文化宫。在会议室由徐文渊主持了简短而郑重的"开班典礼"，然后到舞蹈排练厅开始第一次训练。这是上海市服装公司时装表演队集结到位，开启征程的一天。日后，许多表演队的同志认为这一天是表演队的建队日。至次年1月19日，队员在文化宫进行为期两个月的半脱产训练。

1981年1月20日—2月，表演队办公及训练场地临时安排在富民路服装陈列室，队员进行全脱产训练及排练。

2月9日—10日，在上海友谊电影院，表演队为"上海市进出口服装交易会"演出2场，这是新中国第一支业余时装表演队的首场演出（行业内部）。表演四季服装186件（套），时长约75分钟。市手工业局和公司领导及外贸机构负责人与行业设计人员、企业厂家技术人员观看了演出，演出结束后领导们上台祝贺演出成功。这是一场具有历史意义的演出，宣告着上海服装公司拥有了自己的时装表演队，也标示出服装表演行业从无到有的起始点。（1996年，劳动部和中国纺织总会联合颁布《服装模特职业技能标准（试行）》（纺人〔1996〕17号），服装模特作为一种职业被国家正式承认。摘自《服装表演概论》，中国纺织出版社，2020年2月第二版）

2月21日—22日，在上海曙光剧场（国际贸易会堂），表演队为参加"上海春季出口服装交易会"的外宾和相关部门演出5场，表演服装184件（套），时长约70分钟。外宾们感到"出乎意料""未来可期"，评价甚高，反响热烈。

6月，表演队办公室及训练地点搬移至汉口路614号。

6月8日，在上海友谊电影院，表演队为到访外贸公司的"国际服装工业联合会访华团"演出2场，表演服装191件（套）。美国、西德、法国、日本、瑞典、意大利、澳大利亚，7个国家40多位外宾观看后给予良好评价。市手工业局局长胡铁生观看演出之后，即和公司领导及表演队进行座谈，胡局长指出表演队的工作方向：为营销服务，要宣传公司及行业的新产品，要为扩大产品出口和促进成交服务。在表演风格上要坚持走民族化的道路。表演服装可分为两类：内销服装和外销服装。内销服装要适合国情，美观实用；外销服装要解放思想，大胆突破，适应国外市场的需要。这一定位确立了表演队日后内外两套服装类别的基本框架。

7月，张成林经理调任，同月，王树塞任公司党委书记，刘汉兴任公司经理。约8月，康志华调任。约10月，赵衡退休。

8月，表演队精简8名演员及工作人员。

9月3日，经公司党委会研究决定，服装表演队划归服装研究所管理。划归后徐文渊任时装表演队队长。遂即提出亟须开展的三项工作：一、调整充实演员；二、演员集中训练提高水平；三、设计制作内外销两套表演服装。报告得到了时任服装研究所所长张步的同意和支持。10月，再次从行业内20多家工厂挑选招生，经过初试、复试通过20名，又经两周集训后，新增队员柴瑾、李瑞芝、黄琦、朱纪红、胡绍斌、彭国华、俞红英、吴军、孙春莹等。落实内外两套服装的设计和打样制作，内销服装由研究所设计师顾培洲、叶德乾、张良友、倪慧玉，服装十五厂设计金泰钧、服装五厂设计师陈丁元、服装技术学校设计师钱玉娣等设计表演服装193件（套）。外销服装由研究所设计师顾培洲、叶德乾、张良友、倪慧玉、服装十五厂设计师金泰钧、服装二十二厂设计师陈跃根、服装十四厂设计师袁宗岳等设计表演服装150件（套）。打样制作单位：服装研究所、服装技校、上服一厂、上服二厂、上服三厂、上服四厂、上服五厂、上服七厂、上服八厂、上服九厂、上服十一厂、上服十二厂、十四服、十五服、上服十九厂、二十一服、二十二服、二衬、三衬、四衬、枫林厂、实验厂、延吉厂、羽绒厂、领带厂、和平帽厂、针织帽厂、新风厂、虹艺厂、曙光厂、东海厂、延安厂、红卫厂、前进厂、长征鞋厂、胜利厂。

10月，表演队办公室及训练地点搬移至中州路幼儿园。

11 月 26 日，在北京饭店西楼大厅，时尚界名人宋怀桂组织带领十余名中国模特，与世界著名时装设计师皮尔·卡丹先生带来的两名外国模特，举行皮尔·卡丹时装展示会。（《丽人行——时装表演在中国》，石湾著，中国文联出版社）

12 月 17 日—18 日，在上海曙光剧场，表演队为"全国服装春夏选样定货会"的会议代表 500 多人及基层厂家和有关单位演出 5 场，表演内销服装 180 件（套）。（场次登记表未录）

1982 年 1 月 7 日，公司党委就表演队工作召开专项工作会议，会上徐文渊将表演队成立以来训练演出的工作概要、存在的困难、亟须解决的问题及日后的建议和设想，向公司领导们做了汇报。（时有演员 18 名：男 6 名，女 12 名；工作人员 10 名）

2 月 27 日—28 日，在上海锦江俱乐部，表演队为"针织服装选样定货会"销售服装演出 8 场，表演服装 140 件（套）。

3 月 22 日—24 日，在上海锦江俱乐部，表演队为"秋冬季服装选样定货会"全国 29 个省市代表演出 8 场，表演服装 146 件（套）。

4 月，由于服装表演队是业余的，场地、资金无法保障，演出的设备器材、表演服装的来源不定。尤其是人员（时有男女队员 16 人，工作人员 14 人）是以抽调、借用、请假等方式进行训练和演出的，有任务集结，无任务回厂。建队一年多长期频繁离岗给所属单位带来不少工作上的困难和麻烦，有些队员的奖金甚至工资都被扣发，致使人心不稳。队员的归属、组织关系以及工资、奖金等都成了具体而棘手的问题。就此，表演队起草并提交了"成立专业服装表演队"的报告。服装研究所和公司对时装表演队所取得的成绩和影响给予了肯定，为从"谋生存"进而向"求发展"转型，同意转向专业方向。于是，正式向市手工业局递交了请示报告。但三个月有余而未得回复及批示。7 月，报告到了时任市手工业局局长胡铁生的办公桌上，胡局长拍板同意和支持。指示"时装表演队要宣传公司的新产品，要为推销公司产品服务，要走民族化的道路，要有中国自已的特色，要发掘中华民族的宝贵遗产，要贴近生活，为群众服务，不要搞那些中国人看了买不起，外国人看了不够洋的东西"。新中国第一支专业的服装表演队——上海市服装公司时装表演队就此诞生，机构设立在服装研究所内。8月，表演队建立自己的组织框架，徐文渊任队长，柳百竟任指导员。成立了演员组，侯林宝、史凤梅为组长。舞台组，寿复孝为组长。队员有：邹石根（舞台）、朱明华（舞台）、周仲浩（舞台）、戴信林（总务兼舞台）；郑家伟（音乐）、李国安（音乐）；邬臻清（形体教员）、黄月萍（形体兼服管）、李卿卿（形体教员）；管胜雄（演员兼财务）；盛犇（演员）、韩正毅（演员）、彭国华（演员）、胡绍斌（演员）、徐萍（演员）、蒋雅萍（演员）、张毅敏（演员）、裘莉萍（演员）、李美珍（演员兼服管）、潘浩（演员）、刘春妹（演员）、柴瑾（演员）、李瑞芝（演员）、黄琦（演员）、朱纪红（演员）。

5月25日—28日，6月3日—5日，国际贸易会堂（曙光剧场），举办内销服装录像演出5场，表演服装193件（套）；外销服装录像演出3场，表演服装150件（套）。按照手工业局和公司领导的指示精神，在市卫生局计生分中心的大力支持配合下，完成内销、外销两套表演服装录像片的编辑、剪接和配音工作。这是公司首部电视宣传片，扩大了宣传渠道和范围，同时也积累了技术资料。

6月1日—2日，在上海国际贸易会堂，表演队应上海市丝绸进出口公司邀请演出3场。表演丝绸服装180件（套）。市财办、进出口办、外贸局、手工业局、丝绸工业公司、工艺美术公司等单位的领导和设计师观看了演出，反映良好。

6月21日，表演队办公室及训练地点搬移至杨浦区眉州路上的仓库。

8月，表演队办公室及训练地点搬移到四川北路服装技术学校，月底搬移至上海市服装进出口公司北苏州路1040号。

9月中旬，在市手工业局和公司的积极推荐下，徐文渊与寿复孝携带内外销服装录像带前往北京，送轻工业部及相关部门领导审看，并汇报表演队工作情况。时任轻工部部长杨波，副部长季龙，办公厅主任郑旭、副主任龙凤歧，计划司司长祁政，二轻局局长史敏之，服装处处长张韵清，中国纺织品进出口总公司副经理朱友兰，中国丝绸总公司副经理吴震，综合处处长祁金湘，宣传处处长王庄默等领导共60多人观看了录像。领导们总体上肯定了表演队的成绩，认为演员庄重大方，服装样式丰富多彩，布景具有民族特点和新意。也指出了一些不足和问题：男演员不够灵活，音乐较乱，有些曲子与服装不相协调，如果能用旁白介绍产品特点将更好地起到宣传效果，并对表演队今后的工作提出了意见和要求。

10月，富民路陈列室，表演队为医务人员表演医务服装，演出1场。

11月20日—12月1日，公司按手工业局胡铁生局长促销冷背产品要求，从积压在公司仓库的原料中选出29种，组织设计师专门设计新款式服装，公司在富民路陈列室，为此举办"1982年春季服装选样定货会"，演出10场。表演服装55件（套），时长约30分钟。订货会上成交金额达60多万元。

12月5日，在富民路陈列室，表演队为苏联贸易代表团一行5人及相关人员20多人，进行了外贸服装专场演出2场。表演外销服装72件（套）。代表团当场选中51种产品，带到北京外贸总公司谈判，成交64万件（套），金额1400多万美元（之前，在北京、天津、南京、无锡选购但无一成交）。这是首次专为外销服装进行的经营性表演。

12月13日—17日，在上海闵行饭店，表演队为公司"1983年春夏流行服装定货会"的各省市代表400多人演出11场。表演服装130件（套）。

1983年2月1日，表演队在上海大厦，为东德贸易代表团及其他国家外宾200余人演出2场，表演外销服装107件（套），时长约45分钟，外宾反响良好。

2月6日—8日，在上海锦江俱乐部，《美化生活》编辑部1983年茶话会，表演队为市经委、文化局、电影局、交通大学、复旦大学、上海科技大学、上影厂等文化教育界及行业领导100余人演出2场。表演外销服装107件（套），时长约45分钟。市手工业局胡铁生局长观看演出后肯定了表演队的成绩，并表示可以对外公演。

3月1日—23日，在上海国际贸易会堂，表演队为公司与上海市纺织局针织公司联合举办"针织涤纶服装展销会"演出34场，门票售价5分。这是建队以来首次面向社会的公演。表演服装135件（套），其中针织涤纶服装51件（套），外销服装84件（套），观看的业内人员和消费者达4万人次，场场满座，反响热烈。

4月28日—6月1日，在北京农业展览馆，表演队为轻工业部五省市服装鞋帽展销会演出50场。表演服装185件（套），时长约75分钟。轻工部杨波部长、季龙、贺志华、杨玉山副部长等出席开幕式，开幕式后进行时装表演，表演结束后领导们上台和演员握手祝贺演出成功，并和全体队员合影留念。开幕式还邀请了国家经委、纺织部、外贸系统等单位，以及人民日报、新华社、光明日报、经济日报、工人日报、中国青年报、中央人民广播电台、中央电视台、北京电视台、北京晚报、市场报、中国日报等二十余家新闻单位报道服装表演的消息，集中的报道在京引起了轰动的效果。5月3日，因公务在京的上海市副市长叶公琦等领导观看演出，演出结束后上台和演员握手，祝演出成功，合影留念，并和大家一起座谈，给予肯定和鼓励。5 月 10 日，为外宾演出了两个专场，美联社，法新社，加拿大广播公司，挪威广播电视台，《挪威报》，《南斯拉夫信史报》，《新加坡联合晚报》，《澳大利亚日报》，日本《每日新闻》等外媒对演出进行了报道。杨波部长积极推荐表演队到中南海向中央领导汇报演出，得到国务院办公厅的同意。5 月 13 日，表演队在中南海紫光阁，向中央领导进行了为时一个小时的汇报演出。邓颖超、杨尚昆、万里、薄一波、胡启立、邓力群、陈丕显、谷牧、陈慕华、郝建秀、张劲夫等党和国家领导观看了演出，表演得到首长们的赞扬和肯定。时任总理和姬鹏飞副总理在结束外事活动后也来到紫光阁看望表演队，并祝贺演出成功。5 月 21 日，上海市副市长刘振元等领导观看了演出，演出后上台和大家合影，鼓励表演队坚持走民族化的道路，今后要走向国际舞台，让外国看看中国的时装表演，并赠送一副对联："万紫千红改革除旧貌，千姿百态时装展新容"。北京之行，观众达 5 万多人次，得到了上至中央领导、下至广大群众的广泛肯定和好评。新中国第一支时装表演队此时创造了辉煌时刻，登上事业的顶峰，赢得了至高的荣誉。自此之后，各省市地区开始纷纷组建时装表演队，时装表演渐渐发展起来，数年之后形成为繁荣兴盛的服装表演行业。

6 月 11 日，在上海富民路陈列室，表演队为日本横滨文化技术友好代表团演出 1 场，表演外销服装 98 件（套），时长 50 分钟。

6 月 20 日—7 月 8 日，在上海国际贸易会堂，表演队应中国丝绸流行色协会邀请演出 24 场，表演丝绸时装 150 件（套）。

6 月，北京市东城区文化馆舞蹈教师吕国琼组织举办"服装广告艺术表演班"，表演队通过《北京晚报》刊登招生启事，面向社会招收男女模特，录取 33 名。（《丽人行——时装表演在中国》，石湾著，中国文联出版社）

7月9日—12日，在上海国际贸易会堂，表演队为公司"第七次选样定货会"演出5场。表演内销服装60件（套），丝绸服装85件（套）。

7月14日，表演队在上海国际贸易会堂，表演丝绸服装1场。中央领导胡启立，上海市领导陈国栋、胡立教、汪道涵、叶公琦、杨堤、忻元锡等观看了演出。表演结束后领导们上台与队员们一一握手，慰问鼓励大家。

7月27日，在上海锦江饭店小礼堂，表演队为中港合资"美丽华时装公司"开幕典礼演出1场，表演外销服装91件（套）。时长约45分钟。

7月，表演队办公室及训练地点搬移至贵州路82号。

9月2日，市手工业局刘汝升副局长与公司刘汉兴经理等领导来到表演队与大家座谈，队长徐文渊向领导汇报了表演队近期的工作情况及面临的问题。刘汝升副局长指示，表演队要与设计师密切协作，应以表演设计类服装为主。要重视演员的增补，保持一定的数量及一定的素质，做好培养新人和接班人的工作。中老年服装欠缺，应加以重视提高。关于演出期间的补贴发放及应邀对外的演出，要拟定出具体的方案。

9月24日—10月5日，在广州友谊剧院，表演队为公司与广州市纺织品公司、广州市百货公司联合举办的"1983年秋冬季服装展销会"演出28场。表演服装170件（套），时长约75分钟。广州市领导许士杰、朱森林、邓汉光、王玄、梨敏及省商业厅长刘振本、市经委主任杨资元等领导观看了首场演出，结束后上台祝贺演出成功并合影留念。这是表演队与广州时装表演队的联合演出，广州队上半场，上海队下半场，观众达4万5千人次。场场满座，赢得了各方面的好评。展销总额107万元，比去年同期增加了一倍多。

11月7日—9日，富民路陈列室，表演队为公司举行的"1983年春季服装选样定货会"演出3场。

12月2日—7日，公司班子学习人民日报重要文章《清除精神污染，建设精神文明》。公司党委书记王树塞、副书记金长顺、所长张步挂帅主阵，整顿思想作风，提出加强管理，健全规章制度。

12月19日—25日，在深圳戏院，表演队为公司在深圳展销会演出10场。表演服装186件（套），演出时长约75分钟。观看人数达8千余人次。25日，深圳市副市长周溪舞等领导观看演出，结束后上台祝贺演出成功并和队员们合影留念。

1983年下半年，市手工业局刘汝升副局长离休。公司副经理陆平退休。

1984年1月13日—14日，在上海工业展览馆西大厅，表演队为中国羽绒服装交易会演出2场，表演羽绒服装122件（套）。

1月18日，在上海锦江饭店小礼堂，公司专门向上海市委市政府及手工业局等50余位领导进行工作汇报演出1场，表演春夏秋冬内外销服装160件（套）。市领导胡立教、汪道涵和刘振元等领导观看。演出结束后市领导在大厅听取了表演队工作汇报，并与手工局、公司领导一同讨论研究表演队今后的发展方向，明确了可以公演，可以应邀出国表演等工作事宜。

1月29日—30日，在上海戏剧学院剧场，表演队为西装配套展销会演出12场。

2月8日—12日，在上海市政府礼堂，表演队慰问离退休老干部、援外专家及家属，演出14场。

2月24日—28日，在上海国际俱乐部，表演队为中国丝绸流行色协会首次发布"1984—1985年度丝绸流行色"演出15场，表演时装160件（套）。演出时长约90分钟，观众8千余人次。

2月，金长顺任公司党委书记，王树塞任经理。

3月2日—5日，在上海北京影剧院，表演队为上海市出口服装交易会外销服装演出6场，观众9千余人次。

3月8日—10日，在上海锦江俱乐部小礼堂，表演队为上海市出口服装交易会外销服装演出9场，观众达3千6百人次。

3月24日—27日，在上海市杂技场，表演队以市手工业局和公司团委组织广大青年设计人员设计制作的青年服装演出4场。

4月6日—14日，在上海市政府礼堂，表演队为上海服装二十四厂茄克衫展销会演出15场。这是表演队首次为基层工厂举办的专场（茄克衫）表演，赢得了基层厂家的赞誉。

4月18日—20日，在无锡市体育馆，应无锡市商业局（无锡市百货公司）邀请，配合"1984年春夏服装展销会"，表演队在上海、无锡两地表演服装5场。表演服装163件（套），时长约70分钟，观众达2万4千人次。

4月24日—30日，上海市对外贸易总公司计划8月赴香港举办展销会和时装表演，报市政府获批准。市外贸总公司和公司领导与表演队讨论商议演出服装制作、人员安排、布景道具设计制作、音乐录制等相关工作，明确表演队需落实的事宜。

5月，徐文渊和作家王炼、李汶合作完成电影剧本《黑蜻蜓》。上海电影制作片厂成立摄制组，导演鲍芝芳邀请表演队女队员徐萍、史凤梅、张毅敏、刘春妹、柴瑾，男队员侯林宝、彭国华、何家良参加拍摄。

6月14日—16日，公司邀请皮尔·卡丹中方首席代表宋怀桂女士来队讲课，并对时装模特的表演与训练进行交流。

7月下旬，依据对外搞活开放、对内搞好经济的指导方针，更好地宣传上海服装的造型和工艺技术，进一步提升表演队的专业水平，强化竞争力（时装表演在全国蓬勃发展，仅上海地区已有40多支表演队），拟在目前时装表演队的基础上，成立上海服装艺术表演公司。性质转为集体所有制，独立经济核算，自负盈亏，为开创上海服装表演新局面起开路先锋作用。表演队向公司党委及经理室提交《关于时装表演队体制改革和经济承包的报告》及具体实施方案（草案）。

7月27日，在上海锦江俱乐部，表演队为表演队赴香港审查演出1场，市领导出席。

8月12日—16日，香港美心皇宫大酒店，表演队为上海市对外贸易总公司、市手工业局组成的"上海服装赴港展销团"进行服装演出5场，时长约45分钟。表演丝绸服装及香港时装设计师刘培基、法国皮尔·卡丹、日本小筱容子设计的服装作品共135件（套）。观众达2千4百人次。香港主要媒体、电台、电视台播放了实况，香港《大公报》《文汇报》《华侨日报》《经济导报》等媒体报道上海时装表演队的演出。这是表演队首次走出内地出境演出，踏上世界时装表演的舞台（徐文渊未随队前往）。

8月，表演队向公司提出面向社会公开招考时装模特，报告遂获批准。公司党委对此极为重视，由经理室、劳资科、研究所和表演队组成招生领导小组。8月27日，分别在《解放日报》和《文汇报》刊登公司时装表演队在沪招生的消息。9月1日，报名地点在富民路上海服装陈列室，4天内报名逾千人，初试通过209名，二试通过80人（女61名，男19名），再复试通过54人（女44名，男10名）。遂后特为这54人办了为期10天的训练班，最后一天进行考试，由招生领导小组逐一进行讨论评比，最终录取13名女模特：姚佩芳、夏承惠、于琴、陈洁、吴蓉菲、朱雅萍、沈莉、刘宝兰、蔡容一、范娓等，2名男模特王振辉、冯俊。这是队史上第一批面向社会公开招收的职业模特。

9月22日—10月4日，在上海静安体育馆，表演队为国庆35周年上海服装展销会演出22场（其间加演9场）。表演服装175件（套），分为四个部分：一、1985年新潮时装；二、中老年服装；三、中国传统服装；四、上海服装研究所著名设计师及青年设计师新作品系列。这是表演队首次面向社会公开售票演出。5万5千张门票（票价4角、5角、6角）在一日之内售罄，观众反响热烈，演出一票难求。24日，来沪的国务委员、国家计委主任宋平等领导观看了演出。

10月5日—8日，在上海市青年宫影剧院，表演队为"中日青年联欢会"演出3场。

10月23日，在富民路陈列室，表演队为苏联贸易代表团演出1场。表演60多种产品。

10月28日—29日，在上海卢湾区体育馆，表演队为上海联合毛纺织有限公司演出2场（29日晚7时一场为上海电视台实况转播，也是首次直播）。表演羊毛衫142件（套）。

11月10日—17日，在深圳新园宾馆，表演队为"上海市针织服装进出口公司深圳交易会"，演出11场。表演针织时装和羊毛衫148件（套），时长50分钟。演出期间适逢部分全国政协委员在深圳考察，12日特为100多位委员们汇报演出一场，全国政协副主席周培源、深圳市长梁湘等领导演出后祝贺成功并上台与演员合影留念。14日香港公益慈善机构慧妍雅集会长朱玲玲小姐来到深圳观看演出。16日为法国大客户安德烈·赛为特单独加演一场（这是队史上仅有一位观众的演出），其当场定货十余万美元。

11月20日，在广州友谊剧院，表演队为广州友谊公司表演针织服装、羊毛衫，演出3场。

11月30日，社会公招模特报到入职。下午，召开新队员欢迎会。徐文渊代表表演队欢迎新成员的到来。介绍了队史和目前的情况，讲述了时装演员的任务特点和内涵，提出要刻苦训练，努力学习，做合格优秀的模特。

12月8日，在上海锦江俱乐部，表演队为来上海参加全国经济工作会议的国务院主要负责人和中央领导姚依林、陈丕显及上海市党委、市政府领导们演出1场。表演结束后领导们上台和演员们一一握手，鼓励、表扬大家并合影留念。

12月14日—19日，表演队在昆明东风体育馆，应昆明工业品贸易中心邀请表演1985年新潮时装、上海著名服装设计师设计的服装、上海传统服装和礼服，演出13场。

12月22日—24日，表演队在上海静安体育馆，表演1985年新潮时装，演出3场。

12月28日，在上海宝山工人俱乐部，表演队为影片《黑蜻蜓》首映式表演流行时装1场。

12月29日，在上海体育馆，表演队为庆祝上海印刷公司建立三十周年活动表演流行时装1场。

12月29日，在锦江俱乐部，表演队应上海日用化妆品公司露美化妆品公司邀请，由表演队新入职的模特演出1场，也是职业模特首场表演。

1985年1月3日—5日，在上海杂技场，表演队为上海人民广播电台组织的羊毛衫、羽绒服、裘皮大衣展销活动进行表演，演出5场。

1月7日，上海文艺会堂，表演队在电影《高山下的花环》授奖仪式上为新片《黑蜻蜓》进行推介，演出1场。

1月9日，公司领导讨论研究了表演队关于转制实行承包的提案，向市手工业局上报关于成立上海服装艺术表演公司的请示及初步方案。

1月17日—19日，在上海友谊电影院，表演队应上海服装进出口公司邀请，首次表演我国 55 个少数民族的民族服装 102 件（套），演出 6 场。

1 月 17 日—23 日，香港慧妍雅集会长朱玲玲小姐、香港模特指导孙秀芸小姐、香港首席模特张莉萍小姐来到上海，为表演队讲课指导，示范时装表演的方法技巧，传授演出经验。其间观看了表演队在友谊电影院的演出，孙秀芸和张莉萍小姐还参与指导了表演队在新华电影院举行的电影《黑蜻蜓》首映式上的时装表演。

1 月 22 日，在上海新华电影院，上海电影制片厂摄制的故事片《黑蜻蜓》举行首映式。导演鲍芝芳邀请编剧和参加拍摄的表演队员出席，并应其提议，在首映式上增加一段为时 30 分钟的时装表演。

1 月，表演队办公室及训练地点搬移至北京东路 360 弄 14 号。自此有了固定的办公和训练地点。

2 月 5 日—7 日，在上海市工人文化宫，表演队为中国少数民族经济文化开发总公司华东分公司演出 6 场。

2 月 11 日，在上海钢铁五厂影剧院，表演队为庆祝上海钢铁贸易公司成立演出 2 场。

2 月 14 日—23 日，在上海卢湾区体育馆，表演队与上海歌剧院联合演出新时代轻音乐表演会，演出 12 场。观众达 4 万 3 千人次。

2 月 20 日—22 日，在上海万人体育馆，表演队为上海市政府组织的春节联欢会表演 3 场。

3 月 4 日—14 日，在厦门泉州工人化宫，表演队庆贺泉州上海服装有限公司成立演出 27 场。

3 月 15 日，在香港丽晶大酒店，表演队应香港慧妍雅集会长朱玲玲邀请，为中国少数民族服装表演慈善会演出 1 场，表演队 8 名女演员与香港 8 名女模特和 2 名男模特同台表演 37 个民族各具鲜明特色的代表性民族服装113件（套），时长约75分钟。香港影视明星张玛莉、著名司仪刘家杰担任表演会主持。全国政协委员知名实业家霍英东，邵氏影业公司总经理邵逸夫，霍英东集团公司总经理霍震霆，香港华润（集团）有限公司总经理张建华，香港华光有限公司董事长赵世曾，影视明星夏梦、陈琪琪、陈百强、钱慧仪、孙泳思、梁洁华、狄宝娜、司马燕等香港工商界、影视娱乐业界名流共五百余人到场，会后进行公益拍卖活动。这次内地在香港地区时装表演引起了香港媒体的特别关注，《大公报》《文汇报》《星岛日报》《明报》《东方日报》《快报》《成报》《新晚报》等，在显著的版面以较长篇幅图文并茂地进行了报导。表演队所展现的庄重、优美、大方、活泼的台步表演风格，我国民族服装的工艺特点和装饰风貌，赢得了香港各界人士的赞扬和好评，反响热烈，轰动一时。在香港期间，16日、17日，在朱玲玲的联系安排下，表演队参观了莱莉雅集团香港有限公司、蓝晶化妆品公司、钟·丹妮华坚丝模特学校、香港艺姿模特中心，考察了解香港模特机构组织情况、课程内容及训练方法。18日，在华打大厦，观摩了一场当地的商业性时装表演。19日，蓝晶化妆品公司为表演队特意安排了半日的美容化妆课，并对每个队员进行实际的操作指导。

3月14日—16日，在福州市工人文化宫，表演队为庆祝全国职工技术协作委员会第三次全体会议召开，演出3场。

3月21日—24日，表演队在厦门市工人文化宫，演出8场。

3月底，市手工业局局长胡铁生离休。

4月15日，表演队在上海财经学院，演出1场。

4月16日，表演队在上海同济大学，演出2场。

5月3日，表演队在上海友谊电影院，为上海市团委五四青年节庆祝活动演出1场。

5月9日，表演队在上海华东师范大学，演出1场。

5月16日—20日，表演队在上海戏曲学校，为海螺开发公司、衬衫工厂展销会演出5场。

5月23日，在上海市青年宫，表演队为亚太地区青年代表团国际青年联欢节演出1场。

5月24日—25日，在上海外贸礼堂，表演队为针织公司交易会演出2场。

5月26日，在上海戏曲学校，表演队为公司团委演出2场。

6月2日—8日，在长沙青少年宫，表演队应长沙国际经济开发公司、长沙友联商场、长沙信丰贸易商行邀请，演出10场。

6月23日，在上海闵行剧场，表演队为闵行庙会开幕式演出2场。

6月28日—29日，在公司虹桥疗养院，表演队慰问公司疗养院职工演出2场。

7月5日—7日，在杭州市电教中心剧场，表演队为杭州丝绸工学院服装系毕业设计作品展演出5场，表演服装160件（套）。

7月10日，在上海浦江服装店，表演队为上海外贸针织公司新产品评比演出2场。

7月29日—8月2日，在上海文艺会堂，表演队为上海外贸总公司与日本伊藤忠公司联合举办展览会演出6场，表演服装50件（套）。

8月19日—22日，徐文渊赴北京，参加中国服装工业总公司召开的"全国十六省市服装鞋帽展销会"筹备会议。

8月底，撤回建立上海服装艺术表演公司的方案。将表演队划归供销经理部，恢复以往业余性质的运作模式。同时，表演队进行了整顿，做了建队以来第二次人员精减，减员18人，减员后人员32人：徐文渊（队长）、戎夏仙（指导员）、陆倩（队长助理）、寿复孝（舞台）、周仲浩（舞台）、陈培华（舞台）、朱明华（舞台）、郑家伟（音乐）、李安国（音乐）、侯林宝（演员）、何家良（演员）、彭国华（演员）、姚学敏（演员）、冯俊（演员）、王振辉（演员）、史凤梅（演员）、徐萍（演员）、蒋雅萍（演员）、张毅敏（演员）、柴瑾（演员）、刘春妹（演员）、黄琦（演员）、夏承惠（演员）、姚佩芳（演员）、陈洁（演员）、吴容菲（演员）、朱雅萍（演员）、于琴（演员）、沈莉（演员）等。同月，以队中骨干侯林宝、史凤梅、徐萍、陆倩、柴瑾、张毅敏、何家良、彭国华组成"时装表演研究小组"。侯林宝、史凤梅、陆倩为组长，史凤梅、徐萍负责日常训练，侯林宝、彭国华、张毅敏、柴瑾负责服装编排，陆倩负责配套工作。

9月25日—10月9日，在北京新闻电影厂剧场，表演队为中国服装工业总公司举办"全国十六省市服装鞋帽展销会"演出13场，表演服装205件（套）。时长约70分钟。这次参加演出的还有浙江时装表演队和天津市时装表演队。业内人士和观众观看后一致认为上海表演队的服装好、编排好，演员训练有素，表演有风格有特点有内涵。总公司邀请了北京服装协会名誉会长李昭，纺织部部长吴文英，国家体委主任荣高堂、二轻局局长史敏之、处长张知安等领导观看了演出，领导们给予表演队褒奖和鼓励，指示要坚持走具有中国特色的民族化的表演方向。29日上午，上海市市长江泽民前来观看了演出，演出结束后上台祝演出成功并与大家合影留念。江市长还特别对中老年组服装和改良旗袍给予好评，并指示上海服装要设计出更多更好的服装，要赶上世界潮流，要赶上时代的潮流。

10月10日—15日，在天津市政府礼堂，表演队应天津市服装工业公司邀请，进行交流演出4场。天津市经委主任、妇联主任及服装界、新闻界人士观看了首场演出。最后1场与天津时装表演队同台演出。

11 月 6 日—14 日，在北京民族文化宫，表演队为中国服装工业总公司和中国服装研究设计中心举办的"全国服装设计创新'金剪奖'评比"演出 14 场。表演参评服装 276 件（套）。

11 月 10 日—12 日，在上海舞蹈学校，表演队为公司供销经理部选样定货会表演 4 场。

11 月 19 日—21 日，在北京全国政协礼堂，表演队为荣获"金剪奖"的作品及我国首次参加巴黎国际时装节的优秀作品演出 8 场。表演"金剪奖"作品 88 件（套），时装节优秀作品 190 件（套）。

11 月 21 日，在北京饭店宴会厅，表演队为"亚洲太平洋地区国际博览会"开幕式演出 1 场。

11 月 27 日，在上海国际贸易会堂，表演队为公司"创新设计颁奖大会"表演获奖服装，演出 1 场。

11 月 28 日，在表演队排练场，表演队为日本 TBC 东京放送特别节目演出 1 场。

12 月 20 日，在上海丁香花园，表演队为上海市服装进出口公司、针织进出口公司表演赴日本表演的样品服装，演出 1 场。

1986 年 1 月 1 日—15 日，在上海丽园鞋厂大楼，公司与解放日报、上海电视台、生活周刊联合举办"86 之春上海服装设计发布会"，演出 50 场，表演时装 150 件（套）。

1 月 31 日，表演队划归供销经理部，接管会上供销经理部经理苏醒欢迎表演队到来。

2 月 8 日，在澳门葡京酒店，表演队应澳门南光贸易公司邀请，为"幻彩娱乐贺新春"（除夕焰火晚会）演出 1 场，表演中国传统民族服装和少数民族服装 140 件（套）。时长 50 分钟。澳门总督裴迪、南光公司总经理柯正平、澳门中华总商会会长马万祺、全国政协委员实业家霍英东、澳门旅游娱乐有限公司总经理何鸿燊、实业家郑裕彤、霍英东集团公司总经理霍震霆先生和朱玲玲小姐等政界、商界及娱乐界知名人士出席活动（徐文渊未随队前往）。

2月16日，广州白天鹅宾馆，表演队应全国政协副主任、香港知名实业家霍英东先生邀请，表演民族服装和传统服装1场（徐文渊未随队前往）。

3月10日—13日，在表演队排练场，表演队为公司供销经理部十三次选样定货会演出8场。

3月14日—28日，表演队由中国纺织品进出口总公司组织赴日本东京、大阪表演时装，5名女演员参加，演出12场（徐文渊未随队前往）。

3月20日，在北京国际俱乐部，表演队应中华旅游纪念品开发总公司邀请，表演旅游纪念衫1场。

4月，徐文渊申请离开表演队，同月14日调回公司技术科。从事企业产品、厂况厂貌及名师新秀的宣传工作。

2024年6月17日

（刘军 整理）

附二

上海市服装公司时装表演队
有关文档素材

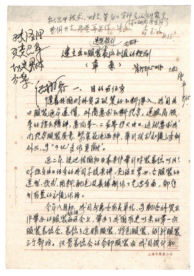

1980 年 8 月，上海市服装公司组建
时装表演队的报告（草案）

1982 年 1 月，时装表演队向上海市
服装公司汇报工作情况及日后发展、
设想的报告

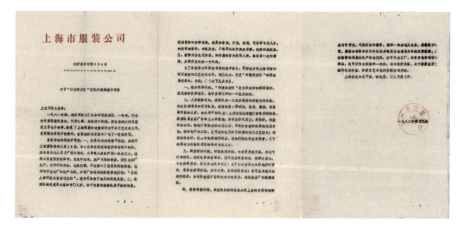

1982 年 4 月，上海市服装公司向上海市手工业管理局提交关于明确表演队工作职责、
人员归属、工作形式、经费来源等事宜的报告

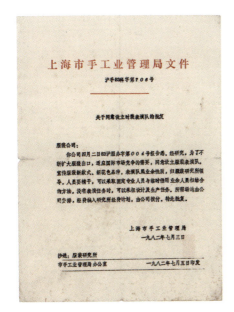

1982年7月，上海市手工业管理局批复上海市服装公司4月提交的报告，同意设立时装表演队，并明确了建队的相关问题和事宜

1982年9月，上海市服装公司时装表演队将内外销服装表演的录像带至北京，向轻工部、纺织进出口总公司、丝绸总公司等部门的领导汇报、介绍表演队工作情况，得到了领导们的肯定和日后工作方向的指示

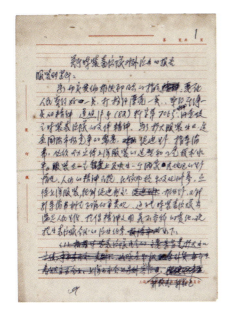

上海市服装公司时装表演队初期的演出均为内部观摩，为队伍发展和扩大工作影响，1982年10月，表演队向服装研究所提交了对外公演的报告

1982 年 11 月，上海市服装公司时装表
演队参照文艺团体演出期间津贴的相关
规定，拟在表演队演出期间发放津贴的
报告

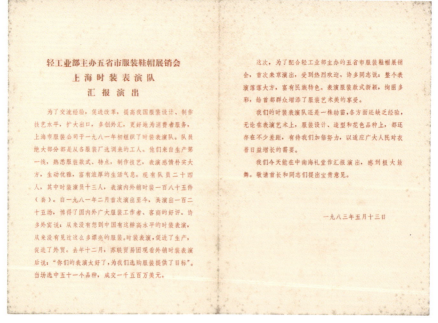

1983 年 5 月 13 日，上海市服装公司时装表演队在中南海向中央领导做汇报演出的
简介、演出单

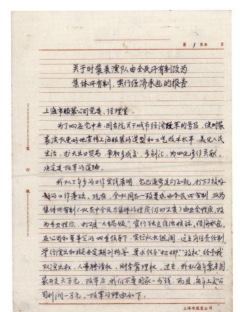

1983 年 6 月，轻工部给参加五省市服装鞋帽展销单位发奖的通知

1984 年 7 月，表演队向上海市服装公司提交关于改制、实行经济承包的报告

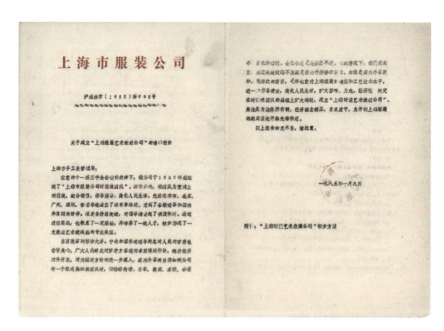

1985 年 1 月，上海市服装公司向上海市手工业管理局请示成立
上海服装艺术表演公司的报告

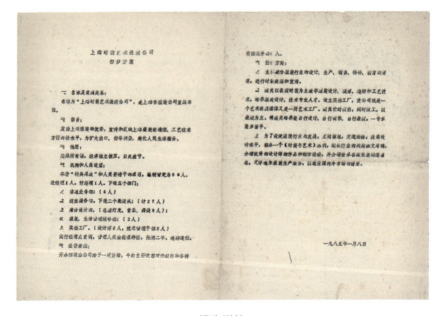

报告附件

（刘军 整理）

霓裳繁花路

附三
徐文渊生活工作经历简介

　　徐文渊，1933年12月23日（农历癸酉年冬月初七）出生于四川乐山五通桥区牛华镇商业街284号。父，徐恒斋，约1885—1938年，盐商。母，郭琴英，1901年7月—1984年12月，家庭主妇。兄，徐永嘉，1930—1989年。小妹，徐文波，1936年—2022年12月。幺妹，徐文湘，1937年出生。

　　1939年，就读于乐山牛华溪中心小学。

　　1945年，就读于乐山牛华中学（初中）。

　　1948年，就读于乐山凌云中学（高中）。

　　1949年12月15日，第二野战军16军47师139团和48师144团分两路进军乐山，16日进入乐山城内。1950年1月，第二野战军10军30师89团进驻乐山。

　　1950年6月，在乐山五通桥浚源小学任音乐教师。

　　11月，在慰问部队的演出中表演小歌剧《劳军小车》节目，89团团政委，时任乐山军管会五通桥分会副主任、犍为县县长黄志强遇见，了解其具有高中文化，动员其参兵入伍。（《中国人民解放军第十军第三十师第八十九团战史》，第93页记载该团在乐山地区招收青年知识分子及中学生的情况。）

1951 年 2 月，入伍 89 团，在轮训学校任文化教员。

1952 年 3 月，89 团随 30 师调入海军，改编为海军陆战一团。

1953 年 5 月，调入海军东海舰队（驻上海司令部），任图书管理员。

1955 年 1 月，转业至上海市百货公司干部科，从事劳资工作。

1956 年 2 月，上海市百货公司划分为四个专业性公司。分配到上海市服装生产合作联社（上海市服装公司）人事科，从事工资管理工作。具体负责工资调整的测算、定级调整等工作。

4 月，与海军东海舰队政治部干事刘佩玗结婚。

1958 年 1 月，下乡劳动，在东郊区（现浦东新区）凌桥乡三岔港。农田的体力劳动，使原本就有心脏病的身体感到非常不适。4 月检查出患风湿性心脏病，同月回沪治疗，6 月 16 日在上海第一人民医院做心脏手术，7 月 8 日出院。

9 月，任上海市服装鞋帽公司（上海市服装公司）经理室秘书。

1959 年，与曹彩霞合著中篇小说《霓裳曲》。

10 月，在上海市服装用品工业公司（上海市服装公司）生产科从事业务管理。

1962 年 7 月 23 日，儿子刘军出生于上海市嘉定县。

1964 年 3 月，借调至上海市工业生产委员会接待办公室，组织技术交流。具体负责手工、服装系统单位与全国 27 个省市的同行进行生产管理、技术质量管理等学习交流工作。

12 月 19 日，女儿刘璐出生。

1965 年，全国"工业学大庆"时期和姚贵龙、王文静负责总结全市四十个先进单位之一的上海第十五服装厂的经验材料，负责执笔，五易其稿，写出《处处好字当头，一心为国争光——记上海第十五服装厂七年来高标准、严要求，坚持质量第一的经验》文章，在手工业局系统进行交流。

6 月 18 日，在《解放日报》上刊登《四针缝纫机的诞生》通讯。

9 月 1 日，在《解放日报》上刊登《青岛来了个巧姑娘》通讯。

1966 年 5 月，在上海长江服装厂参加"四清"运动，"文化大革命"期间在该厂下放劳动。

1967 年，从水电路友谊三村搬家至哈尔滨路 29 弄 31 号。

1970 年 12 月，调回上海市服装用品工业公司（上海市服装公司）生产组，从事业务管理工作。

1974 年，在计划科从事业务管理。帮助上海市立新帽厂谋求销路、发展生产。举办了针织帽展销会，展出新品花色近 500 种，解决针织原料不足的问题。

1975 年 1 月 15 日，在《上海科技报》上刊登《巧裁缝大闹革命》通讯。

3 月，到技术改造办公室，从事技术革新和技术改造工作。会同王守平、许连根、王炳均、王勤洁等同志，制定了三年技术革新、技术改造规划。组织行业重大技术改造项目，推动立新制帽四厂的"电子群控车间"、江宁服装厂的"自动裁剪机"、衬衫四厂的"自动锁眼机""自动钉扣机"、第十五服装厂的"自动绣花机"和长征鞋厂的"自动排控机"等项目的实施，并开展总结和交流工作。

1976 年 6 月 24 日，通讯文章《改手工熨烫为机械化生产》，在《上海科技报》上刊登。同年，《立新制帽四厂建群控车间》《立新制帽四厂生产革新双丰收》，相继在《上海科技报》上发表。

1977 年 4 月，技术改造办公室撤并至技术科，分管机电辅料及花色品种，具体负责机电辅料行业的技术业务工作。组织人民配件厂前往苏州钮扣厂取经学习，针对薄弱环节积极采取措施，促进生产发展。总结了人民配件厂"开发树脂新产品、促进生产发展"的经验，并在行业中进行交流。

11月4日，在《文汇报》上刊登《服装工业技术革新繁花似锦》通讯。

12月2日，在《上海科技报》上刊登《为革命攻克电子技术应用关——衬衫四厂技术革新小组在又红又专的道路上不断前进》通讯。

1978年，技术科开展新品种管理工作，具体负责推动行业创新设计，在静安体育馆组织了行业"春夏服装展销会"，展出新款式、新品种300多种，组织设计人员参观交流，推动设计创新工作。

1979年1月，上海市服装用品工业公司改制为上海市服装公司（以下简称公司）。

1月，在上海静安体育馆组织举办"童装鞋帽新品种汇报展"。

3月，在上海静安体育馆组织举办"男女衬衫花色品种展销会"。促进行业交流，推动生产和销售。

3月26日，在《文汇报》上刊登《胜利服装厂帮助青年工人提高文化水平》通讯。

3月，上海人民大舞台，皮尔·卡丹时装队举行时装表演（约60分钟）。徐文渊作为公司技术科负责新品种工作的技术人员观看了演出。

6月，与和平帽厂何关络、上海帽厂周渭森参加了轻工部在哈尔滨举行的缝制帽技术标准讨论修订的工作会议。

7月19日，日本时装协会在上海长江剧场举行时装表演。

1980年7月19日，美国豪士顿时装队在上海友谊电影院举行时装表演（约35分钟）。徐文渊作为技术和业务管理人员参与组织协调及演出服的熨烫、整理等相关工作。

8月，公司经理张成林从技术科抽调徐文渊负责策划组建时装表演队事宜。徐文渊草拟了《建立服装造型设计表演队的计划和方案》的报告。组建报告得到上海市手工业管理局（以下简称市手工业局）副局长刘汝升的批准和支持。同月，公司党委研究决定此项工作直属经理室领导，由公司副经理陆平主管，抽调服装研究所副所长赵衡、技术科副科长康志华和技术科徐文渊负责组建公司所属的业余性质的时装表演队。

9月，与陆平副经理一同下厂挑选演员，历时1个多月，在公司所属的53家服装工厂的3万多工人中挑选出20名表演队员，9月5日，张成林组织召开表演服装制作的会议，公司所属40多家企业（工厂）参加会议，决定表演所需服装，由研究所、技校和技术力量最强的三十七家工厂承担设计制作。邀请上海戏剧学院，舞美系主任周本义教授，形体教师任小莲，化妆教师应玉兰，灯光教师金长烈，音响教师李树源、潘家瑜等，对队员进行训练和指导，就布景、灯光等进行设计和制作。

11月19日下午1时，在上海市工人文化宫，公司经理张成林、副经理陆平、副所长赵衡、副科长康志华和上戏任小莲及20名男女队员齐聚市文化宫。在会议室由徐文渊主持了简短而郑重的"开班典礼"。开始首次训练，上海市服装公司时装表演队集结到位。

1981年1月20日—2月，表演队办公及训练场地临时安排在富民路服装陈列室，队员进行全脱产训练及排练。在张成林、陆平、康志华的领导下，落实推进建队的具体工作和相关事宜。

2月9日—10日，表演队在上海友谊电影院为"上海市进出口服装交易会"演出2场，这是新中国第一支时装表演队的首场演出（行业内部）。市手工业局和公司领导及外贸机构负责人与行业设计人员、企业工厂的技术人员观看了演出，这是一场具有历史意义的演出，宣告着上海服装公司拥有了自己的时装表演队，也标示出新中国服装表演行业从无到有的起始点。

6月，表演队办公室及训练地点搬移至汉口路614号。

6月8日，表演队为到访外贸公司的"国际服装工业联合会访华团"，在友谊电影院演出2场。美国、西德、法国、日本、瑞典、意大利、澳大利亚，7个国家40多位外宾观看后给予良好评价。时任市手工业局局长胡铁生观看演出之后，即在会议室与公司领导及表演队进行座谈，胡局长指出表演队的工作方向：要宣传公司及行业的新产品，要为扩大产品出口和促进成交服务。在表演风格上要坚持走民族化的道路。表演服装可分为两类：内销服装和外销服装。内销服装要适合国情，美观实用；外销服装要解放思想，大胆突破，适应国外市场的需要。

9月3日，经公司党委会研究决定，时装表演队划归服装研究所管理。划归后徐文渊任时装表演队队长。在工作会议上汇报了表演队的情况，并提出亟须开展的三项工作：一、调整充实演员。二、演员集中训练提高水平。三、设计制作内销外销两套表演服装。报告得到了服装研究所所长张步的同意和支持。

10月，再次从行业内20多家工厂挑选招生，经过初试、复试通过20名，又经2周集训后，新增男女队员10名。

同月，表演队办公室及训练地点搬移至中州路幼儿园。

1982年1月7日，公司党委就表演队工作召开专项工作会议，会上将成立以来训练演出的工作概要、存在的困难、亟须解决的问题及日后的建议和设想，向公司领导们做了汇报。

4月，表演队是业余性质的，场地临时租借，资金无预算保障，演出的设备器材、表演服装的来源不定。尤其是人员是以抽调、借用、请假等方式进行训练和演出的，有任务集结，无任务回厂。建队一年多来，队员们的归属、组织关系以及工资、奖金等都成了具体而棘手的问题。就此，表演队起草并提交了"成立专业服装表演队"的报告。公司和服装研究所对时装表演队所取得的成绩和影响给予肯定，同意转向专业方向。正式向市手工业局递交了请示报告。

5月25日—28日，6月3日—5日，按照手工业局和公司领导的指示精神，完成内销、外销两套表演服装录像片的录制工作。这是公司首部电视宣传片，扩大了宣传渠道和范围，同时也积累了技术资料。

6月21日，表演队办公室及训练地点搬移至杨浦区眉州路上的仓库。

7月，得到市手工业局局长胡铁生的同意和支持。新中国第一支专业的服装表演队——上海市服装公司时装表演队就此诞生，机构设立在服装研究所内。

8月，表演队建立自己的组织框架，徐文渊任队长，柳百竟任指导员。成立了演员组，侯林宝、史凤梅为组长。舞台组，寿复孝为组长。

同月，表演队办公室及训练地点搬移到四川北路服装技术学校，月底搬移至上海市服装进出口公司北苏州路1040号。

9月中旬，在市手工业局和公司的积极推荐下，与寿复孝携带内外销服装录像带前往北京，送轻工业部及相关部门领导审看，并汇报表演队工作情况。时任轻工部部长杨波、副部长季龙，办公厅主任郑旭、副主任龙凤歧，计划司司长祁政，二轻局局长史敏之，服装处处长张韵清，中国纺织品进出口总公司副经理朱友兰，中国丝绸总公司副经理吴震，综合处处长祁金湘，宣传处处长王庄默等领导共60多人观看了录像。领导们总体上肯定了表演队的成绩，也指出了一些不足和问题，并对表演队今后的工作提出了意见和要求。

11月20日—12月1日，按手工业局胡铁生局长促销冷背产品要求，从积压在公司仓库的原料中选出29种，组织设计师专门设计新款式服装，公司在富民路陈列室，为此特别举办"1982年春季服装选样定货会"，演出10场。表演服装55件（套），订货会上成交金额达60多万元。

12 月 5 日，在富民路陈列室，组织表演队为苏联贸易代表团一行 5 人及相关人员 20 余人，进行了外贸服装专场演出 2 场。表演外销服装 72 件（套）。代表团当场选中 51 种产品，带到北京外贸总公司谈判，成交 64 万件（套），金额 1400 多万美元（之前，在北京、天津、南京、无锡选购但无一成交）。这是首次专为外销服装进行的经营性表演。

1983 年 1 月，尝试以文学形式反映时装队建队历程，撰写电影脚本《新潮》。表演队形体老师黄月萍的丈夫包福明在上海电影制片厂工作，知此事后说上海电影制片厂导演鲍芝芳与剧作家王炼，对此题材非常感兴趣，遂即一起合作。年中，完成电影剧本《黑蜻蜓》。

2 月 6 日—8 日，在《美化生活》编辑部 1983 年茶话会上，组织表演队为市经委、文化局、电影局、交通大学、复旦大学、上海科技大学、上影厂等文化教育界及行业领导演出 2 场。市手工业局胡铁生局长观看演出后肯定了表演队的成绩，并表示可以对外公演。

3 月 1 日—23 日，表演队为公司与上海市纺织局针织公司在上海国际贸易会堂联合举办"针织涤纶服装展销会"，演出 34 场。这是建队以来首次面向社会的公演。观看演出的业内人员和消费者达 4 万人次。

4 月 28 日—6 月 1 日，在北京农业展览馆，组织表演队为轻工业部五省市服装鞋帽展销会演出 50 场。轻工部杨波部长、季龙、贺志华、杨玉山副部长等出席开幕式，开幕式还邀请了国家经委、纺织部、外贸系统等单位，以及人民日报、新华社、光明日报、经济日报、工人日报、中国青年报、中央人民广播电台、中央电视台、北京电视台、北京晚报、市场报、中国日报等二十余家新闻单位报道服装表演的消息，集中的报道在京引起了轰动的效果。5 月 3 日，因公务在京的上海市副市长叶公琦等领导观看演出，5 月 10 日为外宾演出了两个专场，美联社，法新社，加拿大广播公司，挪威广播电视台，《挪威报》，《南斯拉夫信史报》，

《新加坡联合晚报》，《澳大利亚日报》，日本《每日新闻》等外媒对演出进行了报导。5月13日，表演队在中南海紫光阁，向中央领导进行了为时一个小时的汇报演出。邓颖超、杨尚昆、万里、薄一波、胡启立、邓力群、陈丕显、谷牧、陈慕华、郝建秀、张劲夫等党和国家领导观看了演出，表演得到首长们的赞扬和肯定。时任总理和姬鹏飞副总理在结束外事活动后也来到紫光阁看望表演队，并祝贺演出成功。5月21日，上海市副市长刘振元等领导观看了演出，北京之行，观众达5万多人次，得到了上至中央领导、下至广大群众的广泛肯定和好评。新中国第一支时装表演队此时创造了辉煌时刻，登上事业的顶峰，赢得了至高的荣誉。

7月14日，在上海国际贸易会堂，组织表演队表演丝绸服装1场。中央领导胡启立，上海市领导陈国栋、胡立教、汪道涵、叶公琦、杨堤、忻元锡等观看了演出。

7月，表演队办公室及训练地点搬移至贵州路82号。

9月2日，市手工业局刘汝升副局长与公司刘汉兴经理等领导来到表演队与大家座谈，队长徐文渊向领导汇报了表演队近期的工作情况及面临的问题。刘汝升副局长指示，表演队要与设计师密切协作，以表演设计类服装为主。要重视演员的增补，保持一定的数量及一定的素养，做好新人的培养和接班人的工作。中老年服装欠缺，应加以重视提高。关于演出期间的补贴及应邀对外的演出要拟定出具体的方案。

9月24日—10月5日，在广州友谊剧院，表演队与广州时装表演队联合为公司与广州市纺织品公司、广州市百货公司联合举办的"1983年秋冬季服装展销会"，演出28场。广州市领导许士杰、朱森林、邓汉光、王玄、梨敏及省商业厅长刘振本、市经委主任杨资元等领导观看了首场演出。

12月19日—25日，带领表演队前往深圳，在深圳戏院，为公司在深圳展销会演出 10 场。25 日，深圳市副市长周溪舞等领导观看演出。

1984 年 1 月 18 日，在上海锦江饭店小礼堂，公司专门向上海市委市政府及手工业局等 50 余位领导进行工作汇报演出 1 场。市领导胡立教、汪道涵和刘振元等领导观看。演出结束后市领导在大厅听取了表演队工作汇报，并与手工局、公司领导一同讨论研究表演队今后的发展方向，明确了可以公演，可以应邀出国表演等工作事宜。

4 月 6 日—14 日，在上海市政府礼堂，组织表演队为上海服装二十四厂茄克衫展销会演出 15 场。这是表演队首次为基层工厂举办的专场（茄克衫）表演，赢得了基层厂家的赞誉。

5 月，与作家王炼、李汶合作完成电影剧本《黑蜻蜓》。上海电影制作片厂成立摄制组，导演鲍芝芳邀请表演队女队员徐萍、史凤梅、张毅敏、刘春妹、紫瑾，男队员侯林宝、彭国华、何家良参加拍摄。

7 月下旬，依据对外搞活开放、对内搞好经济的指导方针，更好地宣传上海服装的造型和工艺技术，进一步提升表演队的专业水平，强化竞争力（时装表演在全国蓬勃发展，仅上海地区已有 40 多支表演队）。拟在目前时装表演队的基础上，成立上海服装艺术表演公司。性质转为集体所有制，独立经济核算，自负盈亏，为开创上海服装表演新局面起开路先锋作用。表演队向公司党委及经理室提交《关于时装表演队体制改革和经济承包的报告》及具体实施方案（草案）。

7 月，《看着我的眼睛》（《黑蜻蜓》）电影文学剧本在《戏剧与电影》1984 年第 7 期发表。

7 月底，刘军从上海戏剧学院毕业，分配至中央电视台工作。

8 月，表演队向公司提出面向社会公开招考时装模特，报告遂获批准。公司党委对此极为重视，由经理室、劳资科、研究所和表演队组成招生领导小组。8 月 27 日，分别在《解放日报》和《文汇报》上刊登公司时装表演队在沪招生的消息。9月1日，报名地点在富民路上海服装陈列室，4天内报名逾千人，最终录取13名女模特，2名男模特。这是队史上第一批面向社会公开招收的职业模特。

9月22日—10月4日，在上海静安体育馆，组织表演队为国庆35周年上海服装展销会，演出22场。这是表演队首次面向社会公开售票演出。5万5千张门票在一日之内售罄，观众反映热烈。24日，来沪的国务委员、国家计委主任宋平等领导观看了演出。

23日，在富民路陈列室，组织表演队为苏联贸易代表团演出1场。28日—29日，在上海卢湾区体育馆，为上海联合毛纺织有限公司演出2场（29日晚7时一场为上海电视台实况转播，也是首次直播）。

11月10日—17日，表演队前往深圳，在深圳新园宾馆，组织表演队为"上海市针织服装进出口公司深圳交易会"演出11场。演出期间适逢部分全国政协委员在深圳考察，12日为委员们汇报演出一场，全国政协副主席周培源、深圳市长梁湘等领导观看演出。20日，表演队来到广州，为广州友谊公司表演针织服装、羊毛衫，演出3场。

11月30日，社会公招模特报到入职。下午，召开新队员欢迎会。徐文渊代表表演队欢迎新成员的到来，介绍了队史和目前的情况，讲述了时装演员的任务特点和内涵，提出要刻苦训练，努力学习，做合格优秀的模特。

12月8日，在上海锦江俱乐部，组织表演队为来上海参加全国经济工作会议的国务院主要负责人和中央领导姚依林、陈丕显及上海市党委、市政府领导们演出1场。

12月14日—19日，在昆明东风体育馆，应昆明工业品贸易中心邀请，组织表演队表演1985年新潮时装、上海著名服装设计师设计的服装、上海传统服装和礼服，演出13场。

12 月 22 日，母亲郭琴英病逝于乐山，享年 83 岁。

12 月 29 日，在上海锦江俱乐部，应上海日用化妆品公司露美化妆品公司邀请，组织表演队新入职的模特演出 1 场，也是职业模特首场表演。

年底，搬家至中山南二路龙山新村 98 号 204 室。

1985 年 1 月 9 日，公司领导讨论研究了表演队关于转制实行承包的提案，向市手工业局上报关于成立上海服装艺术表演公司的请示及初步方案。

1 月 22 日，在上海新华电影院，上海电影制片厂摄制的故事片《黑蜻蜓》举行首映式。导演鲍芝芳邀请编剧和表演队参加拍摄的演员出席。

同月，表演队办公室及训练地点搬移至北京东路 360 弄 14 号。自此有了固定的办公和训练地点。

2 月 24 日，特写文章《生活中的黑蜻蜓飞上了银幕》在文汇报上发表。

3 月 15 日，在香港丽晶大酒店，表演队应香港慧妍雅集会长朱玲玲邀请，为中国少数民族服装表演慈善会演出 1 场。香港影视明星张玛莉、著名司仪刘家杰担任表演会主持。全国政协委员知名实业家霍英东，邵氏影业公司总经理邵逸夫，霍英东集团公司总经理霍震霆，香港华润（集团）有限公司总经理张建华，香港华光有限公司董事长赵世曾，影视明星夏梦、陈琪琪、陈百强、钱慧仪等香港工商界、影视娱乐业界名流共五百余人到场。这次内地在香港地区时装表演引起了香港媒体的特别关注，《大公报》《文汇报》《星岛日报》《明报》《东方日报》《快报》《成报》《新晚报》等，在显著的版面以较长篇幅图文并茂地进行了报导。表演队所展现的庄重优美、大方活泼的台步表演风格，民族服装的工艺特点和装饰风貌，赢得了香港各界人士的赞扬和好评，反响热烈，轰动一时。

6 月 2 日—8 日，应长沙国际经济开发公司、长沙友联商场、长沙信丰贸易商行邀请，带队前往长沙市，在长沙青少年宫，组织表演队演出10场。

7月29日—8月2日，在上海文艺会堂，组织表演队为上海市对外贸易总公司与日本伊藤忠公司联合举办展览会演出6场。

8月底，公司撤回建立上海服装艺术表演公司的方案。将表演队划归供销经理部，恢复以往业余性质的运作模式。同时，表演队进行了整顿，做了建队以来第二次人员精减。减员后人员32人。

9月25日—10月9日，在北京新影厂剧场，表演队为中国服装工业总公司举办"全国十六省市服装鞋帽展销会"，演出13场。总公司邀请了北京服装协会名誉会长李昭，纺织部部长吴文英，国家体委主任荣高棠，二轻局局长史敏之、处长张知安等领导观看了演出，领导们给予表演队褒奖和鼓励，指示要坚持走具有中国特色的民族化的表演方向。29日上午，时任上海市市长江泽民前来观看了演出，演出结束后上台祝演出成功。江市长还特别对中老年组服装和改良旗袍给予好评，并指示上海服装要设计出更多更好的服装，要赶上世界潮流，要赶上时代的潮流。

10月10日—15日，在天津市政府礼堂，应天津市服装工业公司邀请，组织表演队进行交流演出4场。天津市经委主任、妇联主任及服装界、新闻界人士观看了首场演出。

11月6日—14日，在北京民族文化宫，组织表演队为中国服装工业总公司和中国服装研究设计中心举办的"全国服装设计创新'金剪奖'评比"演出14场。19日—21日，在北京全国政协礼堂，为荣获"金剪奖"的作品及我国首次参加巴黎国际时装节的优秀作品演出8场。21日，在北京饭店宴会厅，为"亚洲太平洋地区国际博览会"开幕式演出1场。

12月，撰写《试谈中国式的时装表演》，在《现代服装》1986年第5期上发表。

1986 年 1 月 31 日，表演队划归供销经理部，接管会上供销经理部经理苏醒欢迎表演队到来。

4 月，向公司递交辞职报告，申请离开表演队，同月 14 日调回公司技术科。从事企业产品、厂况厂貌及名师新秀的宣传工作。

6 月下旬至年底，倡议、联络服装行业组织、厂商、旅游等部门，拟组建跨行业、跨部门、跨所有制的上海时装表演艺术团，草拟了倡议、章程、招生简章的文稿。

10 月，撰写卫生教育片《童装设计的科学——宝宝的衣着》稿本。由上海市卫生局计划生育分中心拍摄并在中央电视台播出。

1987 年 9 月，被聘为上海市首届优秀广告展评赛评委。

10 月，撰写广告艺术片《描龙绣凤踩云飞》稿本。由上海科教电影制片厂拍摄。

1988 年 1 月，经上海服装行业协会秘书长徐秀清介绍，上海电视台女性世界栏目组主持人、编导田凤邀请，撰写《探索·个性·追求——访三位时装设计师》的拍摄稿本。节目于 4 月 24 日在《女性世界》播出。

7 月，评聘为工程师。

9 月，策划组建上海模特中心。

11 月，参与筹建上海锦江时装模特公司。

12 月 14 日，特写文章《上海时装表演队在中南海》在《上海服装报》上发表。

1989 年 2 月 28 日，借调至北京，协助中国服装总公司组建时装表演团，草拟表演团的宗旨、任务、发展方向、经营范围、模特的招生办法及训练课程和内容，编制筹建预算等文件。

3 月 3 日，应"首届中国太平洋地区青年时装设计者作品及国际华人时装模特大赛"组委会邀请（由中华文学基金会、中国工业设计协会、海文艺术设计部、中国国际文化交流中心、广东省深圳市东部信息发展公司等联合举办），参加在北京饭店举行的大赛新闻发布会。随后参与讨论、起草模特评选部分的实施方案和评选办法。

3月6日，与中国服装总公司闫珣从北京前往厦门，协助厦门海山贸易公司筹建时装艺术表演团（厦门模特中心）草拟建团方案、章程、预算等文件。

1990年2月，退休。

3月9日至4月9日，将组建新中国第一支时装模特队缘起背景、过程经历、主要人物与重要事件等，以纪实的形式写成报告文学《时装模特队》，在上海《解放日报》连载。

11月，评为公司成功者之路优胜者。

1991年2月，在报告文学《时装模特队》的基础上，进一步充实整理成书——《色彩·女郎·我的梦——时装模特儿之路》，由中国工人出版社出版，责任编辑梁光玉。胡铁生先生为之作序。

7月，在解放日报连载的《时装模特队》和报告文学《色彩·女郎·我的梦——时装模特儿之路》的基础上，编写电视连续剧《东方梦》（十二集）脚本。

9月，全国城市报纸连载作品年会上，上海《解放日报》连载的纪实报告文学《时装模特队》被评为特等奖。

1992年4月，被评为公司振兴中华读书活动（1982—1992年）"十佳"标兵。

6月6日，在上海服装公司俱乐部，由公司、上海人民广播电台文艺部、上海时装报社联合举行长篇报告文学《色彩·女郎·我的梦——时装模特儿之路》新闻发布会暨广播电台首播式。公司党委书记顾行伟、原手工业局局长胡铁生、副局长刘汝升等领导，第一代表演队队员、服装设计师，以及广播电台、《解放日报》《文汇报》、电视台、上海作家协会等新闻出版界70多人出席发布会。

6月16日，上海人民广播电台小说连播节目，在1197千赫18：20时，连播《色彩·女郎·我的梦——时装模特儿之路》，由著名播音员张培演播。

6月20日，在上海南京东路新华书店进行签名售书。表演队队员蒋雅萍、裘莉萍、史凤梅、姚佩芳、夏承慧参加签名式。

9月1日，撰写《美梦终成真——写在〈色彩·女郎·我的梦——时装模特儿之路〉出版之后》，在《上海时装报》上刊登。

1993年7月，受聘于上海思玛时装服饰有限公司，组建思玛时装表演队。

7月，加入上海市服饰学会。

1995年8月，聘为上海吉贝丝时装表演队领队。

同年，撰写《中国第一代时装模特儿史凤梅》，在《上海艺术家》1995年第2期上发表。

同年，撰写《美丽的"黑蜻蜓"——记时装模特儿徐萍》，在《文化与生活》1995年9月号上发表。

同年，中央电视台国际频道（CCTV-4）《中国报道》栏目组播出特别报道：《徐文渊和中国第一支时装模特队》。

1996年，搬家至海军上海基地江湾干休所1号楼302室。

7月，刘璐与丈夫王伟出国至日本横滨市。

1997年，撰写《国内第一支时装表演队今安在》，《劳动报》于1997年8月8日刊登。

同年，撰写《第一支模特队的昨天与今天》，在月刊《街道》1997

年 12 月号上发表。

1998 年 3 月，协助加拿大美亚国际公司筹建冰上时装表演队。

同年，撰写《T 型舞台第一步》，《生活导报》于 1998 年 3 月 26 日刊登。撰写《19 年前的模特：勇敢的俊男靓女》，在《妇女之友》1998年第 3 期上发表。撰写《时装表演队的开路人——铁生老人》，在《上海艺术家》1998 年第 3 期上发表。撰写《我和第一支时装表演队》，《劳动报》于 1998 年 11 月 6 日发表。在上海电视台新闻中心《新闻观察》栏目的《重访新中国第一代模特》节目中接受采访；在中央电视台财经频道《生活》栏目，《12 城市居民生活质量调查》节目中接受采访。

2000 年，在上海电视台节目《服饰趣谈》中任嘉宾；在上海电视台海外节目中心《模特奏鸣曲》节目中出镜。

2001 年 4 月 2 日，丈夫刘佩玗病故，享年 73 岁。

2002 年，撰写《中国第一支时装表演队的倡导者》，在《新民晚报》2002 年 12 月 22 日刊登。

2003 年，撰写《怀念中国第一支时装表演的创始人胡铁生先生》，在《美化生活》2003 年 1 月号上发表。

2004 年，在湖北电视台《往事》栏目《时装模特重返上海滩》中出镜接受采访，节目于 10 月播出。

2005 年，在上海电视台纪实频道《我与摩登女郎》节目中接受采访，节目于 4 月播出。

约 2006 年，在上海东方电视台文艺频道《旧闻调查》栏目《新中国第一支时装模特队》节目中出镜，节目于 5 月播出。

2008 年，在中央电视台新闻频道专题片《"破冰"纪念改革开放 30周年特别节目》中接受采访，节目于 5 月播出。

2009 年 4 月 15 日，在上海大剧院举行的上海国际服装文化节十五周年庆典晚会上，被邀为嘉宾，与徐萍、蒋雅萍上台接受采访，发表感言。

2010年3月，在评选上海服装集团（上海服装公司）成立60周年最具影响力的十大事件活动中，凭借组建新中国第一支时装表演队，被广大员工投票评为60年来集团发展历程上十大事件之一。

2021年4月22日，因心力衰竭，病逝于上海市第四人民医院。

4月24日，追悼会在上海市宝兴殡仪馆举行。时逢新冠疫情，丧事从简。上海服装（集团）有限公司派代表参加并致悼词。第一代表演队队员徐萍、侯林宝、史凤梅、管胜雄、盛犇、何家良、黄琦、王人伟、马美珍等及生前好友二十余人前来送行。

（刘军 整理）

1950 年底，作者徐文渊入伍第二野战军 10 军 30 师 89 团留影

1951 年 4 月 3 日，作者徐文渊与家人、亲友合影

约 1953 年，作者徐文渊在海军陆战 1 团时留影

约 1956 年，作者徐文渊与丈夫刘佩玗合影

霓裳繁花路

1956 年 5 月，作者徐文渊在杭州西湖留影

1956 年 5 月，杭州西湖，作者徐文渊与丈夫刘佩玗合影

约 1966 年,作者徐文渊(左 1)与丈夫、儿子、女儿合影

约 1966 年,作者徐文渊(右 1)与母亲郭琴英(前中)、丈夫刘佩玗(左 4)、
小妹徐文波(左 3)、幺妹徐文湘(左 1)、幺妹夫钟茂钧(左 2)及
儿子刘军(前右)、女儿刘璐(前左)合影

转业军人证

作者徐文渊连载
作品《时装模特
队》获奖证书

会员证使用须知

1. 本证只限本人使用，不作其他用途。

2. 本证应妥善保存，不得私自涂改，不得转借他人。

3. 本证如有遗失、损坏，应向学会声明作废，经审查后补发。

4. 会员退会或停止会籍，本证必须交还学会。

5. 本证盖科协钢印，方为有效。

SHANGHAI FASHION &
ACCESSORIES SOCIETY

上海市服饰学会

编号：　00153

姓　名　徐文渊　性别　女

出生年月　1934.12　专业　时装表演管理

工作单位　上海市服装公司

职务职称　＿＿＿＿＿＿＿

学会职务　＿＿＿＿＿＿＿

发放单位　上海市科学技术协会

发证日期　1994　年　7　月　9　日

交纳会费登记

日　期	金　额	收款人
94	5	刘雍洁

上海市服饰学会会员证

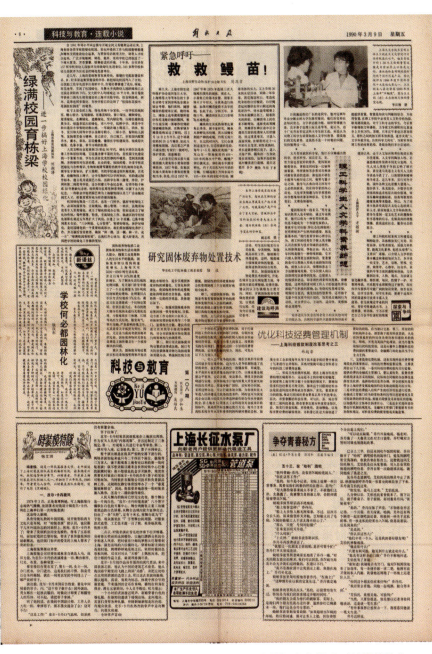

1989年3月9日至4月9日，《解放日报》连载报告文学《时装模特队》

中国时装模特儿之路
〈初稿〉

一九八二年十二月三日上午。上海市服装公司会民饭店到产品陈列室。正在举行一场别开生面的时装表演，观众奇少，只有王位客人，他们是苏联贸易代表团全体成员。宁宁歌精会神地观看上海姑娘表演的"布拉吉"海及毛制大衣和各式礼服。只见他们时而交头接耳，偶而笑着，时而神情专注，相互惊异。不时暴发出阵阵热烈的掌声。

半个小时的演出，展示了七十套苏联人民喜爱的服装。演出结束，苏联贸易代表团激动地对我们说："我们到北京，去年没有选中一件服装。到了南京兴趣少更浓了。在上海看了时装表演，心里热起来了。表演的服装都很好，请你让我们持去参观许多式样的衣了个。表演的礼服很名贵，而服

《时装模特之路》初稿手稿

1992 年 6 月 20 日，上海南京路新华书店，作者徐文渊《色彩·女郎·我的梦》
签名售书

作者徐文渊与丈夫刘佩玗和胡铁生、王仲岩夫妇留影

作者徐文渊与服装表演队创始人张成林合影

约 1997 年，作者徐文渊在家中接受上海电视台记者采访

作者徐文渊退休后依然积极参加服装表演相关活动

上海服装集团发展**60**周年
最具影响力的十大事件

【2010年2月8日，集团下发沪服委、集团[2010]4号《关于评选上海服装集团成立60周年最具影响力的十大事件的通知》。工作组从集团发展60年岁月里，撷取了60件重大事件，从不同侧面反映了集团机制、体制改革转型、贸易经营、技术创新、文明建设等不断发展的深刻变化。各单位发动广大员工广泛参与、积极投票，从60件大事件中再评选出"最具影响力的十大事件"。员工以个人名义投票参选，根据选票汇总，评选结果如下：】

一、上海市第一批手工业合作社第一衬衫、第二服装社成立，此系上海服装集团最初的组织雏型

1950年3月18日，在周家嘴路786弄三多里63号，上海市第一批手工业生产合作社之一的第一衬衫、第二服装生产合作社成立，并参加市供销合作总社建立的生产合作社推销部，"合作牌"衬衫为主打产品。手工业品直接与消费者见面，扩大了社会影响。

二、上海首次出口羽绒服装，潘多身穿上海延吉服装厂试制的登山服登上珠峰

1972年8月，上海延吉服装厂（现为上海飞达羽绒服装总厂）为日本客商生产620件羽绒服和睡袋，这是上海第一批出口的羽绒服装。

1974年10月，上海延吉服装厂为国家登山队试制登山服和睡袋，8只品种共50套。1975年5月，我国登山队员潘多等一行穿着试制的登山服，首次从北坡登上世界屋脊——珠穆朗玛峰。同年7月27日，潘多等国家登山队员到上海延吉服装厂参观。

三、组建我国第一支时装表演专业队伍

1980年9月，经上海市手工业局批准，上海市服装公司时装表演队筹建，1982年7月3日正式成立，徐文渊任队长。这是我国组建的第一支时装表演专业队伍。

四、公司成建制划归市纺织工业局，并改革为企业性公司，胡明部长到会祝贺

1987年1月1日，根据国务院办公厅通知精神，经上海市工业党委、市经委批准，将二轻局所属的上海市服装公司共84家企、事业单位3万余名职工，成建制划归纺织工业局。

1987年6月4日，经上海市工业党委、市经委批准，服装公司改革为企业性公司，并实行经理负责制。同年8月3日，在市府礼堂举行隆重的仪式，纺织工业部原部长胡明、中国服装总公司副总经理朱秉臣、上海市纺织工业局和北京等兄弟省市的服装公司领导共1200人参加了仪式，国内外有2000多家单位表示祝贺。

五、公司取得自营进出口权，长征鞋厂首家签订自营出口合约，上海服装集团进出口有限公司成立

1992年10月9日，上海市对外经济贸易委员会沪经贸管字（92）第1461号文，同意上海市服装公司自营进出口业务，包括所属工厂。同年12月1日，上海长征鞋厂第一家签订自营出口合约，成交72万美元。

2001年6月，经国家外经贸部正式批准，上海服装集团进出口有限公司成立，自营进出口权由集团转移至该控股子公司。1993年至2008年，集团自营出口累计达22.33亿美元，与60多个国家及地区有贸易往来。

1991 年 2 月，中国工人出版社出版
《色彩·女郎·我的梦》

作者徐文渊 1980 年至 1986 年的工作笔记本（25 本）

1985 年 10 月，作者徐文渊与儿子刘军在八达岭长城留影

（全部图片由刘军提供）

　　　　　　　　　　　　　　　　　　　霓裳繁花路

编者后记

　　母亲徐文渊于 2021 年 4 月在沪病逝，享年 87 岁。我在她所遗之物中选了些平时常用且轻小的东西，如手表、眼镜、首饰等留为纪念，还将她集存在几个抽屉里的相册及时装表演队的相关资料，带回了北京。我于 2022 年 8 月退休，大概在 2023 年 3 月开始整理那几包材料。

　　上海市服装公司时装表演队始建于 1980 年的 8 月，母亲担任了这个改革开放后全国第一个时装表演队的队长。那年的 9 月我考入上海戏剧学院，在校住读 4 年，1984 年 7 月毕业分配至中央电视台，去了北京工作，对她老人家的这段历史了解并不深。在读书期间看过几次他们的表演，为了应急，帮忙搞过两次演出布景的设计和制作。工作之后来沪回家几乎均为公差，停住不过数日，与母亲相见短暂，既便聊到当年表演队的事也是片断点滴而已。而且我的工作与服装行业相去甚远，对表演队的历史实际上是知之甚少。

　　这些时装表演队的资料，我原先想大致整理一下，然后包扎入箱也就完事了。然而，在上海期间，和表演队第一批老队员郑家伟见面聊天时，他说上海纺织博物馆想要他们表演队当时的资料。之后，又碰到也是第一批老队员的徐萍，说到纺织博物馆里展有上海服装表演队的事，但没有她们第一代模特的内容。还说她曾询问过馆方，回答是没有她们当时的材料和照片。这些信息让我觉得应将母亲留下的资料整理一下，考虑将其捐赠给上海纺织博物馆。母亲生前一直以其能在改革开放伊始，成为新中国服装表演的拓荒者和创始人之一，并成为表演队的首任队长，而感到自豪荣幸。整理这些材料时，了解她热爱这份极具挑战的工作，她激情满怀地投入其中，为此不计得失地付出心血和汗水，却又因此经历坎坷波折的艰辛及遭受委屈而流下泪水。工作之中她勤于手记笔录，因而积累保留了不少当时的资料。这些在我家里也就限于忆旧寄情，而归存博物馆，或能充为史证于一斑，可以显示时代洪流之点滴。我相信这肯定是母亲所乐意的，是这些资料最好的归处。

表演队的资料，如文件、报告、笔记、手稿（小说、文本）、报刊等等是笼统混杂地堆积的，其中夹杂不少日记本和私家信件。开始整理时，我主要是把家里私人的、与表演队无关的东西分捡出来。后来，我将资料进行大致的分类，把直接与表演队相关的材料捡选出来，再归为文件（报告、请示、工作总结等）、照片、工作笔记、报纸杂志、书稿等几类，再按时间的先后顺序排列。翻阅整理一段时日之后，我对创建表演队的缘起，一些重要的事件和人物、经历、过程等前因后果、左右关系，由原先的零散片段，逐渐形成大致贯穿互联的框架。

这些材料中，有一本母亲公开出版的著作《色彩·女郎·我的梦——时装模特儿之路》。那是在1991年，经我的同事、好友陈真介绍，结识了时为中国工人出版社编辑的梁光玉老师。当梁老师得知我母亲写作了反映新中国第一个时装表演队的书稿，十分高兴，认为填补了此类题材的空白。母亲书稿经其编辑，付梓出版，也曾摆放在书店的显著位置，受到读者的喜欢。母亲出书是我们家里的大事，出版后我当然是看过的，当时没觉得有何惊奇。但是，现今看了那些材料之后再次读来，与当时看后的感受却是迥然不同。重读此书，对于新中国第一支时装表演队为何首先产生于上海，对那些事件与事件，人物与人物，及以事件与人物之间的相互关系，有了新的、较为整体和更深层面的认识。随着材料整理检阅的深入，渐渐地我产生了一个想法：可否将母亲那本书再版印刷，从现在整理出来的文件和照片中，捡选一些表演队发展过程中有价值的资料，添加其中？这些珍贵史料，对于喜欢并研究中国服装表演历史的人们来说，应该是非常有价值的。

我是搞美术设计工作的，直到退休也未离开过这个圈子，对于服装行业及时装表演完全是外行和局外人，也没有从事过文字写作或是文献编校之类的工作。资料整理伊始就是想捡选出私家的部分，到后来有感于这些资料的内容信息翔实可靠，就有了选排编汇的想法，然而却困惑于该如何进行。翻翻书柜里写人物的书籍，后面常附有年表、年谱或大事记之类，于是按其模式，照虎画猫，强而为之，断断续续花了近一年的时间，我先写出母亲的简历，再将有关时装表演的内容按时间顺序一一编排夹插进去。另外，也收入了一些我认为重要且可靠的其他与时装表演有关的内容，这是想借助一些横向的信息对当时的情况有个较为总括整体的了解。表演队工作部分的手稿、文件（报告、请示、总结等）以影印的方式呈献，其目的是能够直观地看到这些第一手资料的原始面貌，可从不同的角度、多个层面上，获得可靠的诸如时代背景、建队过程、演出情况等内容信息。亦可由此而推断分析，与其他材料参照比较或相互补充，通过增添史料部分的分量，可增强内容真实可靠的纪实特点。

在整理的过程中，除母亲留下的材料，也查找了我所能找到的有限的报纸杂志和书籍上的相关信息，并利用现在网络上的百度搜索等，核实证证一些当时的人物和事件。在来回查对左右印证之时，发现有些报道和记述中，以及网络上的信息，还是存有一些笔误和讹错之处。我想，写报道的记者对人物、事件往往是陌生的，将人名搞错或是张冠李戴，在所难免。有些日后的文章，常常是经历者口述的，时隔多年，记错弄混亦是情有可原之事。在母亲的工作笔记上亦有类似的错误，比如：在人名上把黄写成王，因为上海人这二字的发音是不分的。又如：1981年12月17日至18日，在曙光剧场表演队为"全国服装春夏选样定货会"演出5场，但她在演出场次统计单上却没有此次演出的记录。母亲留下的资料并不完整，有许多局限之处。有些人和事件记录得也不尽详细。毕竟她不是搞历史的，当时也没有编写表演队历史的想法或计划。在她的工作笔记上，自辞去队长之职后便鲜有记述表演队的内容。因而我排列的表演队记事概略，在时间段上始于1980年8月，止于1986年4月。其中，但凡我无法认定证明的人和事就不列录了。在时间上，记着不同日期的又无法确定哪天的便只写到月，无法明确到月的就约记年份。遇有同一台次演出服装件（套）数字不一致时，采用报纸、总结或时间上靠后的数字。这样，虽然有的内容会缺失一点，省略一些，但是我的意图是想把犯错的情况尽可能地降到最低。以我的能力所能想到的、做到的也只能是这样子了。写到这里，有一点或许有必要多说一句：虽然我努力地以谨慎客观的态度来写记事概要，然而，像我这样的门外汉，在资料来源单一且非常有限的条件下所叙述的关于1980年至1986年间表演队的历程，由于多种局限只是一份参考资料。

为《霓裳繁花路》书稿，添加照片和整理附件，也是为了表达我对母亲养育教导之恩的报答。出于我个人的情感因素，照片的选取上增加了一些生活照和家庭合影。当我孩提之时，母亲做饭穿衣躬亲抚养。稍长，见我喜欢画画，便四处寻师求教，何曾畏于夏阳冬雪。没有她老人家，哪有我日后考入大学进而顺利工作，直到今天安稳地过上退休生活。母亲对我的恩情哪里是我这拙笔粗文所能描写表达的。自父亲2001年去世之后，母亲便只身一人生活了二十多年。有多少个风雨之夜是孤坐在电视机前度过的，又有多少次独自拖着病体前往医院挂号取药。都说养儿防老，可我大学毕业就远离上海去千里之外的北京工作，而未能搀扶照顾于散步时之前后，无法陪伴于茶余饭后闲聊之左右。尤其是在母亲生命最后的两个月，心衰已甚，面浮脚肿，起身行步只能按着床边的桌子再扶墙挪移，可我当时正值春晚工作紧要之时，加之疫情限隔，无法早些回沪送老人家就诊住院以减病痛之苦。每当念及于此种种情景，内心苦涩翻腾，愧疚万分。现今整理这份附件，为母亲热衷的引以为荣的事业做件事情，是想在情感上得以一丝抚慰，亦想借此表达我对母亲深深的缅怀之情。

正是这次整理，让我对母亲从少小至老年的人生历程，在读书、参军、工作和事业上的情况有了不少新的更为确切具体的了解。以前母亲参军当然是知道的，但于何年何时？入伍的是哪个部队？确实不清楚。有一年她来北京过冬，在我女儿的钢琴上弹起了曲子，当时让我吃惊不小，现在知道参军前她在家乡乐山的小学任过音乐教师。从工作笔记上得知离开表演队是她自己提呈辞职的，这件重要的事，终其一生她从未跟我说过一字半句。母亲从年轻时直到老年，在我的记忆印象中身体瘦弱，时常生病，尤其是她的心脏先天就有问题。按我的推想似乎是无法支撑那份事无俱细、艰难繁重的创业工作。这次整理，让我进一步认识母亲性格中有种难能可贵的精神：一种无惧未来挑战、敢于探索创新、敢为天下先的勇气。17岁离家参军，就此踏上一切都是未知数的远程，这对一个家境不差的旧社会的少女而言，没有相当的勇气是难以想象的。1980年8月，当张成林经理调她组建表演队时，面对从未接触过的事物，她没有犹豫，立即投入到从零开始的、全新的工作中。1985年1月，为了表演队的生存和发展，主动上报请示转变工作模式，独立经营、自负盈亏，这样的转制所冒的风险是可想而知的。我想，她能克服自身体力的不足，应对外在的重重困难，固然有各类因素和种种原因，但这种无畏的精神是支撑她的核心支柱。现在，母亲在我心里的印象发生了很大的变化，称得上是巾帼英雄。

母亲生逢其时，遇上了突破开创成为可能的年代，又有幸遇上了敢想敢干敢担当的好领导、好上级，有缘遇上了一群与她志同道合、同甘共苦的第一代时装模特们。这是极为难得、可遇不可求的机会。正是那个年代，使他们成为改革开放的先锋队、排头兵，成为新中国时装表演业的创建者和开路人。我感慨于他们的进取精神，赞叹于他们的坚韧毅力，倾慕于他们的奉献热情。他们以一场场排练和一次次演出，用汗水和心血书就了一段既是上海亦是新中国服装行业、服装表演历史上跌宕曲折又华丽绚烂的篇章。现在想来，倘若母亲和她的同事们、队友们没有选择开拓之路，那么大概率上会像大多数的同事那样按部就班地度过平稳且寻常的日子。实际上他们确实都是普通的职员和服装工人，依我的了解和认知，建队伊始并非出于深谋远虑或是远大计划，他们所成就的，谈不上是惊天动地的丰功伟绩，但是，这群平凡的人所具有的勇敢进取的精神，坚持不懈的努力，成为新中国服装表演的一块基石，成为上海服装行业发展繁荣时代洪流中一朵亮丽的浪花。我相信，他们在选择之初，奋斗之时都未曾预料到自己竟然开创了一条现今想来为之感慨万千，并为之引以为荣的非同寻常的霓裳繁花路。在此，谨向母亲及她的领导、队友和同事们表达我由衷的钦佩和深深的敬意！

这里，要感谢我的同事刘军（与我同姓同名），将书写零乱的稿子打印成电子文件，耐心地一次又一次反复修改，付出了许多她个人的时间和精力。感谢赵宗烨、秦伟、吴广帮我认真仔细为文件、照片扫描打印，编号排序。感谢郑家伟、史凤梅、徐萍、管胜雄、盛犇、王人伟、

霓裳繁花路

侯林宝、张毅敏、裘莉萍、万红等老队员，为我介绍当年的背景情况，答疑解惑并提供信息和照片。在此要特别感谢我的同事陈真，当我和他说想找梁老师再版母亲的书，他马上就帮我联系。又在百忙之中抽出时间，为我这个外行指点迷津、出谋划策，并在文字上把关润色。最后，感谢团结出版社社长梁光玉、编辑郑晓霓在时隔 32 年后，再次以高超的专业水准、执着的工作精神，为我的母亲出版书稿尽心尽力、付出辛劳。

刘　军

2024 年 6 月 17 日